KB152652

아저씨는 진짜 사랑입니다

아서 씨는 진짜 사랑입니다

엘리자베스 버그 지음·박미경 옮김

The Story of Arthur Truluv

나무의철학

사랑하는 두 딸,
줄리 크리츠먼과 제니퍼 버타에게

세상에 영원한 것이 있을까? 물론 있다.
그것은 멋진 집이나 자자한 명성이 아니다.
하늘에 반짝이는 별이나 우리가 딛고 서 있는 대지도 아니다.
바로 우리 인간과 관련된 것이다.

— 손턴 와일더, 〈우리 읍내 *Our Town*〉

맡은 바 소임을 다하라. 그 안에 모든 명예가 들어 있다.

— 알렉산더 포프, 〈인간론 *An Essay on Man*〉

놀라가 11월에 세상을 떠나고 벌써 육 개월이 흘렀다. 그런데도 아서 모지스는 날마다 놀라와 함께 점심을 먹었다. 버스를 타고 묘지에 와서 아내가 묻힌 곳까지 느긋하게 걸어갔다. 아무리 늑장을 부려도 놀라가 기다릴 테니까. 화내지도 않을 테니까. 꼼짝 않고서 그를 기다릴 테니까.

오늘은 애들레이드 마시의 묘비 앞에서 꾸물거렸다. 놀라가 누운 데서 두 줄 건너 열 번째 묘비였다. 애들레이드는 1897년 4월 3일에 태어나 1929년 11월 18일에 사망했다. 아서는 그녀가 몇 살까지 살았는지 천천히 계산했다. 서른둘. 혹시라도 틀렸을까봐 다시 따져봤다. 남의 무덤 앞에서 얼마나 살았는지 계산하면서 한 살이라도 빼거나 더했다가는 고인에게 누가 될 테니까. 아서는 언제나 계산에 서툴렀다. 수학에는 젬병이라며 수표장 정리도 늘 놀라에게 맡겨버렸다. 이제는 어쩔 수 없이 그가 처리했다. 그런데 라디오도 켜지 않고 신경을 곤두세워 계산기를 두드려도 번번이 엉뚱한 숫자가 나왔다. 은행에 가서 도움을 청하기도 하지만 매번 그러자니 창피하고 번거로웠다.

"저마다 타고난 재능이 있잖아요."

놀라가 생전에 그를 위로하려고 해준 말이다. 맞는 말이다. 아서는 머리 쓰는 일에는 서툴러도 몸 쓰는 일에는 능했다. 은퇴하기 전까지 공원 관리자로 근무했다. 뒤뜰 텃밭은 얼마 전부터 손을 놨지만 앞뜰에는 지금도 장미 정원을 멋지게 꾸며놓았다.

다시 따져봐도 애들레이드 마시는 확실히 서른두 살까지 살았다. 애처로울 정도로 어린 나이는 아니지만 천수를 누렸다고 보기도 어려웠다. 한창 젊은 나이에 떠났으나 "사랑하는 엄마"라는 문구를 보니 가정은 꾸렸나보다. 그런데 어쩌다 저 나이에 죽었을까? 아이를 낳다 죽었나? 아서는 애들레이드가 가족을 위해 어떤 일을 하다가 변을 당했다고 생각했다. 평소 무척 건강했는데 뜻밖의 사고를 당한 것이다. 남편을 매료시킨 곱슬곱슬한 머리칼은 선명한 붉은색이었다. 어떻게 알았냐고? 아서는 그냥 느낌으로 알았다.

모자를 손에 쥐고 무덤 옆에 서면 신기하게도 고인의 생전 모습이 떠올랐다. 요즘 들어서는 더 자주 그랬다. 버스 정류장까지 오는 길에 지나는 빵집에서 빵 냄새가 솔솔 풍겨 나오듯 고인의 이야기가 아련히 새어 나왔다. 아서는 주변

땅보다 살짝 내려앉은 무덤을 지긋이 바라봤다. 그러자 애들레이드가 생전에 가장 아끼던 하얀 레이스 드레스가 보였다. 두 눈은 크기가 달랐고 연갈색 눈동자는 너무 옅어서 홍차를 연상시켰다. 목소리가 높고 맑았지만 애들레이드는 남편 앞에서 노래 부르는 일을 부끄러워했다. 그래도 잠자리에 든 뒤에 남편이 청하면 언제나 노래를 불러줬다. 죽기 전날 밤에도 남편 옆에 누워 '자넷, 난 라일락 꽃 피던 시절이 그리워'를 들려줬다.

애들레이드는 어머니가 약혼할 때 꼈던 다이아몬드 반지를 가느다란 금줄에 끼워 걸고 다녔다. 반지가 너무 작아 손가락에 맞지 않기도 했지만 어머니 반지를 심장 가까이 두고 싶었기 때문이다. 힘든 집안일로 손마디가 굵어지고 빨개졌다. 아이들을 씻기느라 욕조 쪽으로 허리를 굽힌 탓에 등이 쿡쿡 쑤셨지만 절대로 남의 손에 맡기지 않았다. 물속에서 장난치는 아이들의 모습이 너무나 사랑스러웠기 때문이다. 아이들은 머리칼이 젖어 머리에 찰싹 달라붙고 욕조의 온기로 뺨이 발그레했다. 물장난에 싫증 난 아이들이 물을 뚝뚝 흘리며 일어나면 애들레이드는 커다란 새가 날개를 펼치듯 수건을 활짝 펼쳐서 감싸 안았다. 그런 밀착감을 무척 좋아했다. 그런데 수건은 무슨 색이었지? 파란색이었나? 아닌데.

정말 무슨 색이었지?

더 이상 떠오르지 않았다. 오늘은 거기까지였다. 아서는 모자를 다시 썼다. 애들레이드 마시의 묘비 쪽으로 모자를 살짝 기울인 다음 걸음을 옮겼다. 호레이스 뉴턴. 에스텔 맥닐. 아이린 서터. 에이머스 해머.

놀라의 무덤에 이르러서 아서는 접이식 의자를 펴고 조심스럽게 앉았다. 의자 다리가 땅속으로 약간 들어갔다. 의자가 단단히 고정된 뒤에야 점심 도시락을 무릎에 펼쳤다. 오늘은 달걀 샐러드 샌드위치였다. 마요네즈로 버무린 달걀을 보면 의사가 한마디 할 것 같았다. 흠, 소금까지 솔솔 뿌린 사실을 알면 눈을 부라릴 것이다.

의사는 아서의 일탈을 곧잘 알아차렸지만 간혹 놓칠 때도 있었다. 한번은 아서가 바닐라 아이스크림을 듬뿍 얹은 애플파이를 통째로 먹은 다음 날 진료실에 갔다. 의사가 진찰을 마치고 말했다.

"처방해드린 대로 잘 따라주셔서 기쁩니다, 아서. 앞으로도 이렇게만 하면 백 살까지 거뜬히 사시겠네요."

아서는 여든다섯 살이었다. 놀라도 없는 마당에 백 살까지 산다고? 흠, 뭐 그리 나쁠 것 같지는 않았다. 그래도 놀라와 함께라면 더 좋을 것이다. 지금과는 완전히 다를 것이다. 묘비 주변에 피어난 수선화도 혼자서 바라볼 때는 감흥이 달랐다. 놀라가 없는 세상에서는 꽃을 감상할 때도 예전처럼 온전히 느끼지 못했다.

봄이 완연해지자 땅이 점점 물러졌다. 솜털이 보송보송한 꽃봉오리는 새 생명을 잉태한 임신부처럼 볼록했다. 만물이 소생하는 봄처럼 놀라도 다시 태어난다면 얼마나 좋을까. 멀리 떨어진 어느 가정에 예쁜 아기로 환생한다면. 놀라가 속했던 이승으로 돌아올 수만 있다면. 함께 있지 못하더라도 같은 하늘 아래에서 숨 쉴 수만 있다면. 놀라는 지금 어디에 있을까? 그곳이 어디든 세상 누구보다 예쁜 놀라 코린이 있을 곳은 아니었다.

어디선가 까마귀 우는 소리가 들렸다. 주위를 둘러보니 새가 몇 미터 떨어진 묘비에 내려앉아 부리로 깃털을 다듬고 있었다.

"까악! 까악!"

아서가 반갑다며 새소리를 따라 하자 녀석은 푸드덕거리며 날아가버렸다.

아서는 등을 펴고 구름 한 점 없이 청명한 하늘을 바라봤다. 한 손으로 뒷목을 잡고 꾹꾹 눌렀다. 긴장이 풀리고 시원했다. 목을 계속 주무르며 드넓은 묘지를 휘 둘러봐도 사람은 그림자도 보이지 않았다. 방대한 땅의 주인이라도 된 것 같아 괜스레 뿌듯했다.

아서는 샌드위치를 한 입 먹고 자리에서 일어났다. 놀라의 묘비 앞에 무릎을 굽히고 앉았다. 묘비를 잡은 손에 힘을 주면서 눈을 감았다. 주르르 눈물이 흘러내렸다. 잠시 뒤 아서는 다시 의자에 앉아서 샌드위치를 마저 먹었다.

아서가 의자를 접고 막 떠나려는데 근처 풀밭에 젊은 여자가 보였다. 그녀는 커다란 나무에 기댄 채 멍하니 앉아 있었다. 새카만 머리칼은 삐죽삐죽 뻗쳤고 피부는 창백했으며 눈은 커다랬다. 요즘 젊은 아이들처럼 찢어진 바지와 헐렁한 티셔츠 차림이었다. 코트라도, 하다못해 스웨터라도 걸쳐야 할 날씨였다. 게다가 지금은 학교에 있어야 할 시간이었다.

전에도 몇 번 봤던 여자아이였다. 매번 다른 자리에 앉는 것을 보면 특별히 누군가의 무덤을 정해놓고 찾아오는 건 아닌 듯했다. 아서가 힐끔거려도 아이는 돌아보지 않았다. 손톱을 물어뜯으며 그저 앞만 응시했다. 열네 살? 열다섯 살? 아서가 무심결에 손을 흔들었다. 그러자 겁이라도 먹었 는지 여자아이가 손으로 입을 가렸다. 아서는 아이가 도망 칠까봐 얼른 고개를 돌렸다.

매디는 깜빡 졸다 노인이 자신을 향해 손 흔드는 모습을 보고 엉겁결에 손으로 입을 가렸다. 그러자 노인은 급히 고 개를 돌리고 접이식 의자를 챙겨 자리를 떴다. 매디는 의도 치 않게 노인을 두려워한다는 인상을 주고 말았다. 실은 전 혀 그렇지 않았다. 다음에 만나면 노인이 매번 누구를 찾아 오는지 물어보기로 마음먹었다. 아내의 무덤이라 짐작하지 만 확신할 수는 없었다.

매디는 점점 멀어져 가는 노인을 지켜봤다. 노인은 이제 묘지 입구를 지나 버스 정류장으로 향했다. 정류장에 도착 해서는 버스가 오는지 목을 빼고 쳐다보지 않았다. 그저 앞만 보고 서 있었다. 가만히 기다릴 뿐이었다. 한시도 못 참고 엘리베이터 버튼을 눌러대는 부류가 아닌 듯했다.

매디는 휴대전화를 꺼내 풀과 나무를 클로즈업해서 찍었다. 운동화 끈을 느슨하게 풀어서 발을 뺐다. 벗은 운동화를 옆으로 눕혀놓고 또 찍었다. 그런 다음 근처 무덤으로 걸어갔다. 시들어가는 백합 다발에서 한 송이를 골라 곧게 뻗은 암술과 완만하게 구부러진 수술을 사진에 담았다.

시계를 보니 한 시 사십 분이었다. 매디는 수업이 끝날 때까지 여기 머물다 곧장 집으로 돌아갈 작정이었다. 밤에는 앤더슨을 만날 것이다. 앤더슨이 일을 마친 뒤에 보기로 했다. 월마트에서 창고를 관리하는 앤더슨은 누가 봐도 입이 쩍 벌어질 정도로 잘생겼다. 그는 화장실에서 나오다가 매디를 처음 발견하고는 씩 웃으며 케이티 페리냐고 물었다. 매디는 정말 케이티 페리인 양 웃어 보였다. 앤더슨은 핫도그를 사러 가는 길이라면서 같이 가자고 청했다. 매디는 두려운 마음을 누르고 그를 따라갔다. 두 사람은 대화를 많이 나누지는 않았지만 그날 밤 늦게 다시 만나기로 했다. 그게 벌써 삼 개월 전이다. 매디는 이제 그의 신상을 몇 가지 파악했다. 군대에 다녀왔고 개를 좋아하며 기타를 조금 칠 줄 안다는 점이다. 한번은 그녀에게 선물도 안겨줬다. 앙증맞은 진주가 대롱거리는 금목걸이였다. 매디는 그 목걸이를 한 번도 풀지 않았다.

매디는 등을 기대서고 있던 나무를 타고 미끄러지듯 앉았다. 무릎 사이에 휴대전화를 고정하고서 길게 늘어선 무덤을 촬영했다. 찰칵.

사람들은 묘지에 오면 서글퍼진다는데 매디는 오히려 마음이 편해졌다. 엄마도 여기 묻혔더라면 좋았을 텐데. 아쉽게도 엄마는 화장됐다. 전에 라디오에서 어떤 남자가 묘지는 그야말로 분주한 곳이라고 말했는데, 매디는 그 말에 전적으로 동의했다. 묘지는 정말 분주한 곳이다.

지난번에 앤더슨을 만났을 때 매디는 그 이야기를 하고 싶었다. 한가한 맥도널드 매장에 앉아서 매디가 차분하게 이야기를 꺼냈다. 묘지에 갈 때마다 만나는 어떤 노인이 죽은 사람에게 어떻게 이야기하는지, 라디오에서 어떤 남자가 뭐라고 했는지, 묘지에 가면 마음이 얼마나 편해지는지, 묘지가 얼마나 멋진 곳인지 찬찬히 설명했다. 그러자 앤더슨이 말했다.

"참 별난 계집애네."

그 말에 매디는 가슴이 내려앉았다. 처음에는 꼼짝 않고서 그가 프렌치프라이를 먹는 모습만 지켜봤다. 그러다 한참 뒤에 억지로 웃으며 말했다.

"내가 그런 면이 좀 있죠? 그나저나 프렌치프라이 좀 집어 먹어도 돼요?"

"먹고 싶으면 가서 사 와."

앤더슨이 1달러짜리 지폐 두 장을 툭 던지며 말했다.

물론 앤더슨이 늘 그런 식으로 대하지는 않았다. 예쁜 목걸이를 선물했고, 첫 만남 직후에는 감성적인 메시지도 보냈다.

'널 얼마나 그리워하는지 말로 다 전하기 어려워.'

한번은 머리부터 발끝까지 키스 세례를 퍼부었다. 어찌나 감미롭던지, 다음 날 저녁을 먹다가도 전율이 일었다. 아버지 앞에서 티를 안내려고 무진 애써야 했다.

"어서 먹어라."

매디가 식사를 하는 둥 마는 둥 하자 아버지가 기어이 한마디 했다. 평소에는 둘 다 전혀 이야기하지 않았다. 괜히 말을 붙였다가는 묵살당하기 일쑤라 서로 입을 다물었다. 그런데 그날은 식사 중에 대화를 많이 나눴다.

"요새 일하기 어떠세요, 아버지?"

"늘 그렇지 뭐. 요새 학교는 어떠냐, 매디?"

"늘 그렇죠 뭐."

"닭고기 먹을 만하니?"

"괜찮네요."

"이따가 왕좌의 게임 같이 보지 않을래?"

"됐어요."

매디는 생각을 떨쳐내고 시계를 다시 확인했다. 그리고 다른 자리를 찾아보려고 몸을 일으켰다.

아서는 집에 들어가다가 우편함에서 우편물을 꺼냈다. 주방으로 가져가 쓸데없는 광고물을 분류해서 쓰레기통에 던져버렸다. 얼마 남지 않은 시력을 낭비할 필요가 있겠는가.

커피포트에서 다 식은 커피를 따른 뒤 다리를 꼬고 앉았다. 아서는 커피를 한 모금 마시다 말고 생각했다. 그도 커피를 즐겼지만 놀라도 생전에 커피를 달고 살았다. 카페인 과다 섭취가 놀라에게 해롭지 않았을까? 덜 마셨더라면 곁에 좀더 머물지 않았을까?

아서는 커피를 다 마시고 나서 잔을 씻어 건조기에 엎어놨다. 늘 사용하는 황갈색 잔이었다. 커피와 물은 물론, 이따금 마시는 잭 다니엘 위스키와 메타무실(식이섬유 보충제)도 이 잔으로 마셨다. 놀라는 용도에 맞게 다른 잔을 사용했지만 그는 그런 데에 신경 쓰지 않았다. 접시나 옷도 마찬가지였다. 격식을 갖추면 뒤처리할 것이 많아졌다.

고양이 고든이 뻣뻣한 걸음으로 다가왔다. 녀석은 아직도 놀라를 찾는지 그의 주변을 두리번거렸다.

"놀라는 여기 없다니까."

아서는 무릎을 두드리며 고양이에게 올라오라는 신호를 보냈다. 녀석은 간혹 그의 말을 따를 때도 있었지만 대개는 놀라가 없는 것을 알고 그냥 지나쳐버렸다. 코끼리가 죽음을 애통해한다는 말을 들었는데 고양이도 그런 것 같았다. 어쩌면 집에서 기르는 식물도 그런 것 같았다. 아서는 창가에 놓인 아프리카제비꽃을 쳐다봤다. 제때 물을 주는데도 영 기운이 없었다. 아무래도 가망이 없어 보였다. 내일은 꼭

버려야겠다. 날마다 내일은 버려야지, 생각하면서도 선뜻 내
버리지 못했다. 놀라가 무척 아끼던 꽃이었다. 처음 저 화분
을 들고 왔을 때 놀라는 손가락으로 꽃잎 아래쪽을 살살 만
지며 소리쳤다.

"어쩜 이렇게 예뻐요?"

개밥처럼 보이는 통조림 스튜로 저녁을 때운 뒤 아서는
위층 침실로 올라갔다. 침대보가 깔끔하게 펴지지는 않았지
만 못 봐줄 정도는 아니었다. 그가 직접 침대를 정리하는 모
습을 놀라가 봤다면 무척 기뻐했을 것이다. 여자의 손길이
닿지 않은 티가 역력했지만 아서는 그럭저럭 지낼 만했다.
좋은 점도 몇 가지 있었다. 변기 시트가 항상 위로 세워져
있었다! 예전엔 엄두도 못 냈던 즐거움을 맛볼 수도 있었다.
가령 식탁에 앉아 시가를 피워도 누구 하나 뭐라고 하지 않
았다. 슬림 짐 육포로 저녁을 때울 수도 있고, 텔레비전에서
보고 싶은 프로그램을 원 없이 볼 수도 있었다.

아서는 침대에 누워 낮에 만난 여자아이를 생각했다. 괜
히 손을 흔들어서 아이를 겁준 것 같아 마음이 무거웠다. 요
즘 들어서는 산 사람보다 죽은 사람을 대하는 것이 더 편한
듯했다. 그래도 아이의 마음을 조금은 이해할 수 있었다. 다
시 만나면 겁줄 생각은 없었다고 꼭 알려줘야겠다.

'얘야, 널 겁줄 의도는 없었단다!'

어쩌면 아이가 그의 속내를 알아차리고 이렇게 대꾸할지
도 모르겠다.

'전 겁먹지 않았어요. 겁먹지 않았다고요! 그러니까 걱정하지 마세요.'

아이가 벨트에 엄지손가락을 끼운 채 다가와 그에게 말을 거는 모습을 상상했다. 둘이서 이런저런 이야기를 나누며 시간을 보낼 수 있을 것이다. 그가 땅에 묻힌 이들에 대한 이야기를, 물론 순전히 상상에서 비롯한 이야기를 들려주면 아이는 어떻게 반응할까? 그를 미친 노인네라고 생각할까? 아이가 풍기는 묘한 분위기로 봐서 그럴 것 같지는 않았다. 아서는 아이의 코에 걸린 고리가 코딱지 같아 영 거슬렸다. 그런 고리를 걸고 있으면 아프지 않은지 꼭 물어보고 싶었다.

다음 날 아침 아서는 늦잠을 잤다. 눈을 뜨니 벌써 점심때가 다 됐다. 침대 끝에 앉아 발로 알파벳을 쓰려고 시도했다. 지난번 진찰 때 의사가 관절염에 좋을 거라며 해보라고 권했다. 이마저 효과가 없으면 다른 방도가 없다고 압박했다. 아서는 몇 번 해보다 그만두고 주방으로 걸어갔다. 문틈으로 찬바람이 쌩쌩 들어왔다. 5월답지 않게 춥고 바람까지 불었다. 하긴 예전 같지 않은 게 어디 날씨뿐일까! 아서는 고든의 먹이만 얼른 챙겨주고 나갈 작정이었다. 혼자서 한 약속도 약속이니까.

통조림 따개를 찾으려고 주방을 둘러봤지만 눈에 띄지 않았다. 혼자뿐인지라 누구를 탓할 수는 없었다. 서랍을 열어 봐도 보이지 않았다. 손을 더 깊이 넣어서 집히는 물건을 꺼 내봤다. 햄버거 부부 인형이 나왔다. 맙소사, 놀라가 여태 이 걸 버리지 않았다니! 아서는 플라스틱 인형 한 쌍을 한참 쳐 다봤다. 세월의 더께가 앉았지만 망가진 데 없이 멀쩡했다. 여자 인형은 속눈썹이 길고 뺨이 발그레했다. 노란 물방울 무늬가 찍힌 빨간 드레스 차림에 굽이 뭉뚝한 빨간 구두를 신었다. 그런데 귀에 걸려 있던 둥그런 고리는 사라지고 없 었다. 남자 인형은 갈색 양복을 갖춰 입고 빵처럼 생긴 머리 에 중절모를 썼다. 미키마우스처럼 커다란 검정 구두를 신 었다. 두 인형의 희고 가는 팔은 팔짱을 낀 것처럼 서로 연 결되어 있었다. 당장이라도 벌떡 일어나 산책하러 나갈 것 같았다.

1955년? 아니, 1956년이었나? 아무튼 한국 전쟁이 끝난 뒤였다. 아서는 인형을 구입한 날 저녁을 또렷이 기억했다. 그날은 너무 더워서 요리할 엄두가 나지 않았다. 그래서 이 십사 시간 운영하는 틱-톡 다이너에 가서 저녁을 먹었다. 나 오는 길에 그가 놀라에게 이 인형을 사줬다. 놀라는 햄버거 인형을 살지, 핫도그 인형을 살지 한참 고민했다.

기억을 더듬다 보니 그날은 외출하기 전에 한판 싸웠던 것 같다. 평소에는 큰소리 한 번 내지 않았는데, 그날은 좀 이상했다. 뭣 때문에 싸웠는지는 기억나지 않지만 다툰 것 은 확실했다. 놀라는 목에 핏대까지 세우며 고래고래 소리쳤다. 그런 모습은 처음이었다. 놀라가 밉게 보인 적도 그때가 처음이었다. 어여쁜 놀라를 그런 식으로 봤다는 생각만으로도 속상했지만 어쩌겠는가? 항상 좋은 생각만 하고 살 수는 없는 법이다. 떠오르는 생각을 막을 수는 없지만 그 생각에 마구 빠져들 필요는 없다. 그 점이 중요하다. 그래야 삶을 순탄하게 꾸려나갈 수 있다.

아서는 테이블 중앙에 인형을 내려놓고 뒤로 물러났다. 두 손으로 허리를 받치고 인형을 지긋이 바라봤다. 놀라가 아끼던 자그마한 꽃무늬 접시도 바라봤다. 사과 꽃과 새가 그려진 문구류도 바라봤다. 문득 놀라가 보였다. 특별히 세련되지는 않았지만 한없이 사랑스러운 모습이었다.

"흠, 매디 해리스."

매디가 교실에 들어서자 라이언스 선생님이 매디를 호명했다. 뭐라고 더하지는 않았지만 매디는 무슨 뜻인지 훤히 알았다. 어제 학교를 빼먹었다. 특별히 아픈 데도 없었다. 선생님은 그 사실을 다 아는데도 별말이 없었다. 그저 팔짱을 긴 채 의자에 깊숙이 기대고서 매디가 자리에 앉는 모습을 지켜봤다.

라이언스 선생님의 성은 로열이었다. 라이언스 로열. 매디는 그 이름이 너무 우습다고 생각했다. 도대체 무슨 연유로 그런 이름이 붙었는지 물어보고 싶었지만 꾹 참았다. 선생님은 백발이 성성하고 피부가 유난히 창백했으며 몸이 뚱뚱한 편이었다. 매디는 살집이 제법 있는 사람을 좋아했다. 왠지 접근하기가 더 수월했다. 선생님의 손목시계 줄은 고르지 못한 치열처럼 꼬여 있었다. 선생님은 겉모습에 전혀 신경 쓰지 않았다. 오로지 가르치는 일에만 집중했다. 특히 생소한 단어를 많이 알려줬다. 매디가 아주 좋아하는 '히레스(hiraeth)'라는 단어도 알려줬다. 돌아갈 수 없는, 혹은 존재하지 않는 곳에 대한 향수를 뜻하는 웨일스 말이란다. 잃어버린 곳을 향한 절절한 그리움을 뜻하는 노스탤지어와 같은 말이다. 선생님은 이 단어가 들어간 구절을 읽으면서 고개를 살짝 숙였다. 고개를 들었을 때는 눈에 눈물이 가득했다. 그런데 수업이 끝난 뒤에 아무도 선생님을 놀리지 않았다. 기적에 가까운 일이었다. 하긴 반 아이들이 매디를 대화에 끼워주지 않았으니 뒤에서 뭐라고 했는지는 알 수 없었다. 아이들은 매디를 상대해주지 않았다. 그래서 매디는 점심시간에도 혼자 샌드위치를 먹었다. 굉장히 맛있는 척하면서. 이제는 그마저도 건너뛰었다.

아이들은 왜 매디를 좋아하지 않는 걸까? 그만하면 얼굴도 예뻤고 유머 감각도 있었다. 멍청하지도 않았다. 그들은 매디가 무척 어울리고 싶어 한다는 걸 알았다. 어쩌면 그래서 더 안 끼워주는지도 몰랐다. 약한 아이를 둘러싸고 괴롭히는 꼬마들처럼 그녀를 무시하면서 즐거워하는지도 몰랐다. 사람들 마음에는 잔인한 구석이 있다.

매디는 라이언스 선생님에게 호명되지 않으려고 몸을 푹 낮췄다. 두 사람 사이에 암묵적으로 합의된 사항이었다. 매디가 선생님을 좋아하는 또 다른 이유이기도 했다. 라이언스 선생님 수업만 있다면 학교를 빼먹을 일은 없을 것이다. 한번은 수업이 끝난 뒤에 선생님에게 사진을 보여준 적이 있었다. 나무 밑에 누워서 위를 올려다보며 찍은 사진이었다. 선생님은 사진이 '개멋지다'고 말했다.

"제목은 붙였니?"

"음…… '틀에 끼운 하늘'?" 매디가 쑥스럽게 대답했다.

"그럴듯하구나." 라이언스 선생님이 웃으며 말했다.

매디는 칭찬받는 데 익숙하지 않았다. 칭찬을 들으면 괜히 얼굴이 빨개지고 속이 거북했다. 라이언스 선생님의 칭찬에도 고맙다는 인사만 간신히 하고 얼른 고개를 돌렸다. 하지만 그날 오후 집에 돌아온 뒤, 침대에 누워서 라이언 선생님의 시선으로 사진을 다시 쳐다봤다. '개멋지다'는 말을 이렇게도 생각해보고 저렇게도 생각해봤다. 어떤 식으로 생각해도 좋지 않다는 뜻으로는 들리지 않았다.

'그러니까 그만 좀 생각해!'

매디는 옷장 구석에서 상자를 꺼내 사진을 집어넣었다. 엄마가 제일 좋아했다는 휘트먼 초콜릿 상자였다. 아버지가 엄마에 대해 들려준 얼마 안 되는 정보 중 하나였다. 매디는 엄마가 어떤 사람인지 몰랐다. 엄마는 매디를 낳고 보름 만에 자동차 사고로 죽었다. 병원에 가는 길이었다고 했다. 아버지가 일찍 퇴근해서 엄마를 태워다주기로 했는데, 그날따라 매디가 감기에 걸리고 말았다. 엄마는 매디를 데려갈 수 없다며 아버지에게 맡기고 혼자 다녀오겠다고 했다. 그런데 직접 운전하고 가다가 신호를 위반한 차와 충돌하고 말았다.

초콜릿 상자에는 엄마 사진도 한 장 있었다. 책갈피 사이에 끼여 있던 것을 우연히 찾아냈다. 아버지에게 통사정해서 겨우 얻었다. 아버지는 사진을 한참이나 쳐다보다 매디에게 내밀었다. 사진에서 엄마는 울타리에 기대고 팔짱을 낀 채 활짝 웃고 있었다. 머리에는 빨간 스카프를 두르고 바지와 남성용 흰색 셔츠를 걸치고 있었다. 셔츠 소매는 돌돌 말려 있었다.

"엄마가 어디 있는 거예요?"

매디의 질문에 아버지가 대답했다.

"나랑 같이 있는 거야."

"둘이서 뭐 했는데요?"

"소풍 간 거란다."

그 말을 뒤로 하고 아버지는 자리를 피했다. 더 이상 말하고 싶지 않다는 뜻이었다. 아버지는 엄마 이야기만 나오면 피하려 들었다. 말하는 것도 견디기 힘든 모양이었다.

매디는 사진 속의 엄마와 흡사했다. 엄마처럼 눈이 크고 파랬으며 머리칼도 어두웠다. 턱 끝이 옴폭 들어간 것도 똑같았다. 다른 부분도 엄마와 닮았는지 더 알고 싶었다.

매디는 평소에 시를 쓰거나 사진을 찍었다. 최근에는 작고 하찮아 보이는 것들을 화면에 담아 크게 확대했다. 시를 쓸 때는 반대로 커다란 것들을 작게 축소했다. 그런 데 관심이 가는 것은 확실히 아버지에게 물려받은 기질이 아니었다.

라이언스 선생님은 〈햄릿〉에 대해서 한창 떠들고 있었다. 선생님이 책을 읽으라고 일주일을 줬는데 매디는 하룻밤 만에 다 읽어 내용을 익히 알았다. 그래서 선생님 이야기를 건성으로 듣고 계속 딴생각에 빠져들었다. 죽느냐 사느냐, 그것이 문제로다. 정말 그것이 문제였다.

아서는 발을 질질 끌면서 가스레인지 쪽으로 갔다. 먹다 둔 콩 요리를 데우려고 화력을 최대로 높였다. 그런 다음 테이블 쪽으로 걸어왔다가 다시 가스레인지 쪽으로 걸어갔다. 이번에는 발을 끌지 않고 똑바로 걸었다.

'봤소, 놀라? 멀쩡하게 잘 걷지 않소?'

아서는 콩에 케첩과 메이플 시럽을 넣었다. 타바스코 소스도 치고 양파와 베이컨도 썰어 넣었다. 옥수수빵을 한 조각 잘라 버터를 바른 다음 접시에 내려놓았다. 그리고 다 데워진 콩을 빵에 발랐다. 마지막으로 맥주를 한 병 따서 자리에 앉았다.

고든이 테이블로 훌쩍 뛰어오르더니 그를 지긋이 바라봤다.

"그래, 너도 같이 먹자."

아서가 접시를 고양이 쪽으로 밀었다. 고든은 두 발을 접시 앞에 나란히 내려놓고 자기 쪽 접시를 우아하게 핥았다. 하지만 금세 멈추고 물벼락이라도 맞은 양 고개를 절레절레 저었다. 그런 다음 다시 훌쩍 뛰어내린 뒤, 다시는 상종하지 않겠다는 듯 꼬리를 높이 쳐들고 걸어가버렸다.

"그럼 네가 요리하든가." 아서가 말했다. "그게 생각처럼 쉬운 줄 알아?"

혼자 사는 것도 서러운데 동물에게까지 무시를 당하니 꼴이 우스웠다.

요즘 들어서는 텔레비전도 재미가 없었다. 나중에 좀 볼까 하다가 마음을 바꿨다. 텔레비전에 나오는 사람들의 짓거리가 영 마음에 들지 않았다. 저녁 먹고 나서 그냥 동네나 산책하는 것이 나을 듯했다. 다만 루실 하워드가 현관에 나와 있지 않기만 바랄 뿐이었다. 루실이 현관 의자에 앉아 있으면 아서는 꼼짝없이 그녀를 상대해야 했다. 루실은 오랫동안 초등학교에서 어린 학생들을 가르쳤다. 그래서 온 세상이 그녀가 가르치는 교실인 줄 알았다. 아서에게도 자꾸 가르치려 들었다. 그런데 참으로 이상하게도 그녀를 볼 생각을 하니 낡을 대로 낡은 심장이 빠르게 뛰기 시작했다. 아서는 우연이겠거니 여기면서도 왠지 기분이 묘했다.

싱크대 물을 틀어 머리를 적신 뒤 주머니에서 빗을 꺼냈다. 냄비를 하나 꺼내서 거울처럼 얼굴을 비췄다. 얼굴뼈가 유난히 돌출돼 보였다. 이제는 너무 말라서 바늘구멍도 통과할 수 있을 것 같았다. 그래도 버틸 만했다. 충분히 버틸 만했다.

문까지 걸어가는데 뒤에서 고든이 따라왔다.

"너도 나갈래?"

아서는 문을 열고 고양이를 쳐다봤다. 밖이 환할 때는 고든을 얼마든지 내놔도 괜찮았다. 녀석은 사냥에 도통 관심이 없었다. 아서는 그 점이 오히려 좋았다. 하지만 아서가 문을 붙잡고 있는데도 고든은 꼼짝하지 않았다.

"그럼 나를 배웅하러 나온 게냐?"

고든은 아서를 쳐다보기만 할 뿐 꼼짝하지 않았다.

"오냐, 삼십 분 뒤에 오마."

사람들은 고양이가 무심하다고 말하지만 실제로는 전혀 그렇지 않았다.

아서는 루실의 집을 지나치면서 앞만 주시하고 걸었다. 루실이 나와 있더라도 제발 부르지 않기를 간절히 바랐다. 하지만 어김없이 루실의 목소리가 들렸다.

"아서! 잠깐 앉았다 갈래요?"

아서는 잠시 머뭇거리다 몸을 돌려 루실네 계단을 올라갔다. 친근한 미소도 잊지 않았다. 하지만 속으로는 루실이 이상한 가발을 쓰지 않았기를 바랐다. 혹시라도 썼다면 제발 뒤틀리지 않게 똑바로 썼기를 바랐다. 쳐다보기 민망할 때가 많았기 때문이다. 그럴 때마다 가발을 제대로 씌워준 뒤 무릎을 슬쩍 치면서 '이제 됐구먼!'이라고 말하고 싶은 유혹을 참아야 했다. 루실이 무안해할까봐 차마 그럴 수 없었다.

나이를 먹을수록 비판하기보다는 너그럽게 받아주는 게 도리니까. 가는 말이 고와야 오는 말도 고운 법이니까. 그래야 덕도 보니까. 루실은 늘 바삭한 스니커두들 쿠키를 구워서 그에게도 넉넉히 챙겨줬다. 침대에 누워 쿠키를 먹는 것도 예전에는 누려보지 못한 즐거움이었다. 서글픈 즐거움이랄까.

"거기 앉아요!" 루실은 아서가 늘 앉는 고리버들 의자를 가리켰다.

아서는 꽃무늬 쿠션들 사이에 자리를 잡았다. 쿠션 하나는 뒤에, 하나는 옆에, 하나는 무릎에 두고 앉았다. 남자가 쿠션을 잔뜩 끼고 앉다니, 참 채신없게 보였다. 하지만 어쩌겠는가? 여자들은 베개나 쿠션을 잔뜩 늘어놓는 걸 좋아한다. 놀라도 생전에 그랬다. 밤마다 침대에 누우려면 베개들 사이로 비집고 들어가야 했다.

"세상에!" 루실이 들뜬 목소리로 말했다.

아서는 약간 경계하면서도 이번에는 또 뭔 소리인가 싶어 기다렸다.

"정말 끝내주네요!" 루실이 말했다.

아서가 고개를 끄덕이며 말했다. "별소릴! 아무튼 고맙군요."

"좀 전에 들었는데, 글쎄 내 조카딸이 임신했다지 뭐예요!"

"아, 그래요?"

"그렇다니까요. 그런데 걔 나이가 마흔이에요, 마흔!"

아서는 뭐라고 대꾸해야 할지 몰랐다. 축하해야 하나, 아니면 그냥 놀라는 척해야 하나?

"요즘 젊은 것들은……" 루실이 잠시 머뭇거리다 말을 이었다. "정말…… 정말 알다가도 모르겠다니까요."

아서는 별안간 속이 뒤틀렸다. 배 속이 꾸르륵거려서 자세를 고쳐 앉았다.

그러자 루실이 얼른 눈길을 주면서 말을 돌렸다.

"아, 불평하려는 건 아니에요. 우리 같은 노인네가 젊은 애들 속을 어찌 알겠어요. 그렇지 않아요? 괜히 군소리하지 말자고요. 그저 매사에 감사하고 즐겁게 살아야죠. 우리가 젊은 애들이랑 똑같이 굴면 되겠어요?"

아서는 배가 점점 더 아팠다. 도대체 뭘 먹은 거야?

"아무래도…… 그만 가봐야겠어요." 아서가 조심스럽게 일어나며 말했다. "부, 부, 불러줘서 고, 고마웠어요." 통증을 참다 보니 말이 제대로 나오지 않았다.

"아니, 벌써 일어나려고요? 방금 왔잖아요!"

오, 이런. 루실의 눈에 눈물이 핑 고였다. 안경 때문에 더 극적으로 보였다.

"이, 잊은 게 있어서요." 아서가 말했다.

"뭘 잊었는데요?" 루실이 따지듯 물었다.

"아, 그게 좀…… 말하자면 길어서……."

아서는 당장 화장실로 가야 했다. 그래서 조심스럽게 계단 쪽으로 걸음을 옮겼다.

루실이 손을 만지작거리며 따라 나섰다. 그 손에서 바닐라 향이 살짝 풍겼다.

"내가 뭐 기분 나쁘게 한 건 아니죠, 아서? 우린 이웃이잖아요. 게다가 이 동네에 나이 든 사람은 우리 둘뿐이고. 그냥 당신이 지나가기에 불렀어요. 오렌지 꽃 버터 쿠키를 구웠는데 같이 먹으면서 이야기나."

"다음에 합시다." 아서는 말을 마치고 부리나케 집으로 갔다. 실수하기 직전에야 가까스로 화장실에 도착했다. 변기에 앉자마자 왈칵 쏟아냈다. 고든이 문지방에 와서 멈추더니 꼬리를 몸통 주위에 얌전히 내려놓고 앉았다. 녀석은 괜찮은 것 같았다. 그럼 됐다.

아서는 속을 시원하게 비워낸 뒤 몸을 씻고 거울 앞에 섰다. 그리고 몸을 찬찬히 살폈다. 수시로 시행하는 일종의 신체 검사였다. 잠시라도 앓고 난 뒤에 느껴지는 안도감을 만끽했다. 그도 이제는 괜찮았다. 그럼 됐다.

아서는 거실로 나와서 블라인드를 걷고 루실네 현관을 내다봤다. 루실은 집에 들어가고 없었다. 지금이라도 가서 사과할까? 루실에게 상처를 준 것 같아 마음이 찜찜했다. 하지만 지금 가서 사과하는 것도 우스울 것 같았다. 하늘이 어둑해지고 구름도 잿빛으로 변했다. 얼마 안 있으면 별이 총총뜰 것이다. 문득 놀라가 죽기 직전에 한 말이 떠올랐다.

"죽은 이들의 영혼이 별이 돼서 사람들을 항상 내려다본다면 어떨까요?"

아서는 그 질문에 제대로 대답하지 못한 것을 두고두고 후회했다. 당시에는 놀라의 손에, 뼈만 앙상한 그 손에 입을 맞추며 이렇게 대답했다.

"우리가 그걸 어찌 알겠소."

맞는 말이긴 하지만 왜 그렇게밖에 대답하지 못했는지 몹시 후회스러웠다. 좀더 그럴듯한 말로 달래줬어야 했다. 놀라가 안심할 수 있도록 모든 것이 괜찮을 거라고 말해줬어야 했다. 세상 이치를 다 알 수는 없지만 그 역시 맞는 말이니까.

아서가 뒷문을 열자 고든이 잽싸게 튀어나갔다.

"이 녀석! 얼른 돌아와!"

아서가 소리쳤지만 고든은 들은 척도 안 하고 내뺐다. 녀석이 이 시간에 나가면 불안했다. 요새 코요테가 동네를 돌아다닌다는 이야기를 산책길에 만난 남자에게 들었기 때문이다. 고든은 나이가 많아서 행동이 굼떴다. 그나저나 저 녀석 나이가 몇이지? 아서는 찬찬히 따져봤다. 열다섯! 뭐, 열다섯? 녀석이 언제 이렇게 나이를 먹었지? 열다섯 살이라니!

"고든!" 아서가 소리쳐 불렀다. 덤불이 흔들리는가 싶더니 고든이 진입로 쪽으로 뛰어가 아서에게 등을 보이고 앉았다.

"이리 와." 쿡쿡 쑤시는 다리를 두드리며 아서가 말했다.

녀석은 꿈쩍하지 않았다.

"어서 오라니까!" 아서가 눈을 굴리며 소리쳤다. 하지만 이내 목소리를 낮춰 살살 구슬렸다. "귀염둥이, 어서 이리 와."

그래도 녀석은 꿈쩍하지 않았다.

마지막 수를 동원할 수밖에 없었다. 아서는 집 안으로 들어와 고든의 간식 가방을 꺼냈다. 그리고 문밖으로 나가 가방을 흔들었다.

하지만 녀석은 본체만체하고 달아나버렸다.

아서는 볼이 푹 꺼지도록 한숨을 내쉬었다. 다음에 또 반려동물을 기른다면 반드시 개를 기를 것이다. 동물 보호소에서 육 주도 안 된 새끼 고양이를 고른 사람은 놀라였다.

"얘 좀 봐요!"

집으로 돌아오는 길에 놀라는 감격스러운 목소리로 녀석을 보라고 거듭 말했다. 아서는 뭘 보라는 말인지 몰랐지만 굳이 물어보지는 않았다. 그때까지만 해도 이름이 없던 터라 놀라는 녀석을 '귀염둥이'로 부르자고 했다. 갈색 꼬리의 희멀건 새끼 고양이를 귀염둥이라니, 어림도 없었다. 하지만 놀라가 보라고 할 때마다 아서는 순순히 고개를 돌리고 뿌듯한 표정으로 말했다.

"그래, 그래!"

남들이 보면 병원에서 갓난아기를 데려오는 줄 알았을 것이다.

아서는 받침대를 괴서 문을 열어둔 채 안으로 들어갔다. 파자마로 갈아입고 화장실에 가서 세안한 뒤 몸 상태를 다시 살펴볼 생각이었다. 그때까지 녀석이 돌아오지 않으면 어쩔 수 없었다. 코요테의 만찬을 축하해줄 수밖에. 맛있게 먹어라!

아서는 준비를 마치고 아래층으로 다시 내려왔다. 고든이 돌아온 낌새는 보이지 않았다. 녀석을 한 번 더 불러봤다. 기척이 없는 것을 확인한 뒤 문을 잠그고 위층으로 올라갔다. 얼마 전부터 읽던 책을 펼쳤지만 집중할 수가 없었다. 불을 끄고 누워서 캄캄한 실내를 응시했다. 그런데 다음 순간 침대로 뭐가 툭 하고 떨어졌다. 아서는 깜짝 놀라 비명을 질렀다. 천장에서 쥐새끼라도 떨어진 줄 알았는데 말썽쟁이 고든이었다.

"이 녀석, 어디 갔다 온 게야?"

녀석은 가까이 다가오더니 아서 옆에 웅크리고 앉아 가르랑거렸다.

"내가 지금 널 쓰다듬어줄 것 같으냐? 그렇게 애를 먹이고선!"

말은 그렇게 하면서도 아서는 고든을 쓰다듬어주었다. 그런 다음 불을 켜고 책을 몇 장 읽었다. 다시 누웠을 때는 가슴이 풍선처럼 크게 부풀었다가 꺼졌다. 고든이 다리 사이로 파고들었다. 천만다행이었다.

자정 무렵 매디는 앤더슨에게 전화를 걸었다. 아버지가 들을까봐 목소리를 낮췄다. 수화기 너머로 앤더슨의 졸린 목소리를 듣는 순간 매디는 바로 후회했다. 하지만 이제 와서 끊을 수도 없는 노릇이었다.

"헤이!" 매디는 어른스럽게 말하려 애썼지만 어린 티가 역력했다. "지금 뭐 하고 있어요?"

"뭐 하긴. 자고 있지, 쯧쯧." 앤더슨이 말했다.

"아, 깨워서 미안해요. 하지만 오늘 밤에 전화하라고 했잖아요. 그래서……."

"내가? 아, 미안. 하지만 얼마 전에 만났잖아. 게다가 요새 좀…… 바빠."

'뭣 때문에요?' 매디는 이유를 따져 묻고 싶었지만 꾹 눌렀다. 어쨌든 앤더슨이 미안하다고 했으니까.

매디는 오늘 하루 뭐 하면서 지냈느냐고 물으려다 역시나 꾹 눌렀다. 그런 말을 할 때가 아니었다. 그래서 분위기를 바꿀 요량으로 경쾌한 목소리로 물었다.

"잠깐 나가서 만날 수 있는데, 데리러 올래요?"

"글쎄, 이 시간에 굳이."

매디는 거리감이 느껴지는 그의 목소리에 가슴이 철렁했다.

"새로운 테크닉을 배웠거든요."

매디의 말을 듣고 앤더슨이 킬킬거리며 물었다. "아, 그래? 어떤 테크닉인데?"

"비밀이에요."

앤더슨이 아무 말도 않자 매디가 다시 입을 열었다. "길모퉁이에서 만나요. 차를 타고 어디 가서 해줄게요. 차에서도 할 수 있어요."

앤더슨이 한숨을 내쉬었다. "아침에 일하러 가야 해. 빨리 끝낼 수 있지, 응? 다른 건 기대하지 말고."

"알았어요. 십오 분 뒤에 나갈게요. 얼른 데리러 와요."

매디는 전화를 끊고 나서 뭘 입을지 고민했다. 벗기 편한 옷이어야 했다. 가슴이 설렜다. 드라마 주인공이라도 된 기분이었다. 그나저나 일단 새로운 테크닉부터 찾아봐야 했다.

잠옷을 벗고 티셔츠와 바지를 입었다. 속옷은 위아래 다 입지 않았다. 그런 다음 휴대전화를 들고 구글에서 '여자가 남자에게 하는 오럴 섹스'를 검색했다.

시간이 되자 매디는 침실 창문을 올리고 관목 가지를 붙잡으며 아래로 내려갔다. 몸을 웅크리고 아버지가 깼는지 잠시 기척을 살폈다. 조용했다. 매디는 길모퉁이로 걸어가서 앤더슨을 기다렸다. 꼼짝도 않고 칠 분 동안 가다렸다. 마음이 점점 불안해지던 참에 멀리서 헤드라이트 불빛이 보였다. 잠시 뒤 차가 다가와 그녀 옆에 섰다. 차창 밖으로 나온 앤더슨의 손에서 담배 연기가 길게 올라갔다. 그야말로 남자답고 멋지고 섹시했다. 학교에서 보는 멍청한 남자애들과는 차원이 달랐다. 상대방 손으로 라커 문을 쾅 닫으면서 킬킬거리는 유치한 녀석들과는 비교할 수도 없었다.

매디는 입술을 살짝 적신 다음 조수석 문을 열고 훌쩍 뛰어올랐다. 앤더슨은 말도 없이 고개를 끄덕이더니 이삼 킬로 떨어진 숲 쪽으로 차를 몰았다. 주차장에 도착해서 시동을 끈 뒤에야 매디에게 몸을 돌렸다.

"헤이." 앤더슨이 한쪽 눈을 비비며 말했다. 매디는 그런 행동마저 사랑스럽게 보였다. 키스하려고 몸을 내밀었다. 하지만 앤더슨이 뒤로 빠지며 말했다.

"금방 가야 한다니까. 아침에 일찍 일어나야 해. 그나저나 도대체 뭔데 그래?"

"뭐요?"

"그 테크닉인지 뭔지 말이야."

"아, 그거! 그러니까…… 당장 보여줄까요?"

"뭐, 그러든지."

그녀가 옷을 벗을 필요는 없었다. 그럴 시간도 없었다.

매디는 앤더슨의 사타구니에 손을 올리고 바지 단추를 푼 다음 지퍼를 살살 내렸다. 아까 본 사이트에서도 장소가 그리 넓지는 않았다. 그래도 그들은 무척 좋아하는 듯했다. 매디는 어색하게 앤더슨 쪽으로 넘어가서 무릎을 굽히고 바닥에 앉았다.

앤더슨은 머리를 뒤로 기대며 눈을 감더니 창밖으로 담배를 툭 던졌다. 매디는 잘생긴 그의 얼굴을 쳐다본 다음 시작했다.

다 끝난 뒤에 매디가 물었다. "어땠어요?"

"뭐, 괜찮았어. 고마워."

'고맙다고?'

매디는 다시 조수석 자리로 돌아오며 대답했다. "천만에
요."

"저, 그런데 매디." 앤더슨이 말하려다 말고 고개를 숙였
다. 매디는 그의 옆모습에서 보이는 기다란 속눈썹과 흘러
내린 머리칼을 보자 가슴이 뛰었다.

앤더슨이 매디 쪽으로 고개를 돌리며 다시 말했다.

"말할 게 있어. 앞으론 만나는 걸 자제해야 할 것 같아."

매디는 아무 말도 못하고 그대로 얼어버렸다. 숨도 쉬지
않았다.

"알았지? 내가 요새 좀 바쁘거든. 그게 새로…… 새로 뭘
하는 게 있어서 그래."

"새로 뭘 하는데요? 내가 도울 수 있는 일이에요? 그럼 도
울게요."

"아, 그런 건 아니야. 그냥……."

앤더슨이 창밖을 내다보다 다시 고개를 돌렸다.

"제기랄, 매디. 도저히 거짓말은 못 하겠다. 넌 착한 아이
야. 얼굴도 예쁘고. 나랑 사귀는 동안 즐거웠지, 그렇지? 하
지만 넌…… 흠, 널 존중하기 때문에 솔직히 말하는 거야. 알
았니? 그러니까 너한테 거짓말하지 않겠다는 거야. 나, 다른
여자가 생겼어……. 너처럼 어린애가 아니야. 알겠어?"

"누군데요?" 매디는 그런 걸 왜 묻는지 몰랐다. 그 여자가

누구든 한마디도 듣고 싶지 않았다. 알고 싶지도 않았다.

"상점에서 같이 일하는 여자야. 우리는 우연히 마주칠 때가 많아."

'우리?' 그 말이 가슴을 후벼 팠다. 매디는 입을 앙다물었다. '울면 안 돼. 절대로 울면 안 돼.'

앤더슨이 씩 웃었다.

"처음에는 엄청 싸웠어. 정말 웃겼다니까. 무슨 시트콤이라도 찍는 것 같았어. 앙숙처럼 부딪히는 걸 서로 즐겼던 거야. 그런데 어느 날 그녀가,"

"됐어요." 매디가 말을 잘랐다. "더 이상 듣고 싶지 않아요."

"이런, 이리 와." 앤더슨이 어르듯 말했다. 그 말에 매디의 몸이 저절로 앤더슨 쪽으로 움직였다. 달리 뭘 할 수 있단 말인가?

"참, 너한테 줄 게 있어." 앤더슨이 주머니에서 자그마한 보석함을 꺼냈다.

'오, 세상에. 그럼 이게 다 농담이었던 거야! 다른 여자 어쩌고는 다 우스갯소리였던 거야! 봐, 지금 프러포즈하려는 거잖아! 그럼 냉큼 받아줘야지. 당장 그의 아파트로 들어가서 같이 살겠다고 해야지.'

매디는 보석함을 쳐다봤다. 가슴이 터질 듯 두근거렸다. 지긋지긋한 집에서, 일 년 내내 음침한 날씨 같은 아버지에게서 벗어날 기회였다. 아침에 들뜬 기분으로 하루를 시작할 기회였다. 지켜보고 인정해주는 사람이 있다는 기분을 맛볼 기회였다. 매디는 지금까지 신기한 만화경 속에서 가면을 쓰고 사는 것 같았다.

'여길 좀 보세요. 이걸 옆으로 돌려봐요. 내가 뭘 할 수 있는지 좀 보라고요. 난 노래도 하고 춤도 출 수 있어요. 혀도 동그랗게 말 수 있어요. 거리에서 만나는 개와 고양이는 전부 내가 좋다고 쫓아온다니까요. 난 책도 엄청 빨리 읽어요.'

이젠 이 모든 것을 온전히 보여줄 사람이 생겼다. 뜨거운 가슴과 풍부한 유머와 충성스러운 마음까지, 전부 다!

"자, 받아." 앤더슨이 매디 쪽으로 보석함을 내밀었다.

매디는 보석함을 받아 살짝 흔들어본 뒤에 열었다. 진주알이 달랑거리는 목걸이가 보였다. 저번에 받은 목걸이와 똑같았다.

"널 존중한다는 표시야." 앤더슨은 그녀 앞에서 턱시도 차림으로 머리를 조아리듯 말했다. "맘에 드니?"

매디가 티셔츠 안쪽에 손을 넣고 목걸이를 꺼내 보였다.

"아, 이런 제길!"

매디가 차에서 내리려 하자 앤더슨이 팔을 붙잡았다.

"뭐 하는 짓이야?"

매디가 아무 말도 하지 않고 팔을 빼려 하자 앤더슨이 더 세게 잡았다. 아팠다. 매디는 앤더슨 쪽으로 몸을 돌리고 뺨을 세게 후려쳤다. 순간 둘 다 깜짝 놀랐다. 앤더슨이 팔을 놔주자 매디는 황급히 차에서 내렸다. 차 문을 닫지도 않고 그대로 뛰기 시작했다. 알게 뭐람!

"매디!" 앤더슨이 소리쳤다. "뭐 하는 짓이야? 얼른 돌아와. 집까지 태워다줄게. 맙소사! 당장 차로 돌아오라니까!"

매디는 오히려 속도를 높였다.

"매디! 여긴 위험하단 말이야!"

앤더슨이 조수석 문을 쾅 닫는 소리가 들렸다. 그리고 차가 그녀 쪽으로 달려오는 소리가 들렸다. 매디는 개의치 않고 숲 쪽으로 뛰어갔다.

"매디!"

앤더슨의 목소리가 들리는가 싶더니 이윽고 차 소리가 멀어졌다.

매디는 숲에서 나와 앤더슨이 돌아오는지 살폈다. 잠시 기다렸지만 그가 돌아오는 낌새는 보이지 않았다.

15미터쯤 떨어진 숲 가장자리에서 암사슴 한 마리가 그녀를 지켜보고 있었다. 순간 수치심이 물밀듯 밀려왔다. 매디는 커다란 눈으로 자신을 지긋이 바라보는 암사슴을 마주 봤다. 둘 다 오랫동안 움직이지 않았다.

"엄마?" 매디가 마침내 속삭였다.

어릴 때 매디는 '로저스 아저씨네 이웃'이라는 텔레비전 프로그램을 즐겨 봤다. 아버지는 그녀를 소파에 앉힌 뒤 동물 캐릭터 모양의 크래커와 주스를 챙겨주고 침실이나 지하실로 가버렸다. 그곳에서 혼자 고독을 즐겼다. 매디 역시 작은 기차와 인형, 로저스 아저씨네 집으로 찾아오는 방문자들을 혼자 지켜봤다. 살살 달래듯 말하는 로저스 아저씨의 목소리에 귀를 기울이면서 아빠도 저렇게 말해주면 좋겠다고 생각했다. 하루는 로저스 아저씨가 화면 안에서 그녀를 지긋이 쳐다보며 말했다. 정말 그녀를 상대로 말하는 것 같았다.

"도와줄 사람을 찾아보렴. 도와줄 사람을 찾으면 희망이 있다는 걸 알게 될 거야."

매디는 꼼짝도 않고 그 말을 들었다. 로저스 아저씨가 화면 밖으로 손을 내밀었더라도 놀라지 않았을 것이다. 그날 일을 결코 잊을 수 없었다. 그녀를 구해줄 밧줄이 드리운 것 같았다.

그 뒤로 매디는 엄마가 늘 함께한다고 느꼈다. 엄마는 머릿속을 환히 비추는 등불일 때도 있고 심장을 뛰게 하는 자극일 때도 있었다. 귓전을 울리는 희미한 속삭임일 때도 있었다. 시간이 지나면서 엄마는 계속 다른 형태를 띠었다. 숲 가장자리에서 그녀를 지켜보는 저 암사슴도 엄마의 분신 같았다. 매디를 멀찍이 지켜보면서 로저스 아저씨가 약속한 희망이 있다고 알려주는 것 같았다. 하지만 이제는 그 무엇도 예전처럼 벅찬 희망을 전해주지는 못했다. 아저씨가 약속한 희망도 이젠 점점 희미해지는 것 같았다.

매디는 마른침을 삼키며 손을 흔들었다. "안녕." 그런 다음 걸음을 옮겼다.

집에 도착한 뒤에는 소리를 죽인 채 벽을 타고 올라갔다.

창문을 넘어 방으로 들어와서 탁상 램프를 켰다. 그런데 아버지가 침대 끝에 앉아 있었다.

"어디 갔다 오는 거냐?"

매디는 뭘 숨기고 말고 할 기운도 없고 두려움도 없었다.

"몰래 나가서 남자애 만나고 왔어요."

아버지는 고개를 끄덕이더니 그녀를 가만히 쳐다봤다. 팔짱을 끼고 당당한 척하는 딸을 오히려 더 안쓰럽게 보는 듯했다.

"이리 와서 앉으렴."

아버지가 자기 옆자리를 두드리며 말했다. 매디는 아버지가 가리키는 자리로 가서 앉았다.

아버지가 헛기침을 하고 나서 매디의 손을 잡았다. 매디는 속이 뒤틀렸다. 아버지가 어쩌다 애정 표현을 할라치면 영 어색해서 몸이 뻣뻣해졌다. 그래서 얼른 피해버리기 일쑤였다. 그런 표현이 전혀 따뜻하게 느껴지지 않았다. 어릴 때는 그토록 갈망했건만 이제는 오히려 낯설고 성가신 간섭 같았다. 그때 받지 못했던 애정을 상기시킬 뿐이었다. 그동안 매디는 아버지에게 어떤 형태의 애정도 기대하지 않으려고 요새를 쌓아왔다. 이제는 너무 늦었다. 요새가 너무 크고 단단해져버렸다. 도저히 무너뜨릴 수 없었다. 요새 안이 오히려 더 안전했다.

"그게 말이다," 아버지가 어렵사리 입을 열었다. "나도 안다. 내가 그리 좋은…… 그러니까 내 말은…… 표현은 안 했다만 널 사랑한단다. 다시는 그러지 말거라. 내가 널 얼마나 걱정하는지 아니? 정말이야. 다시는 그러지 않겠다고 약속해다오. 사내 녀석들은 그런 식으로 행동하는 여자를 존중하지 않아. 알았니?"

'쳇!'

"알았어요." 매디는 말하면서 손을 뺐다.

"다시는 그러지 마." 아버지는 매디를 쳐다보며 무슨 말을 더 하려다 멈췄다. 결국 자리에서 일어나며 말했다. "푹 자렴."

아버지도 지쳐 보였다. 잠을 설쳤기 때문만은 아닌 것 같았다. 아버지가 문지방을 나가다 말고 몸을 돌렸다.

"혹시 더 하고 싶은 말 있니?"

매디가 고개를 저었다.

"내일 식료품을 사러 갈 건데, 뭘 좀 사다줄까?"

"됐어요."

"잘 생각해봐."

"됐다니까요!"

아버지가 잠시 머뭇거리더니 다시 말했다. "푹 자거라."

"푹 주무세요."

흠, 그게 말처럼 쉽다면 얼마나 좋을까.

매디는 옷도 벗지 않고 이불 속으로 들어갔다. 그를 생각하지 않을 것이다. 뭘 기대했단 말인가? 정말 아무것도 생각하지 않을 것이다. 그냥 잠만 잘 것이다. 아주 푹.

아침에 일어나면 버스를 타고 학교 대신 묘지에 갈 것이다. 마음 편히 어울리고 싶은 사람들에게로.

아서는 버스 정류장으로 가기 전에 먼저 루실에게 들르기로 마음먹었다. 사과라도 해야 마음이 편할 것 같았다. 갑자기 속이 거북했는데 솔직히 말하지 못했다고, 이제는 괜찮으니 이따 밤에 만나서 이야기할 수 있다고 말할 생각이었다. 루실이 선뜻 받아주길 바랐다. 어쩌면 루실은 잠깐 기다리라고 한 뒤 점심에 먹으라고 뭘 챙겨줄지도 몰랐다. 아서는 루실이 간밤에 말했던 오렌지 꽃 버터 쿠키를 떠올렸다. 맛이야 틀림없을 테지. 생각만으로도 입에 침이 고였다. 루실은 과자를 잘 구웠다. 인정할 것은 선뜻 인정해야 한다. 루실이 캐러멜 케이크를 구울 때면 그의 집 거실까지 맛있는 냄새가 솔솔 풍겨왔다.

아서는 앞뜰을 가로질러 루실네 현관 계단을 올라갔다. 그런 다음 연주라도 하듯이 경쾌하게 문을 두드렸다. 안에서 루실이 움직이는 소리가 들렸다. 아서는 뒷머리를 쓱쓱 쓸어내린 뒤 양손을 허리에 받쳤다. 그러다 다시 앞으로 모았다. 몸의 중심을 뒤축에 뒀다가 앞축으로 옮기면서 살살 흔들었다. 잠시 뒤 문을 다시 두드렸다. 이번에는 인기척이 없었다. 결국 초인종을 눌렀다. 그래도 루실이 나오지 않았다. 무슨 일 있나? 그 나이 때는 당연히 드는 의문이었다. 초인종을 또다시 누른 뒤 문을 살짝 열었다.

"루실?"

그러자 루실이 황급히 나왔다. 얼굴이 발그레한 것을 보니 괜찮은 징조 같았다.

하지만 아니었다.

"남의 집 문을 멋대로 열다니, 도대체 무슨 짓이에요?"

"어, 난 그냥 대답이 없기에…… 혹시라도 당신이 넘어지지나 않았을까 싶어서."

"넘어져요?"

"그래요, 루실. 당신이 넘어졌을까봐 걱정돼서……."

"난 어렸을 때 말고는 평생 넘어진 적이 없다고요."

"듣던 중 반가운 소리로군요."

두 사람은 그대로 가만히 서 있었다. 한참 뒤에 루실이 말했다.

"들어가봐야 해요."

"그래요. 그럼 또 봅시다."

루실이 문을 닫았다.

흠, 아직 화가 안 풀렸군. 아서는 다시 문을 두드린 뒤 사과할 수도 있었다. 잠깐 이야기할 수 있겠느냐고 물어볼 수도 있었다. 하지만 그러지 않았다.

그러고 싶지 않았다. 얼른 묘지로 달려가 놀라와 함께 점심을 먹고 싶었다. 그가 누리는 가장 큰 즐거움을 방해받고 싶지 않았다.

그런데도 현관 계단을 내려오기 전에 아서는 뒤를 한 번 돌아봤다. 커튼이 살짝 흔들리는 것 같았다. 흠, 아님 말고.

아서는 약간 처진 기분으로 버스에 올랐다. 하지만 묘지 입구를 지나자 다시 기운이 솟았다. 새파란 하늘에 하얀 뭉게구름이 둥실 떠 있었다. 새파란 하늘에 새하얀 구름. 그야말로 화창한 날이었다. 아서는 걸음을 재촉했다. 오늘 점심은 땅콩버터와 포도 젤리를 바른 샌드위치였다. 과일 주스도 챙겨 오고 보온병에 우유도 조금 담아 왔다. 땅콩버터와 젤리를 더 이상 먹을 수 없는 날이 온다면 그때는 천국에서 놀라 옆자리를 차지하고 있을 것이다. 아서는 천국이 정말 있기를 바랐다. 놀라를 다시 만날 방법이 있기를 바랐다. 지금 당장에라도 다시 만날 수만 있다면! 그럴 수만 있다면 그와 하느님 사이의 비밀로 하고 아무에게도 말하지 않을 것이다. 아, 살아생전에 단 한 순간이라도 놀라 얼굴을 볼 수만 있다면! 남은 생을 어떻게든 버텨낼 수 있을 텐데.

흠, 별수 없지.

아서는 숨을 한 번 깊이 내쉬고 일렬로 늘어선 묘지를 따라 걸음을 옮겼다.

아네트 매컬리스터. 여든 살에 세상을 떠났으니 천수를 누렸군. 아네트에게 물어보면 동의하지 않을지도 모르지만 그만하면 살 만큼 살았다. 아서는 허리를 숙이고 물망초를 살폈다. 아네트가 평소에 좋아하던 꽃인 듯했다. 아네트는 관절염이 심하고 손마디가 저려서 힘들어했다. 의자 등받이에 기대어 땅콩 캔디를 즐겨 까먹었고, 어린아이들을 귀찮아했다.

아서는 몸을 일으켰다. 어린아이들을 귀찮아했다고? 흠, 땅에 묻힌 사람은 무죄 추정의 원칙에 따라 좋게 봐주는 것이 도리지만, 어린아이들을 싫어한 사람은 도저히 좋게 볼 수 없었다. 물론 아이들은 성가시게 굴기도 한다. 하지만 다 그럴 만한 이유가 있기 때문이다. 지치거나 배고프거나 두렵거나. 어른들이 앓는 병도 상당수는 낮잠을 자거나 잘 먹거나 적절한 보살핌을 받으면 절로 해결된다. 하지만 어른들은 꼭 사태를 복잡하게 만든다. 그래야 직성이 풀리는 종자들이다. 일을 갈수록 힘들게 만들고 말도 너무 많이 한다. 아서 역시 어른으로서 그런 면이 없지 않았다. 즉흥적으로 뭘 해보겠다는 의지가 전혀 없었다. 놀라는 생전에 그 점을 불만스러워했다.

"드라이브하러 나가요!"

놀라가 신나게 제안해도 그는 대개 시큰둥하게 반응했다.

"언제?"

"지금 당장!"

"어디로?"

"아무 데나!"

아서는 그럴 때마다 당장은 곤란하다고 대답했고 놀라도 결국에는 마음을 접었다. 늘 그런 식이었다. 당장은 곤란하다. 하지만 그는 당장 나갈 수 있었다! 당장 나갈 수 있었고 나가야 마땅했다! 어린아이들에게 드라이브하러 나가겠느냐고 물어보라. 당장에 '좋아요!'라고 외칠 것이다.

피라미 잡으러 갈까? 좋아요! 보물 숨기러 갈까? 좋아요! 빙글빙글 돌기 놀이 할까? 좋아요!

실제로 아서는 어른들보다 아이들과 함께 있는 것을 더 좋아했다. 물론 놀라는 예외였다.

아서는 놀라가 누워 있는 줄로 접어들었다. 헤럴드 로턴을 지나고, 헨리 올슨을 지났다. 그런데 하이디 뮐러를 지나다 말고 걸음을 멈췄다. '1992년 3월 14일 출생, 2011년 12월 25일 사망.' 크리스마스에 떠났군. 힘들었겠네. 아서는 주먹을 꼭 쥐고 가만히 서서 생각했다. 전쟁 신부였구나. 군인 남편을 따라 여기까지 왔나보다. '곱슬곱슬한 금발에 푸른 눈을 한 전쟁 신부. 그녀는 레이스 커튼 뒤에 서 있었다. 2차 대전이 끝나자 군 호송 차량이 수시로 마을에 드나들었다. 나치는 미군이 여자들을 강간하거나 독 묻은 초콜릿을 내밀 거라면서 미군과는 말도 섞지 말라고 지시했다. 그런데도 그녀는 한 군인에게 말을 걸었다. 그의 앞주머니에 새 칫솔이 세 개나 꽂혀 있었기 때문이다. 그중 하나라도 갖고 싶었다. 군인이 칫솔을 줄 테니 대신 키스해달라고 청했다. 그녀가 거절했지만 군인은 물러서지 않았다. 그녀를 보자마자 첫눈에 반했던 것이다. 뉴욕 시 출신의 이 순진한 청년은 전쟁의 참상을 목격하고 지칠 대로 지쳐 있었다. 그녀가 눈밭에 피어난 한 송이 장미꽃처럼 보였다. 그는 민간인과 교제

하지 말라는 규칙을 위반해 벌금형을 선고받았지만 개의치 않았다. 그녀에게 첫눈에 반했으니까. 그거면 충분했으니까.'

첫눈에 반하는 일은 생각보다 자주 일어난다. 실은 아서와 놀라도 그랬다. 잡화점의 사탕 카운터에 서 있는 놀라를 본 순간 아서는 고속 엘리베이터를 타고 땅으로 쑥 꺼졌다가 하늘로 휙 솟구치는 것 같았다. 팡파르가 울리고 온 세상이 그와 놀라를 중심으로 돌아갔다.

"아가씨?"

아서가 주먹만 한 덩어리를 꾹 눌러 삼킨 뒤 말했다. 놀라가 몸을 돌리며 웃었다.

"당신과 결혼할 겁니다."

그 말에 놀라는 달아나지 않았다. 오히려 이렇게 말했다. "언제요?"

아서가 허리를 펴고 하늘을 쳐다보니 어느새 먹구름이 잔뜩 끼었다. 비가 온다는 예보는 없었다. 하긴 비가 언제 예보를 확인하고 내리던가! 점심을 서둘러 먹고 집으로 돌아가야 할 것 같았다. 가기 전에 놀라가 편히 안식하길, 그리고 그녀의 영혼이 지금도, 앞으로도 영원히 그의 안팎을 밝게 비쳐주길 기원할 것이다. 집으로 가서는 전에 사둔 토마토 씨앗을 작은 종이컵에 심을 것이다. 새싹이 올라오는 모습을 보면 아서는 창조주라도 된 것 같았다. 널찍한 텃밭을 가꾸지는 못하더라도 여름에 신선한 토마토 정도는 먹을 수 있어야 한다.

아서가 의자를 펴고 앉아서 점심을 막 먹으려는데 전에 봤던 여자아이가 눈에 들어왔다. 나무에 기대앉아 팔짱을 낀 채 그를 쳐다보고 있었다. 책가방은 옆에 놓여 있었다. 지금이 한 시인데 학교에는 왜 안 갔지?

아서가 조심스럽게 손을 흔들었다. 아이는 마주 손을 흔들더니 아예 자리를 털고 일어나 그를 향해 걸어왔다. 느리지만 단호한 걸음걸이였다. 표정으로 봐서는 무슨 의도인지 알 수 없었다.

여자아이가 다가왔을 때 아서가 일어나 말했다.

"또 보는구나."

"할아버지는 여기 매일 오시네요."

"너도 자주 오는구나."

아이는 어깨를 으쓱하더니 턱으로 놀라의 무덤을 가리키며 물었다.

"아내분의 무덤인가요?"

아서가 고개를 끄덕였다. "내 아내 놀라를 소개하마. 놀라 코린. 육 개월 전에 떠났단다. 뷰티 퀸이었지."

두 사람 다 묘비를 바라볼 뿐 잠시 말이 없었다. 마침내 아서가 입을 열었다.

"놀라가 너무 그리워서 날마다 여기 온단다. 함께 점심을 먹지. 여기서 먹으면 함께 먹는 기분이 들거든."

"뷰티 퀸이었어요?"

"내 눈에는 그랬지."

"할머니한테 이야기도 하시던데. 그렇죠?" 매디가 물었다. 이상한 노인네라고 생각하지 않고 그저 순수하게 묻는 말투였다.

"그렇단다."

"무슨 이야기를 하시는데요?"

아서가 허리를 펴며 살짝 웃었다.

"아, 은밀한 이야기로군요. 알았어요."

아서는 금세 당황하는 아이를 보며 참 여리다고 생각했다.

"은밀한 이야기는 아니란다. 소리 내서 말하는걸. 옆에 오면 누구나 들을 수 있어. 어쩌면 너도 내가 하는 이야기를 들었을지 모르겠구나."

여자아이가 고개를 저었다. "한 번도 못 들었어요. 그냥 입술이 움직이는 것만 봤어요."

"뭐, 별것도 아니란다." 아서가 말했다. "그냥 뭐 하고 지내는지 알려주는 거야. 떠오르는 대로 아무거나. 날씨 이야기도 하고 신문에서 읽은 재미난 기사도 들려주고. 놀라는 사람들이 사는 이야기에 관심이 많았거든. 정치엔 통 관심이 없었고."

아서는 아이의 얼굴을 유심히 살폈다. 눈 밑이 시커멨다.

"가끔은 너무 보고 싶다는 말도 한단다. 뭐, 그렇게 말한다고 볼 수 있는 것도 아니지만. 코끼리를 바늘귀에 통과시키는 일이나 매한가지 아니냐. 내 말 무슨 뜻인지 알겠니?"

매디가 고개를 끄덕였다.

"난 아서 모지스라고 한다." 아서가 손을 내밀며 말했다. 그녀는 아서의 손을 쳐다보더니 어색하게 잡고 흔들었다. 악수라는 것을 처음 해보는 듯했다. 아서는 그럴 수도 있겠다고 생각했다. 요즘 아이들은 항상 휴대전화를 만지작거리거나 아예 손을 주머니에서 빼지도 않았다. 예전에는 그러면 무례하다고 했다.

"매디 해리스라고 합니다." 여자아이가 말했다.

별안간 천둥소리가 요란하게 나더니 비가 흩뿌리기 시작했다. 굵은 빗방울이 아서의 뒷목을 타고 셔츠 속으로 흘러내렸다. 아서는 어깨를 움츠리며 빗소리 때문에 크게 말했다.

"폭우가 쏟아지려나보다! 이만 가는 게 좋겠다."

"네, 그게 좋겠어요." 매디가 말했다.

아서가 걸음을 떼기 시작하자 빗줄기가 점점 더 거세졌다. 묘비에 부딪친 빗방울이 요란하게 되튀어 올랐다.

"얘야!" 뒤에 그대로 서 있는 매디 쪽으로 아서가 몸을 돌리며 소리쳤다. "몇 분 있으면 버스가 온단다. 우리 집에 가서 잠시 비를 피했다 가지 않을래?"

아서는 가끔 이렇게 즉흥적으로 행동했다. 그럴 때마다 놀라는 당황해서 눈을 흘기고는 했다. 한번은 아서가 시나몬 빵을 한 덩어리 사오다 지나가는 남자에게 반을 뚝 떼어 줬다. 냄새가 끝내준다고 말했다는 이유에서였다. 남자가 지나간 뒤에 놀라가 눈을 부라리자 아서가 말했다.

"내가 뭘? 지난번에는 새들한테 절반을 줬잖소."

"그야 새들이 빵을 좋아하니까요!" 놀라가 반박했다. "그 때는 나도 나눠주고 싶었다고요!"

아서는 집게손가락에 묻은 시나몬 설탕을 핥았다. 그러다 핥던 손가락을 놀라에게 불쑥 내밀었다. 놀라는 눈살을 찌 푸렸지만 이내 얼굴을 펴고 아서의 손가락을 핥았다. 그런 아내가 어찌 보고 싶지 않겠는가?

아서가 매디에게 말했다. "같이 가려면 서둘러야 한다."

매디는 움직이지 않았다. 그저 가만히 서서 그를 쳐다볼 뿐이었다. 그러더니 한참 만에 가방을 어깨에 둘러메고는 알아들을 수 없게 뭐라고 중얼거렸다.

아서가 매디의 표정을 살피며 다시 물었다.

"뭐라고?"

"'저도 버스 타는 걸 좋아해요'라고 했어요."

두 사람은 진창길을 따라 서둘러 정류장으로 걸어갔다. 아서는 자신이 여자아이를 집으로 데려가는 모습을 루실이 보지 않길 바랐다. 하지만 이내 마음을 바꿨다. 루실이 그들 을 보고 쿠키라도 가져다주면 더 좋을 것 같았다. 루실이 그 의 집에 찾아온 적은 거의 없었다. 거의 매번 그가 갔다. 거 의 매번 현관까지만 갔다. 크리스마스트리 꼭대기에 별 다 는 일을 도와줄 때 말고는 안에까지 들어가지 않았다. 그렇 게 오랫동안 이웃으로 살았지만 상대의 문지방을 넘은 적이 이렇게 없다니! 그리고 보면 친구들 집을 제 집처럼 드나들 던 어린 시절이 참 좋았다.

아서는 정류장에 도착한 뒤에야 마음이 놓였다. 그런데 기분이 묘했다. 숨이 차서 자리에 앉고 싶었지만 뭔 기운을 자랑하겠다고 의자를 펴지 않았다. 그러자 옆에 있던 매디가 의자를 가져가 펼치더니 앉으라고 손짓했다. 아서는 결국 의자에 앉았다. 두 사람은 쏟아지는 빗줄기를 바라보며 말없이 버스를 기다렸다.

빗속에서 혼자 버스를 기다린다면 음산할 텐데, 여자아이와 같이 기다리니 무슨 모험을 감행하는 같았다. 이런 것이 바로 다른 사람과 함께 있는 효과였다. 아서는 몸이 달아오르던 시절을 기억했다. 누군가와 함께하는 것이 어떤 의미인지도 기억했다. 거기에는 힘든 상황도 가뿐히 이겨내게 해주는 신비한 마력이 있었다.

그들이 집으로 들어가는 모습을 루실이 못 본다면 그가 직접 가서 데려오기로 마음먹었다. 이왕 여자를 들인다면 하나보다는 둘이 나을 듯했다.

"저기 오네요." 매디가 말했다.

버스가 헤드라이트를 환히 켜고 와이퍼를 고속으로 흔들며 다가왔다. 배수로에 물이 높이 차서 버스가 보트처럼 보였다.

"아, 잠깐만요. 돈이 하나도 없는데……" 매디가 말했다. "좀 빌려주실래요?"

"내가 내주마. 한 달 치 정기권이 있거든."

둘이 버스에 오르자 기사는 아서의 정기권으로는 매디를

태울 수 없다고 말했다.

"그게 무슨 말인가?" 아서가 따졌다.

"얘는 자격이 안 됩니다." 기사가 말했다. 사시에 유머 감각이나 연민 따위는 눈 씻고 찾아봐도 없는 치사한 인간이었다.

"그럼 돈으로 내지." 아서가 주머니를 뒤지며 말했다. 다행히 그는 늘 잔돈을 챙겨 다녔다.

"고맙습니다." 매디가 고개를 숙이며 말했다.

두 사람은 노약자 좌석에 앉았다. 기사 바로 뒷자리였다. 기사는 그들이 다른 자리까지 걸어갈 틈을 주지 않았다.

"얼마나 걸려요?" 매디가 물었다.

"열일곱 블록만 가면 된단다. 십 분 뒤에는 우리 집에 들어가 있을 거야. 스프 좋아하니?"

"어떤 스프요?"

"콩이랑 베이컨을 넣은 건데."

매디가 콧등을 찡그렸다.

"그럼 토마토 스프는?"

"그건 좋아요." 매디는 대답을 마치고 고개를 돌려 창밖을 바라봤다. 아서는 매디의 옆모습을 슬쩍 훔쳐봤다. 어쩐지 애처로워 보였다.

내려야 할 정류장에 도착하자 빗줄기가 가늘어졌다. 두 사람은 짧은 거리를 걸어 아서의 집에 도착했다. 그런데 계단을 올라가려다 말고 매디가 머뭇거렸다.

아서는 문득 매디를 집에 들이지 않고 현관 의자에 앉아 있다만 가겠느냐고 물어볼까 했다. 때마침 안쪽에서 고든이 야옹 하고 우는 소리가 들렸다.

"고양이 키우세요?" 매디가 물었다.

아서는 고개를 끄덕였다. "고든이란다. 녀석은 내가 집을 나서면 마구 울어대다가 막상 들어가면 본체만체하지."

아서가 자물쇠 구멍에 열쇠를 꽂아 문을 열었다. 고든은 아서를 올려다보다가 옆에 서 있는 소녀를 보더니 얼어붙었다.

"이 친구는 매디란다." 아서가 몸을 돌려 매디에게 말했다. "자, 들어가자."

매디가 안으로 들어가자 아서가 문을 닫았다. 매디는 진흙투성이 부츠를 벗으며 아서에게도 구두를 벗으라고 말했다. 매디의 양말에는 해골 무늬가 그려져 있었다. 아서가 구두를 벗자 구멍 뚫린 양말이 드러났다. 손님을 들일 것을 예상치 못한 탓이었다.

매디가 어깨를 움츠리며 재킷을 벗으려 하자 아서가 뒤에서 도와주려고 했다.

"앗, 뭐 하시는 거예요?" 매디가 몸을 휙 돌리며 말했다.

"재킷 벗는 걸 도와주려는 거야."

"혼자 벗을 수 있어요."

"미안하구나. 우리 나이에는 당연히 그래야 한다고 생각한단다. 신사는 숙녀가 코트 벗는 걸 도와줘야 하거든. 문도 열어서 잡아주고. 영화 같은 데서 보지 않았니?"

"집에서 양파 냄새가 나는데요." 매디가 말했다.

"글쎄다." 아서가 말했다.

"양파를 좋아하거든요." 매디가 허리를 굽히자 고든이 얼른 옆으로 다가와 커다란 머리를 매디의 손에 딱 붙였다. 매디가 쓰다듬어주자 녀석은 눈을 감았다.

"벌써 친구가 됐구나." 아서가 말했다.

"졸지에 친구가 하나 생겼네요."

"나까지 둘이지." 아서가 말했다.

매디는 아서를 힐끔 쳐다보더니 그대로 바닥에 주저앉아 손으로 얼굴을 가렸다.

"어, 이런." 아서는 뭘 잘못했나 싶어 당황했다. "매디? 내가 뭘 또……."

아서는 몸을 낮춰 매디 옆에 앉을 수 없었다. 그랬다가는 다시는 일어나지 못할 테니까.

"매디?"

매디가 손을 내리고 아서를 쳐다봤다. "어젯밤에 차였거든요."

아서는 고개를 끄덕이다 한숨을 지으며 덧붙였다. "허 참, 나도 그렇단다."

매디가 얼굴을 찡그렸다. "정말이세요?"

"아무래도 그런 것 같다. 일단 점심부터 먹자. 그런 다음 내 이야기를 들어보고 네 생각이 어떤지 알려다오. 그럼 나도 네 이야기를 들어보고 내 생각을 알려주마. 이야기해도 된다면 말이다."

매디는 코를 쓱 닦으며 몸을 일으켰다. 아서는 코에 걸린 고리를 잡아당기면 어떻게 될까 생각하며 얼굴을 찌푸렸다.

"몇 가지만 이야기할게요." 매디가 말했다.

"좋을 대로 하려무나."

아서는 주방으로 가서 루실네 집을 힐끔 쳐다봤다. 불빛도 없이 조용했다. 외출했나보다. 아서는 루실이 우산을 챙겨 나갔기를 바랐다.

아서는 매디에게 앉으라면서 식탁 의자를 빼줬다.

"얼른 준비할 테니 잠시 앉아 있거라."

아서는 스프에 쓸 우유가 충분하길 바랐다. 아울러 쓸 만한 스프 그릇이 깨끗하게 씻겨 있기를 바랐다. 혼자 살다 보니 평소에는 그런 데 전혀 신경을 쓰지 않았다.

"식탁에 서랍이 있네요?" 매디가 물었다.

"그렇단다. 예전에는 죄다 서랍이 있었지. 나이프와 포크 따위를 보관하는데, 여러모로 편리하단다. 놀라와 나는 서랍에 그린 스탬프를 모아뒀단다. 요새는 그런 걸 통 안 주더구나."

"그린 스탬프요?"

"식료품점이나 주유소에서 나눠주는 쿠폰이란다. 모아서 가져다주면 접시나 장난감으로 교환해줬어. 많이 모으면 쓸 만한 가구도 얻을 수 있었고. 아이들은 스탬프를 공책에 붙여가며 잔뜩 모으곤 했지."

"할아버지네 아이들도 그랬어요?"

"아, 난…… 우리는 아이가 없단다. 놀라와 난 아이를 가질 수 없었어."

"오히려 잘된 거죠." 매디가 작은 목소리로 말했다.

"뭐라고?"

"오히려 잘된 거라고 했어요!"

아서가 냉장고에서 머리를 빼며 매디를 쳐다봤다.

"어째서?"

매디가 어깨를 으쓱했다.

"넌 아이들을 안 좋아하니?"

"좋아해요. 하지만 안 좋아하는 사람도 많잖아요. 애들을 어떻게 다뤄야 하는지도 모르고. 사는 데 방해만 된다고 생각하는 것 같아요."

아서는 우유갑을 꺼내서 흔들어봤다. 스프를 끓이기에는 충분했다. 통조림을 따서 내용물을 팬에 부었다. 그 위에 우유를 따르는데 손이 약간 떨렸다.

"아이가 있었으면 하고 바란 적이 많단다. 그래도 요즘처럼 간절히 원했던 적은 없어."

잠시 침묵이 흘렀다.

"몇 살이세요?"

매디의 질문에 아서는 여든다섯 살이라고 말한 뒤 매디에게 몇 살이냐고 물었다.

"열여덟 살이에요." 매디가 시간을 두었다가 덧붙였다. "얼마 안 있으면."

"열여덟 살로 보이지는 않는구나."

"알아요. 전 태어날 때부터 나이에 비해 어려 보였거든요."

아서가 잠시 머뭇거리다 껄껄 웃자 매디가 씩 웃었다. 세상에, 저렇게 예쁘고 환한 미소를 짓다니! 매디의 얼굴이 태양처럼 빛나는 것 같았다. 코에서 저놈의 고리만 빼면 훨씬 더 예쁠 텐데.

"혹시 빵 있어요?" 매디가 물었다.

"아무렴. 반 덩어리나 있지."

"치즈는요?"

"슬라이스 치즈가 조금 있는데."

"스프랑 같이 먹게 치즈 크루통도 만들까요?"

아서가 눈살을 찌푸렸다. "그걸 어떻게 만들지?"

"저도 만들어본 적은 없어요. 식당에서 토마토 스프에 치즈 크루통을 곁들여 팔더라고요. 빵이랑 치즈를 구워서 잘게 자르면 되지 않을까요?"

"그럼 좋을 대로 하려무나." 아서가 발로 찬장 아래쪽을 가리키며 말했다. "팬을 하나 더 꺼내거라."

매디가 작은 주물 팬을 꺼내며 말했다. "버터는 있어요?"

"내 주치의에게 말하지 않겠다고 약속하면 알려주마."

열한 시 삼십 분이 다 돼서야 루실은 집에 들어왔다. 열한 시 삼십 분! 삼십 분만 있으면 자정이다! 근 몇 년간 이렇게 늦은 시간까지 깨어 있던 적이 없었다.

아!

루실은 거울을 쳐다봤다. 크림을 묻혀 화장을 지우는 현재의 모습이 보였다. 그 위로 또 다른 모습이 겹쳐 보였다. 매끈한 살결, 발그레한 볼. 어깨까지 늘어진 적갈색 머리칼. 숱이 너무 많아 브러시로 빗기지도 않을 것 같았다. 어여쁜 얼굴만 보이는 것이 아니라 젊고 탱탱한 몸매도 느껴졌다. 세상에! 그때 모습 그대로 느낄 수 있었다! 턱선은 날렵하고 다리는 곧고 길었다. 벼락이라도 맞은 것처럼 머리부터 발 끝까지 찌릿찌릿했다.

손가락을 입술 사이에 넣고 눈을 질끈 감고서 꽉 깨물었다. 웃음인지 비명인지 모를 소리가 새어 나왔다. 욕실 불을 끄고 침실로 향했다. '구름 위에 붕 떠 있는 기분'이 어떤 뜻인지 이제야 알 것 같았다.

루실은 머리맡의 램프를 끄고 자리에 누웠다. 어둠 속에서 그의 얼굴이 보였다. 이번에도 두 얼굴이 겹쳐 보였다. 그녀와 어울리던 시절의 젊은 얼굴과 나이를 먹을 대로 먹은 지금의 얼굴. 어느 얼굴이 더 크지? 어느 얼굴이 둥근 보름 달처럼 둥실 떠 있지?

프랭크 피어슨.

프랭크 피어슨!

"당신이 이미 저세상 사람인 줄 알았어요."

"나도 당신이 이미 저세상 사람인 줄 알았소."

루실의 말을 똑같이 따라 하는 프랭크의 두 눈이 영롱하게 빛났다. 죽은 사람으로 여겼는데 살아 있다니! 멀쩡하게 살아 있다니! 흠, 이 나이에 이만하면 멀쩡한 셈이지, 뭘 더 바라겠는가?

루실은 한숨을 푹 내쉬었다. 피곤했지만 잠을 이룰 수 없었다. 배에 두 손을 포개놓고 호흡을 가다듬었다. 천천히 들이마시고 천천히 내쉬었다. 그러다 눈을 번쩍 떴다.

살을 빼야겠다. 전에도 건강상의 이유로 살을 빼볼까 생각했다. 병원에 갈 때마다 의사는 차트에 기록된 체중을 확인한 뒤 그녀를 한심스럽게 쳐다봤다. 의사가 입을 떼기 전에 매번 그녀가 선수를 쳤다.

"무슨 말 하려는지 다 알아요. 살을 빼야죠, 살을."

핑크 박사를 보러 갈 때마다 루실은 똑같은 말을 내뱉었다. 하지만 건강을 위한 살 빼기는 말처럼 쉽지 않았다. 시작도 못 하고 번번이 포기했다. 하지만 연애를 위한 살 빼기는 완전히 다른 이야기였다.

내일은 크래프트 사의 캐러멜로 초콜릿 쿠키 바를 만들 생각이었다. 맛이 어떨지 무척 궁금했다. 그런데 아무래도 그만둬야 할 것 같았다. 아니, 만들어서 죄다 아서를 주면 되겠다. 아서는 너무 말라서 옆에서 보면 납작한 널빤지 같았다. 그래, 아서에게 가져다주면 무척 좋아할 거야. 프랭크 덕분에 아서에게 서운했던 감정이 다 풀렸다. 사랑에 빠진 사람은 온 세상이 아름답게 보이는 법이다. 웃어라, 그러면 온 세상이 너와 함께 웃을 테니! 그래서 사랑에 빠지면 다 예뻐 보인다고 하나?

루실은 이런저런 생각으로 도저히 잠을 이룰 수 없었다. 결국 램프를 다시 켜고 슬리퍼를 신었다. 저번에 받은 편지를 가지러 아래층으로 내려갔다. 요즘 누가 손으로 쓴 편지를 주고받느냐고 하겠지만 그녀는 실제로 그런 편지를 받았다. 편지가 제대로 전해지지 않았더라면 어떻게 됐을까? 봉투에 손으로 적힌 주소와 수신자를 보고도 쓸데없는 광고물로 생각해서 쓰레기통에 버렸더라면? 발송자를 보고 '아, 이제 와서 뭘 어쩌려고? 이젠 너무 늦었어요!'라고 생각했더라면?

그런데 아니었다. 지금도 늦지 않았다. 전혀 늦지 않았다.

루실은 편지를 들고 침대로 돌아와서 봉투를 열었다. 처음 읽을 때는 그의 글씨를 알아보기 힘들었지만 지금은 술술 읽을 수 있었다. 실은 내용을 다 외워서 읽을 필요도 없었다. 그런데도 비스듬히 휘갈겨 쓴 글자를 한 자 한 자 짚어가며 읽었다. 특히 꼭 한 번 만나고 싶다며 밑줄까지 그어 강조한 부분에서는 숨을 멈췄다.

루실은 편지를 다 읽고 나서 베개 밑에 넣었다. 그 옛날 프랭크는 수 벤슨 때문에 루실을 버렸다. 그 일로 평생 괴로워했을 것이다. 그를 빼앗아 간 수 벤슨은 일 년 전에 죽었다고 했다. 백혈병으로 진단받은 지 삼 개월 만에. 루실은 그가 수 벤슨과 결혼한 뒤로 한순간도 행복하지 않았을 거라고 생각했다. 좋아서 한 결혼이 아니었으니까. 루실을 놔두고 파티에 갔다가 우연히 수에게 눈길을 줬을 뿐인데, 수가 그에게 푹 빠져버렸다. 여자가 죽자고 덤비니 그도 어쩔 수 없이 넘어갔던 것인데, 덜컥 아이가 생겨버렸다. 그렇게 엇갈린 세월을 살다가 이제야 루실에게 연락한 것이다.

오래전 프랭크가 그녀의 손을 잡고 키스하던 순간이 떠올랐다. 그의 부드러운 입술이 손바닥에서 시작해 손목을 지나 입술까지 이르렀다. 뜨겁게 키스한 뒤에는 입술이 퉁퉁 부어올랐다. 약국에 가면 입술을 두툼하고 윤나게 보이도록 해주는 립 플럼퍼라는 제품이 있다. 그와 키스하고 나면 마치 립 플럼퍼를 바른 것 같았다.

예전에 즐겨 입던 드레스가 이제는 허벅지 위로 올라오지도 않았다. 수선을 하든 살을 빼든 특단의 조치를 취해야 했다. 속치마도 찾아야 했다. 가슴과 아랫단에 화려한 레이스가 달린, 민트 그린 색깔의 슬립도 어딘가에 있을 것이다. 혼수품으로 장만한 슬립인데 한 번도 입지 않았다. 버린 기억이 없으니 어딘가에 분명히 있을 것이다.

찾더라도 지금은 그림의 떡이었다. 하지만 다이어트를 독하게 하기로 마음먹었다. 프랭크가 그녀에게 전보다 살집이 붙었다고 말하지는 않았다. 사실 프랭크도 남성 잡지 모델 같지는 않았다. 살을 빼려는 이유는 외모에 대한 집착 때문이 아니라 오래 살고 싶었기 때문이다. 앞일은 모르니까. 노년을 연구하는 학자들은 환자에게 백 살까지 살고 싶은지 묻곤 한다. 루실도 그런 질문을 여러 차례 받았다. 그때마다 "그야 물론이죠!"라고 대답했다. 그게 정답이라고 생각했기 때문이다. 그런 사람들 앞에서 솔직하게 말했다가는 곤란한 상황에 처하기 십상이다. 아흔 살 먹은 패니 밀러라는 친구는 의사에게 이렇게 말했다.

"천만에, 난 백 살까지 살고 싶은 생각이 없다네. 실은 구십 살까지 살고 싶지도 않았는걸!"

그 뒤로 패니는 강제로 정신과 상담을 받아야 했다. 실제로 루실도 그 질문을 받을 때마다 '맙소사, 내가 왜 백 살까지 살고 싶어야 하지?'라고 생각했다. 그런데 지금은, 기적 같은 일이 벌어진 지금은 생각이 바뀌었다. 정말 그렇게 오래 살고 싶어졌다! 요즘 사람들은 비교적 건강한 상태로 훨씬 더 오래 살아간다. 저번에 카페 데니스에서 본 남자는 백 살이 족히 넘어 보였다. 그런데도 팬케이크를 가뿐히 먹어 치우고 지팡이도 없이 걸어 나갔다. 등이 굽고 걸음이 좀 느렸지만 혼자 힘으로 움직였다. 루실은 이제 겨우 여든셋이었다. 칠십대를 벗어난 지 사 년밖에 지나지 않았다. 앞으로 할 수 있는 일이 얼마나 많겠는가!

루실은 침대에서 내려왔다. 아서에게 챙겨줄 오렌지 꽃 버터 쿠키를 포장하려고 다시 아래층으로 향했다. 쿠키를 담기에 딱 좋은 포장 용기가 있었다. 조카딸이 쿠키를 보내달라는 속셈으로 사준 일회용 용기였다. 루실은 용기 세 개에 쿠키를 모조리 담았다. 전부 다 아서에게 줄 생각이었지만 자기도 모르게 쿠키 두 개를 꺼냈다.

'이 정도는 괜찮겠지.' 루실은 두 개를 동시에 입에 넣었다. 맛이 기가 막혔다. '세상에!' 엉겁결에 손이 또 용기 속으로 들어갔다. '하나 더 먹는다고 표 나진 않겠지.'

루실은 눈길을 돌려 아서의 주방에서 새어 나오는 불빛을 바라봤다. 아서는 분명히 가게에서 사온 쿠키를 먹고 있을 것이다. 루실은 창 쪽으로 몸을 기울여 더 자세히 살폈다. 아서의 아내 놀라는 생전에 쿠키 같은 것은 굽지도 않았을 것이다. 괜찮은 여자였지만 남편이 뭐든 다 해주니 손에 물도 안 묻혔을 것 같았다. 그런데 돌볼 사람이 없어진 아서는 편해지기는커녕 어찌할 바를 모르고 표류했다. 지금도 멍하니 앉아 시커먼 오레오 쿠키나 먹고 있지 않을까? 그녀가 만든 쿠키를 생각하면서. 그녀가 있을 때는 가치를 모르다가 떠난 뒤에야 아쉬워한 그 사람처럼.

'세리즈 바움가르트너. 1943년 3월 19일 출생, 2016년 8월 9일 사망. 사서. 세리즈는 두툼한 안경 너머로 예쁜 얼굴을 최대한 숨기려 했다. 턱에 작은 점이 있고 불꽃처럼 빨간 머리에 코발트색 눈동자가 무척 대비됐다. 분홍색을 가장 좋아했다. 틀어 올린 머리칼이 자연스럽게 흘러내린 모습은 참으로 매력적이었다. 그런데 자신의 예쁜 모습을 과시하기는커녕 숨기려 애썼다. 열 살 때는 엄마에게 사람들이 예쁘다는 말 좀 안 했으면 좋겠다고 호소하기도 했다. 발가락을 만지작거리며 책 읽는 것을 좋아해서 책을 펼칠 때는 늘 맨발을 고수했다. 사람들이 결혼하라고 재촉하면 책 읽느라 연애할 시간도 없다고 둘러댔다.'

'오팔 에릭슨, 사랑하는 딸이자 자매이자 숙모.' 그런데 이상하게도 묘비 하단에 글씨체가 다른 문구가 찍혀 있었다. '살았을 때나 떠났을 때나 너무나 소중한 친구.'

'친구?'

아서가 잠시 몸을 일으켰다. 한 손에는 도시락 가방이, 다른 손에는 접이식 의자가 들려 있었다. 묘비에서 친구라는 글자는 처음 봤다. 게이였나? 아서는 묘비에 적힌 날짜를 확인했다. '1905년 출생, 1980년 사망.' 정말 게이였을지도 모르겠다. 눈을 감고 머리를 무덤 쪽으로 기울였다. 아무 소리도 들리지 않았다. 오팔이 말하고 싶지 않은 듯했다.

아서는 다시 걸음을 옮겼다. 얼마 가지 않았는데 소매를 잡아끄는 듯한 느낌이 들었다.

'칼 비에르만. 1900년 6월 1일 출생, 1990년 7월 4일 사망. 송어 잡이. 일렁이는 파도 소리에도 철학자가 되는 남자. 유행에 상관없이 가운데 가르마 스타일을 고수했다. 술을 절제할 줄 알았지만 빨간 주먹코는 그도 어쩔 수 없었다. 칼 앞에서는 절대 꺼낼 수 없는 이야기인데, 그는 결혼식 날 너무 긴장해서 기절했다. 다리가 짧은 바셋 하운드 사냥개를 무척 아꼈다. 제일 좋아하는 공휴일은 7월 4일 독립기념일이었다. 매년 이날을 기념하려고 온 가족이 소풍을 떠났다. 나이가 든 뒤에도 부인과 함께 차에 이불과 접이식 의자를 싣고 나들이를 다녔다. 동트기 전부터 국립공원에 자리 잡고 앉아 서늘한 새벽 기운을 받으며 인생을 관조했다. 죽는 그날까지 정신이 흐트러지지 않았다.'

시간이 자꾸 흘렀다. 아서는 오늘 점심으로 참치 샌드위치를 준비했다. 날이 따뜻해서 금세 상할 것 같았다. 귤과 오렌지 꽃 버터 쿠키도 두어 개씩 챙겨왔다. 이번 쿠키는 루실이 지금까지 만든 어느 쿠키보다 맛있었다. 그나저나 루실이 화를 풀어서 정말 다행이다. 예전처럼 상냥하지는 않았지만 더 이상 화를 내지는 않았다.

며칠 전 아서는 앞뜰에서 준베리(6월에 열매가 열려서 붙은 이름)의 가지를 쳐주다가 루실이 현관에서 편지를 수거하는 모습을 봤다.

"안녕하세요?" 아서가 소리쳤다.

루실은 전혀 관심 없다는 표정으로 손을 살짝 들어 보였다.

"오늘 밤에 저녁 식사 같이 할래요?"

아서는 자신의 목소리에서 초조한 기색을 의식했다. 여자에게 데이트를 신청한 것이 언제였던가.

"방금 뭐라고 했어요?"

루실의 목소리에서 왠지 성가셔하는 기운이 느껴졌지만

아서는 저녁을 같이 먹겠느냐고 다시 물었다.

"나한테 왜 그런 걸 묻죠?" 루실이 말했다.

아서는 한 손으로 허리를 받치고 고개를 옆으로 기울였다.

"왜 그런 걸 묻느냐고요?" 아서가 반문했다.

"네, 왜 그런 걸 묻죠? 나처럼 따분한 사람한테."

"루실, 지난번 일은 미안했어요."

"뭐라고요?"

아서는 한숨을 내쉬며 루실네 현관 계단 쪽으로 걸어갔다.

"지난번 일은 미안하다고 했어요. 그날은…… 몸이 좀 불편했어요."

"몸이 불편한데 애초에 왜 들렀던 거죠?"

아서는 잠시 고개를 돌렸다가 다시 루실을 쳐다봤다.

"갑자기 아팠던 겁니다. 알겠어요? 정말 갑자기 아파서 집에 서둘러 가야 했습니다."

루실의 표정이 어두워졌다.

"아, 그럼 그렇다고 말했어야죠."

"그래서 지금 이야기하잖아요. 그나저나 오늘 밤 나랑 저녁 식사 하러 가지 않겠어요?"

"어디로요?"

"흠, 정류장 바로 옆에 있는 올리브 가든은 어떻습니까?"

"아서, 나한테 차가 있잖아요."

"밤에 운전하는 걸 좋아하지 않잖소."

루실은 편지로 허벅지를 툭툭 치면서 잠시 뜸을 들였다.

"그래요. 하지만 내 몫은 내가 낼게요."

"흠, 좋을 대로 하구려."

하지만 결국 아서가 비용을 다 댔다. 버스 요금과 식사비까지 모두. 아서는 루실과 화해하고 나니 마음이 한결 홀가분했다.

요즘 들어서 루실은 밤에 외출하는 일이 잦았다. 산책길에 루실이 현관에 나와 있는 모습을 좀처럼 볼 수 없었다. 저녁을 먹으면서 물어볼까 했지만 루실이 먼저 이야기하지 않아서 굳이 캐묻지 않았다. 그렇기는 해도 어젯밤 일은 무척 궁금했다. 루실이 빨간 캐딜락에 타는 모습을 봤는데, 차체가 굉장히 크고 길었다. 운전자를 보지는 못했지만 분명히 시내에 사는 가족일 거라고 짐작했다. 전에도 루실은 매일 저녁 무렵 외출했다. 그러다 또 어느 순간부터 현관 의자에 처량하게 앉아 있다가 산책길에 나선 그를 불러댔다. 만만한 것이 그였으니까.

아서는 접이식 의자에 앉아 등을 굽히고 놀라의 묘비를 지긋이 바라봤다. 그러다 몸을 일으켜 묘비 쪽으로 다가갔다. 묘비에 새겨진 글자를 손으로 만지며 말했다.

"놀라, 나 왔소."

아서는 입을 다물고 아내의 얼굴을 떠올렸다. 앞치마를 두른 모습이 떠올랐다. 놀라는 생전에 예쁜 앞치마를 즐겨 착용했다. 주방에서 일하던 놀라가 몸을 돌리며 그에게 말하던 모습이 눈앞에 아른거렸다.

"이렇게 일찍 어쩐 일이에요?"

그날 아서는 몸이 좋지 않아서 평소보다 두 시간이나 일찍 귀가했다. 지독한 감기에 걸린 것 같았다. 놀라는 그를 침대에 눕히고 곧장 주방으로 가서 닭고기 스프를 끓였다. 스프가 끓는 동안 앞치마를 여전히 두른 채 다시 침대로 와서 그를 보살폈다. 그에게 이야기를 하고 싶은지, 아니면 그날 아침에 읽지 못한 신문을 대신 읽어주기를 바라는지 물었다. 그의 이마에 손을 올렸다가 열이 심한 것을 알고는 얼른 달려가 아스피린을 챙겨왔다. 그날 아서는 왕이 된 기분이었다. 그가 요청하면 놀라는 뭐든 다 해주었다. 놀라가 아팠을 때는 그도 똑같이 해주었다. 그녀의 손을 잡고 살살 쓰다듬어주었다. 보라색 제비꽃 한 송이를 유리잔에 담아 머리맡에 놔주었다. 소다크래커와 세븐업도 먹여주었다. 놀라가 원하는 것은 뭐든 다 해주었다. 혼자 있고 싶다고 하면 내키지 않는 걸음으로 방을 나왔다. 놀라는 아픈 뒤로 혼자 있고 싶다고 할 때가 많았다.

"아서, 제발 나 좀 자게 그냥 둬요!"

그러면 아서는 놀라가 잘 수 있도록 조용히 방을 나왔다. 하지만 수시로 문을 열고서 놀라의 숨소리에 귀를 기울였다. 가슴이 규칙적으로 오르내리는지 확인했다.

아서는 다시 의자로 와서 앉았다. 가방에서 샌드위치를 꺼내는데 그를 부르는 소리가 들렸다.

"아서?"

처음에는 놀라가 부르는 줄 알고 미동도 않고 마음을 가다듬었다. 놀라가 떠난 날부터 이 순간을 고대했다.

그런데 놀라가 아니었다. 매디였다. 무덤 몇 기가 떨어진 곳에 매디가 서 있었다.

"또 뵙네요." 매디가 침울한 목소리로 말했다.

"또 보는구나." 아서가 똑같이 침울한 목소리로 말하자 매디가 슬며시 웃었다.

"말동무 해드릴까요?" 거절할 거라고 예상이라도 하는 듯 주저하는 목소리였다.

"그럼 좋지!"

매디가 다가와 의자 옆쪽 바닥에 앉았다. 아서가 샌드위치 반쪽을 권했지만 매디는 거절했다.

"놀라 할머니는 어떠세요?"

"여전하지." 아서는 샌드위치를 한입 베어 물며 말했다. 그러다 샌드위치 반쪽을 다시 매디에게 권했다. "나눠 먹자. 나 혼자 먹기에는 양이 많구나."

매디는 샌드위치를 쳐다보다 한참 뒤에 받아 들었다.

"고맙습니다."

"별말을. 어서 먹거라."

잠시 침묵이 흘렀다. 아서는 매디가 쑥스러워한다고 생각했다. 그의 집에 왔을 때 남자 친구에게 채였다고 고백한 일을 후회하는지도 몰랐다. 아서가 세상에 널린 것이 남자라며 위로했지만 별로 도움이 되지 않았다. 결국 두 사람은 화제를 돌려야 했다. 매디는 집 안을 둘러보며 옛날 물건이 무척 마음에 든다고 말했다. 아서는 그것이 죄다 옛날 물건이라는 사실을 깨닫고 내심 놀랐다. 오래되지 않은 것은 냉장고에 든 식재료뿐이었다. 그나마 유효 기간을 확인하면 진작 버렸어야 할 재료가 있을지도 몰랐다. 하지만 상표를 제대로 읽을 수 없다는 것이 문제였다. 그래서 보통은 냄새를 맡아보고 맛이 갔다 싶으면 쓰레기통에 던져버렸다.

매디는 샌드위치를 다 먹었다. 아까보다 표정이 밝아진 것 같았다. 아서가 쿠키를 하나 내밀자 선뜻 받아서 한 입 베어 물었다.

"세상에! 이렇게 맛있는 쿠키는 처음 먹어요!"

"오렌지 꽃 버터 쿠키란다."

"라벤더도 들어 있는데요?" 매디가 자줏빛 반점을 가리키며 말했다. "이거 보세요."

"아, 난 그냥 곰팡이인 줄 알았는데."

매디가 깜짝 놀란 눈으로 그를 쳐다봤다. "그런데 그냥 드셨어요?"

"곰팡이 좀 먹는다고 죽지는 않는단다." 아서가 쿠키를 한 입 베어 물며 말했다.

"이거 어디에서 사셨어요?"

"이웃에 사는 부인이 늘 쿠키를 굽는단다. 가끔 나한테도 나눠주고. 실은 자주 나눠주지."

"와, 좋은 이웃을 두셨네요."

"그런 것 같구나."

매디는 아서를 보려고 얼굴을 들다가 햇빛에 눈이 부신지 눈살을 찌푸렸다. 참으로 예쁜 아이였다. 저놈의 고리만 빼면 좋으련만.

"여기 다른 사람도 묻혀 있나요?" 매디가 물었다. "그러니까 친구나 친척 말이에요."

"아니다. 그런데 그건 왜 묻는 게냐?"

"할아버지가 다른 무덤 앞에 서 계신 걸 봤거든요."

"아, 그래. 다른 무덤 앞에 서 있기도 하지. 그런데 그건…… 그건…… 그들의 이야기가 들리기 때문이란다. 내가 그냥 그렇게 느끼는 건지도 모르지만. 내 말은, 그 자리에 서 있으면 거기 묻힌 사람에 대한 이미지가 저절로 떠오른단다."

"점쟁이처럼요?"

"글쎄다. 점쟁이를 만나본 적이 없어서 잘 모르겠다만 그와 비슷할 것 같구나. 그들이 어떤 모습이었고 무엇을 입었으며 어떻게 살았는지 보인단다. 때로는 그들이 생전에 좋아했던 것도 보이고."

아서가 매디를 내려다보며 멋쩍게 웃었다. 괜히 얼굴이 빨개졌다. 하지만 매디는 그의 말을 이상하게 듣는 것 같지 않았다.

"그런 것들이, 그러니까 떠오르는 이미지가 다 맞는다고 생각하세요?"

"흠, 그게 뭐 중요하냐?"

매디가 고개를 끄덕였다. "하긴 그러네요. 잘못 알았다고 해서 할아버지를 고소할 수도 없을 테니까."

매디는 확실히 유머 감각이 있었다. 아서는 매디가 더 자주 웃기를 바랐다.

"난 그들의 삶을 상상하는 게 즐겁단다. 어쨌거나 놀라의 이웃이잖니. 그들이 어떤 사람인지 알고 싶거든."

"와, 할아버지는 할머니를 정말 사랑하셨군요!" 매디가 일없이 땅바닥을 파헤치며 말했다.

"정말 사랑했지. 지금도 사랑하고. 앞으로도 영원히 사랑할 거란다. 내 사랑 놀라 코린을."

매디가 아서를 지긋이 올려다보다가 입을 열었다. "앞으로 할아버지를 '애처가 트루러브 씨'라고 부를래요. T. R. U. L. U. V. 트루러브. 할아버지의 새 이름이에요."

"그럼 난 너를 '눈부신 선샤인 양'이라고 부르마."

"하하하."

두 사람은 다정하게 앉아 각자의 별명을 가슴에 새겼다. 잠시 뒤 매디가 다시 입을 열었다.

"할머니 곁에 누가 있는지 알고 싶다는 말씀이 가슴에 와닿았어요. 그나저나 할아버지 곁에는 저뿐이네요." 매디가 황급히 덧붙였다. "그러니까 제 말은…… 여기 계실 때만 그렇다는 뜻이에요."

아서는 매디가 항상 곁에 있으면 좋겠다고 말하고 싶은

충동을 느꼈다. 그에게 매디는 물이 부족해서 시들어가는 여린 식물 같았다. 곁에 두고 돌봐주고 싶었다. 하지만 갑자기 다가가면 도망갈까봐 함부로 손을 내밀 수도 없었다.

그때 황여새가 높은 소리로 지저귀기 시작했다. 아서가 근처에 있는 나무를 가리켰다.

"황여새로구나."

"저도 알아요." 매디가 고개를 끄덕이며 말했다.

아서는 샌드위치를 쌌던 파라핀지를 돌돌 말아서 가방에 넣었다. 배가 차지 않았지만 쿠키 한 개와 샌드위치 반쪽을 희생한 대가로 매디와 말동무할 수 있어서 흡족했다. 집에 가서 냉장고에 남겨둔 폭찹을 데워 먹기로 마음먹었다.

아서가 풀잎을 꺾어 입술 사이에 대고 불었다. 삑 하는 소리가 요란하게 났다.

매디가 깜짝 놀라서 몸을 곧추세웠다.

"어떻게 하셨어요?"

아서가 널찍한 풀잎을 하나 더 꺾어서 입술 사이에 대고 부는 요령을 설명했다.

"이렇게 대고 불면 소리가 난단다. 너무 세게도, 너무 약하게도 말고."

매디가 시도했지만 아무 소리도 나지 않았다.

"전 못하겠어요."

매디는 풀잎을 떨어뜨린 뒤 양팔로 무릎을 감싸 안았다. 그리고 멍하니 앞을 쳐다봤다.

"나도 처음엔 못했단다. 하지만 연습하면 돼."

"네." 매디가 다시 그를 마주 보며 말했다. "저도 무덤에서 뭔가를 느껴요. 구체적인 이미지가 떠오르는 건 아니지만 뭔가가 느껴져요."

"뭘 느끼는데?"

"평온함이랄까…… 안도감이랄까. '자, 다 됐습니다. 다 풀지 못했더라도 이젠 펜을 내려놓으세요'."

"펜을 내려놓으라고?" 아서가 물었다.

"네, 시험 끝날 때 하는 말 있잖아요. 대학 입학시험이요."

아, 대학. 그렇지. 가을이 오면 매디가 여기를 떠나겠구나. 아서는 가슴에 찌르르한 아픔을 느꼈다.

"대학은 어디로 갈 생각이냐?"

매디가 코웃음을 쳤다. "'좆같은' 대학!"

"대학에 안 갈 생각이냐?"

"네, 대학 이야기는 더 이상 하고 싶지 않아요."

"그러려무나." 아서가 말했다. "다만 대학에 꼭 가야 한다고 생각하지 않는다는 점은 말하고 싶구나."

매디가 의심스러운 눈으로 아서를 쳐다봤다.

"정말 그렇게 생각하세요?"

"물론이지."

"쳇, 말로만 그러시는 거 다 압니다, 허풍쟁이 할아버지."

"쳇, 말로만 그러는지 어떻게 아느냐, 욕쟁이 아가씨."

"무슨 말씀이세요? '좆같다'는 사전에도 오른 단어예요.

허용되는 말이라고요."

아서가 나뭇가지를 하나 집어 들더니 두 사람 주변으로 최대한 멀리까지 금을 그었다. 그런 다음 그것을 가리키며 말했다.

"이거 보이냐?"

"이게 뭔데요?"

"여기는 너와 내가 있는 땅이다. 이 땅에서는 그런 말이 허용되지 않는다."

"우와!"

"알았느냐?" 아서가 힘주어 말했다.

매디가 한숨을 내쉬며 말했다. "쳇, 다른 사람들은 좆도 신경 안 쓰는데."

아서가 다시 뭐라고 하려는데 매디가 그를 보며 쌩긋 웃었다. 아서도 결국 마주 웃으며 손가락을 들어 흔들었다.

"'엿 같다'는 말은 해도 되나요?" 매디가 웃으며 말하자 아서는 고개를 저었다.

"'엿 먹어라'는요?"

"꼭 그런 욕설을 내뱉어야 기분이 풀리는 건 아니란다. 좋은 말도 많잖아."

매디가 아서 쪽으로 몸을 바싹 들이대며 말했다. "'좆같다'라고 한 번만 하시면 할아버지 앞에서는 절대로 욕설을 내뱉지 않을게요."

"정말이냐?"

매디가 고개를 끄덕였다.

"알았다." 아서는 그 말을 입 밖에 내려고 시도했다. 하지만 주먹만 한 돌덩이가 목구멍을 막고 있는 듯 말이 나오지 않았다. 한 번도 해본 적 없는 욕설을 이제 와서 하려니 전혀 내키지 않았다.

"못 하겠다. 군대에 있을 때도 그런 말은 안 했단다."

"저도 처음에는 못 했어요. 하지만 연습하면 돼요." 매디가 얼른 덧붙였다. "전 그보다 더한 욕도 하는데요."

"정말이냐? 흠, 그보다 더한 욕이 뭔지는 알고 싶지 않구나."

"애처가 트루러브 씨는 참으로 반듯한 양반이세요."

두 사람 사이에 잠시 침묵이 흘렀다. 이윽고 매디가 몸을 털고 일어나더니 학교에 가야 한다고 말했다. 그런데 표정이 꼭 도살장에 끌려가는 어린 짐승 같았다. 매디가 걸어가는 모습을 보는 아서의 가슴이 또 찌르르 아파왔다.

"매디!"

아서가 부르는 소리에 매디가 몸을 휙 돌렸다.

"아무 때나 오려무나. 아무 때나. 낮이든 밤이든 상관없이. 진심이란다."

매디는 그 자리에 못 박힌 듯 서 있다가 퍼뜩 정신을 차리고 물었다. "먼저 전화라도 해야 하나요?"

"아니다. 그냥 아무 때나 오너라. 언제든 환영하마. 고든도 그럴 거야."

매디가 백팩을 내리고 펜과 공책을 꺼냈다. "주소 좀 다시 불러주실래요?"

아서는 소리치지 않으려고 매디 쪽으로 걸어갔다. "메이플가 303번지란다."

"알았어요." 매디가 말했다.

아서의 희망 사항인지는 모르지만 돌아서서 걸어가는 매디의 발걸음이 한결 가벼워 보였다.

두 주가 꿈같이 흘러갔다. 그동안 거의 매일 프랭크를 만났다. 첫 데이트에서는 함께 다녔던 고등학교에 찾아갔다. 프랭크가 미식축구 선수로 뛰는 모습을 지켜보던 외야석에 나란히 앉았다. 둘 다 말이 별로 없었다. 루실의 손을 꼭 잡고 있던 프랭크가 침묵을 깼다.

"이곳이 미치도록 그리웠소."

루실의 가슴속에서는 그가 돌아올지도 모른다는 희망이 싹텄다.

두 사람은 매일 저녁을 함께 먹었다. 때로는 멋진 레스토랑에서 분위기를 잡았고, 때로는 허름한 카페에서 추억을 되새겼다. 영화를 보러 가기도 했다. 프랭크는 루실이 다니는 교회의 성찬식에 참여했다. 루실은 그를 따라 시나트라 모창 가수의 콘서트에 갔다. 형편없는 콘서트였지만 프랭크가 즐거워하는 것 같아 덩달아 즐거운 척했다. 모창 가수는 시나트라와 조금도 비슷하지 않았다. 어느 누가 따라한들 프랭크 시나트라에게 견줄 수 있을까? 그래도 재미있었다. 프랭크와 함께라면 뭔들 즐겁지 않겠는가! 그의 차를 타고 돌아오는 길에 뉴욕을 주제로 한 시나트라의 노래를 흥얼거렸다. (그나저나 캐딜락이 별로라고 말하는 사람은 일단 한번 타보시라. 그런 소리가 나오는지!)

빨간 신호에 멈춰 섰을 때 프랭크가 루실에게 몸을 돌리고 물었다.

"뉴욕 좋아해요, 루실? 좋아한다면 나랑 같이 가봅시다."

프랭크는 경제적으로 여유가 있었다. 그를 따라 뉴욕에 간다면 분명히 호화로운 호텔에 머물 것이다. 천장이 높은 실내에 하프 연주 소리가 은은하게 퍼지고 우아하게 차려입은 여자들이 비둘기 모이만 한 샌드위치를 먹다가 찻잔에서 새끼손가락을 앙증맞게 떼고 차를 홀짝일 것이다.

루실은 솔직하게 말했다.

"예전에 동료 교사를 따라 뉴욕에 가봤는데 썩 마음에 들지 않았어요. 당시에 그 친구한테도 그렇게 말했어요. 아무래도 난 대도시 체질이 아닌가봐요. 그러니까 여태 여기를 벗어나지 못했죠. 하긴 여기도 대도시 못지않게 복작복작해요."

"아무렴, 미주리주 메이슨 시도 번잡한 곳이죠." 프랭크가 말했다. "인구가 5,000명씩이나 되는데."

"비웃지 말아요. 적어도 나한테는 그렇단 말이에요." 루실이 반박했다. "아무튼 그 친구가 뉴욕에 가면 푹 빠질 거라기에 따라갔어요. 시내를 두루 돌아다니는데 도통 마음에 들지 않더라고요. 그래서 솔직하게 말했더니 친구가 특별한 걸 보여주겠다면서 엠파이어스테이트 빌딩으로 나를 안내했어요. 전망대 꼭대기까지 올라간 뒤에 친구가 어떠냐고 묻더군요. 그래서 말해줬죠. '마지, 저 아래를 걸어 다닐 때도 싫었는데 이 높은 곳에 올라오면 좋아할 것 같니? 보이는 거라곤 온통 회색 빌딩뿐인걸. 난 푸른 잔디가 좋아. 답답한 건물보다는 탁 트인 공간이 훨씬 좋다니까. 사람도 마찬가지야. 무례하고 성급한 사람보다는 상냥하고 천천히 말하는 사람이 좋아. 몸매 생각해서 무가당 비스킷을 먹느니 과즙이 듬뿍 든 빨간 젤리에 마요네즈까지 발라 먹는 게 훨씬 더 좋다고!'"

프랭크가 껄껄 웃으며 말했다. "그나저나 그 뒤로 친구 사이가 틀어지진 않았소?"

루실의 표정이 확 바뀌었다. "천만에요. 우린 그 뒤로도 절친하게 지냈어요. 서로 숨김없이 털어놓는 사이였거든요. 하지만 마지는 스물일곱 해 전에 암으로 세상을 떠났어요. 마지를 생각하면 가슴이 먹먹해요. 지금도 무슨 일이 생길 때마다 '마지라면 어떻게 할까?'라고 생각하고는 해요."

프랭크가 시선을 발끝으로 떨어뜨렸다. 왠지 서글퍼 보였다. 그러다 돌연 손등 쪽으로 루실의 뺨을 어루만지며 말했다.

"흠, 두고 봅시다."

루실은 뭘 두고 보자는 뜻인지 몰랐지만 가만히 고개를 끄덕였다.

어느 날 밤, 칵테일을 마신 뒤 프랭크는 그녀와 결혼하지 않은 것을 두고두고 후회했다고 털어놨다. 그렇게 말하는 내내 루실의 손을 잡고 있었다. 루실은 그가 예전처럼 황홀한 손목 키스를 해주려나 싶었다. 하지만 이내 그런 생각을 접었다. 그런 것을 즐길 나이는 이미 지났다. 지금은 그저 같이 있는 것만으로도 즐거웠다. 아, 한번은 산책을 마치고 돌아와서 가볍게 작별의 키스를 나눴다. 진한 프렌치 키스가 아니었다. 나중에는 어떨지 모르지만 아직은 일렀다. 정말 두고 봐야 할 듯했다. 루실은 전에 없이 옷차림에 신경 썼다. 그런 일에 신경 쓰는 것이 즐거웠다. 망가진 몸매를 가리려고 여성복 전문점인 치코스에서 화려한 무늬의 재킷과 바지를 구매했다. 옷에 어울릴 만한 보석도 장만했다. 점원이 이것저것 권하며 말했다.

"이걸 하니까 더 젊어진 것 같지 않으세요?"

그런데 루실은 그 말이 전혀 달갑지 않았다. 이봐요, 아가씨, 당신도 눈 깜짝할 사이에 내 나이만큼 먹을 거유, 라고 말해주고 싶었다. 왜 그런 충동이 일었는지 알 수 없었다. 하지만 속내와 상관없이 이렇게 말했다.

"아, 좀 젊어진 듯한 기분이 들기는 하네. 적어도 몇 년은."

"정말 그렇죠?"

신이 난 점원은 그녀에게 민소매 티셔츠를 입어보라고 권했다. 하지만 젊어 보이겠다고 아무것이나 막 걸칠 수는 없었다. 아무렴, 그럴 수야 없었다.

그런데 프랭크는 겉모습에 전혀 신경 쓰지 않는 것 같았다. 오히려 그녀의 꾸밈없이 수수한 면과 우둔할 정도로 단순한 면에 끌렸다고 말했다. 텔레비전에서 '왈가닥 루시'를 볼 때마다 그녀가 생각났다고도 했다. 루실은 처음에는 발끈했다. 꾸밈없이 수수하다고? 심지어 우둔할 정도로 단순하다고? 하지만 프랭크가 그렇게 말한 이유를 설명하자 루실은 곧 마음이 풀렸다. 프랭크의 아내인 수는 너무 복잡하고 예민했다고 한다. 끊임없이 잔소리를 늘어놓고 뭘 해줘도 만족할 줄 몰랐다. 그런 아내와 사는 동안 프랭크는 한시도 즐겁지 않았다. 수와 부부로 산 세월도 있고 죽은 사람을 나쁘게 말하기도 꺼림칙하지만 그도 어쩔 수 없었다. 애초에 수와 엮이게 된 것부터 잘못이었다. 뭐 하나 맞는 것이 없었다. 그가 아무리 잘해줘도 수는 늘 불만에 차 있었다. 도대체 뭐가 불만이냐고 물으면 수는 그를 앉혀놓고 시시콜콜 잔소리를 늘어놨다. 남의 집 남편과 비교까지 하면서 그가 얼마나 못난 남편인지 타박했다.

"그런데 왜 헤어지지 않았어요?" 루실이 물었다.

프랭크가 어깨를 으쓱했다. "불행한 결혼에서 벗어나지 못하는 사람들이 흔히 그러잖아요. 애들 때문이라고. 나도 그랬다오."

"바람피운 적은 없어요?"

프랭크가 입을 열지 않자 루실이 얼른 사과했다. "아, 미안해요. 내가 괜한 걸 물었네요."

"아니오. 내가 어떤 사람인지 당신에게 다 알려주고 싶어요. 그래요, 바람피운 적이 몇 번 있었소. 내 비서하고는 십이 년 동안이나 지속됐소."

"십이 년이나요!"

"그렇소. 그녀는 내가 아내를 버릴 거라는 희망을 접고 결국 떠났소. 애초에 난 그 점을 분명히 말했다오. 그녀가 떠난 뒤로 다른 사람을 또 만났소. 이상하게 들릴지 모르지만 바람이라도 피운 덕분에 결혼 생활을 끝까지 유지할 수 있었소. 도저히 아이들을 저버릴 수 없었으니까."

루실은 그의 이야기를 들으면서 점점 기분이 상했다. 나도 당신 아이를 낳아줄 수 있었다고요, 라는 말이 튀어나오려는 것을 간신히 참았다.

프랭크가 어렵사리 말을 이었다. "당신이 내 자식들을 만났으면 좋겠소, 루실. 난 딸 하나와 아들 둘을 뒀소. 손주는 넷이나 된다오. 손자들은 열 살, 열네 살, 열일곱 살이고 손녀는 열두 살이오. 애들한테는 아직 당신 이야기를 못 했소. 애들은 아직도 엄마를 몹시 그리워해요. 아내가 나한테는 못했어도 애들한테는 지극정성이었소. 그나마 다행이었죠. 아무튼 때가 되면 애들한테 이야기할 거요. 문제는 이 동네사는 외동딸 샌디인데, 얘는 여자를 죄다 꽃뱀으로 취급한다오. 하지만 당신을 만나고 나면 생각이 바뀔 거요."

　루실은 그의 자식들을 만나보고 싶다고 말했다. 이 동네에 사는 딸을 빼면 나머지 자식과 손주는 대부분 샌디에이고에 살았다. 겨울에 방문하면 딱 좋은 곳이었다. 루실이나 프랭크나 (비교적) 건강한 편이므로 샌디에이고까지 가는 데 전혀 무리가 없었다. 더구나 추운 계절마다 따뜻한 곳으로 떠날 수 있으니 얼마나 좋겠는가!

　"골프는 좀 쳐요?"

　(동네에서 25킬로미터나 떨어진) 멋진 이탈리안 레스토랑에서 두 번째 데이트를 즐길 때 프랭크가 물었다.

　"흠, 퍼팅 위주로 하는 미니 골프는 좀 치죠."

　루실의 말에 프랭크가 껄껄 웃으며 같이 미니 골프를 치자고 말했다. 아울러 일주일에 한 번씩은 필드에도 나가면 좋겠다고 했다. 경사가 없는 파 쓰리, 나인 홀 코스를 돌면 별로 힘들지 않을 거라고 했다. 번잡하지도 않아서 천천히 돌아도 된다고 힘주어 강조했다.

　"못 할 거야 없죠." 루실이 좋다고 하자 프랭크가 소년처럼 눈을 반짝였다. 루실은 달리 해석될 수도 있다는 듯 살짝 교태를 부리며 덧붙였다. "당신이 잘 이끌어줄 테니까."

　　프랭크가 그 뜻을 알아차렸는지 싱글벙글했다. 나이를 먹어도 남자는 남자였다. 아직도 자기를 여자로 봐주는 사람이 있다는 생각에 루실도 덩달아 기분이 좋았다.

　"당신에게 편지를 보내서 얼마나 기쁜지 모르겠소!" 프랭크가 감격스러운 목소리로 말했다.

"당신이 편지를 보내서 나도 얼마나 기쁜지 몰라요!" 루실은 장난스럽게 말했지만 진심이었다. 음식을 한 입 먹고 나서 화제를 돌렸다. "그런데 말이에요, 프랭크. 예전에 데이트할 때는 여자답지 않게 보일까봐 당신 앞에서 음식 먹는 것도 주저했어요. 뭘 먹으면 흘리거나 후루룩 소리를 내지 않을지 여자애들끼리 의논하기도 했다니까요. 마늘 냄새를 풍기는 음식이 최악으로 꼽혔어요!"

"흠, 그때라면 스파게티는 절대로 먹지 않았겠구려." 프랭크가 말했다.

때마침 귀신이 장난을 쳤는지 루실이 집어 든 파스타가 주르륵 흘러내렸다. 루실은 포크에서 떨어지려는 파스타를 잽싸게 먹으려고 후루룩 소리를 내고 말았다.

두 사람 모두 깔깔 웃었다. 곧이어 프랭크가 루실처럼 후루룩 소리를 내며 먹다가 얼굴에 소스를 잔뜩 묻혔다. 옆자리 손님들이 그들을 힐끔힐끔 쳐다보자 두 사람은 더 크게 웃었다. 프랭크는 물 잔에 빨대를 꽂아 거품을 만들기까지 했다.

일주일 뒤인 6월 1일에 루실은 프랭크에게 딸네 집에서 나와 자기 집으로 들어오라고 할 생각이었다. 당장 뭘 해보겠다는 의도는 없었다. 그저 함께 지내며 일이 어떻게 돌아가는지 두고 보려고 했다. 지금도 너무 늦지 않았음을 확인하고 싶었다.

점심시간에 매디는 평소처럼 학교에서 나와 묘지로 갔다. 그런데 이번에는 늘 가던 곳이 아니라 새로운 구역으로 향했다. 아서, 아니 애처가 트루러브 씨와 마주치고 싶지 않았다. 아무하고도 이야기하고 싶지 않았다.

매디는 버드나무 밑동에 기대앉았다. 여기라면 아무도 못 볼 듯했다. 앞쪽에 작은 연못이 있어서 풍광도 멋졌다. 그나저나 연못 옆에 묻히고 싶어 하는 사람이 있을까? 매디는 그러고 싶었다. 물가에 묻히면 흙과 공기와 물을 모두 가까이할 수 있을 테니까. 자연을 구성하는 네 가지 요소 중에서 불이 빠졌지만, 매디 자신이 활활 타오르는 불일지도 몰랐다.

매디는 숨을 깊이 들이마셨다. 참으로 끝내주는 하루였다. 수학 시험에서 D를 받았다. 선생님은 시험지 상단에 붉은 글씨로 '노력 요함!'이라고 적었다. 오늘처럼 괴로운 날에는 앤더슨이 더 그리웠다. 매디는 앤더슨을 여전히 사랑했다. 인정하고 싶지는 않았지만 그 사실을 부인하는 것이 더 힘들었다. 도저히 그를 떨쳐낼 수가 없었다. 헤어지자는 이야기가 진심이 아닐 것이라고 생각했다. 설사 진심이었더라도 그녀에게 금방 돌아올 거라고 생각했다. 간밤에는 베개가 앤더슨이라도 되는 양 꼭 끌어안고 키스를 퍼부었다. 앤더슨은 키스를 잘했다. 그녀의 입술을 부드럽게 간질이다가 혀끝으로 입을 벌려 그녀의 혀를 당기면 몸이 후끈 달아올랐다. 손으로 은밀한 곳을 애무하다 손가락을 쑥 집어넣기도 했다. 그녀가 남자와 관계를 맺은 적이 없다는 이유로 처음에는 직접 삽입하지 않았다. 앤더슨이 아니었다면 숫처녀로 늙어 죽었을지도 몰랐다. 앤더슨은 그녀가 열여덟 살이 되면 정말 하겠다고 말했다. 하지만 어느 날 참지 못하고 그녀의 몸 안에서 정말 하고 말았다. 매디는 보물이라도 되는 양 소중히 받아들였다. 하지만 앤더슨은 겁에 질려 소리쳤다.

"아, 맙소사! 기다려. 내가 얼른 닦아줄게."

앤더슨이 티셔츠를 집어 들고 그녀의 밑을 벌리려고 했다. 하지만 매디가 거부했다. 너무나 소중한 그의 일부분이었으니까.

매디는 그가 미웠지만 한편으로는 한없이 그리웠다. 누군가를 미워해도 여전히 사랑할 수 있다는 것을 절감했다.

더구나 오늘은 다른 사건도 있었다. 그런 일이 발생하면 상담 교사에게 가서 털어놔야 했다. 그랬더라면 도움을 받았을지도 모른다. 매디는 라이언스 선생님 시간에 낙서를 끼적거리면서 랭스턴 휴즈라는 시인에 대한 설명을 듣고 있었다. 선생님이 그 시인에 대해 들어본 사람이 있는지 물었다. 아무도 손 들지 않았다. 매디는 익히 아는 시인이었지만 가만히 있었다. 선생님이 다시 '태양 속에 놓인 건포도처럼' 이라는 비유를 들어봤느냐고 묻자 몇 명이 손을 들었다. 그들은 〈태양 속의 건포도〉라는 희곡에서 봤다고 했다. 선생님은 결국 랭스턴 휴즈의 시 〈할렘〉을 설명하기 위해 먼저 〈태양 속의 건포도〉라는 희곡에 대해 설명했다(〈할렘〉의 도입부는 '지연된 꿈은 어떻게 되는가? 태양 속에 놓인 건포도처럼 그냥 말라버리는가?'라는 구절로 시작된다). 그때까지 선생님 이야기를 시큰둥하게 듣던 매디는 귀를 쫑긋 기울였다. 시에 대한 이야기가 나오면 다른 것은 모두 잊었다. 그런데 마침 건너편에 앉은 스콧 브레드먼이 매디의 이름을 속삭였다. 좋은 의도가 아닌 것이 뻔했기 때문에 처음에는 쳐다보지 않았다. 그러다 문득 그가 전학 온 지 일주일밖에 안 됐다는 사실이 떠올랐다. 괜찮을 듯해서 그쪽으로 고개를 돌렸다. 스콧이 쪽지를 내밀더니 손가락을 입술에 대며 씩 웃었다. 보조개가 깊게 파인 모습이 꽤 귀여웠다. 스콧은 얼른 라이언스 선생님 쪽으로 주의를 돌렸다. 매디가 쪽지를 열자 이렇게 적혀 있었다.

'네 블라우스가 벌어졌어.'

매디는 얼른 고개를 숙였다. 정말 블라우스 단추가 하나 풀려서 가슴께가 벌어져 있었다. 얼굴을 붉히며 잽싸게 단추를 채웠다. 고개를 들고 라이언스 선생님의 이야기를 들으려 했지만 귀에 들어오지 않았다. 쪽지로 그 사실을 알려준 스콧이 고마웠다. 드디어 괜찮은 친구가 하나 생기려는 듯했다.

고개를 살짝 돌리고 스콧을 살폈다. 얼굴만 잘생긴 것이 아니라 인성도 괜찮아 보였다. 스콧과 친구가 된다면 점차 다른 아이들과도 원만하게 지낼 수 있을지 몰랐다. 함께 점심도 먹으면서 친하게 지내다 보면 그동안 쌓였던 원망과 미움이 누그러질지도 몰랐다. 그런데 어떻게 시작한담?

매디는 방금 받은 쪽지에 '넌 어디서 왔니?'라고 적어서 스콧에게 건넸다. 스콧은 내용을 읽은 뒤 잠시 생각하다가 뭐라고 다시 적었다. 매디의 심장이 쿵쾅거렸다. 스콧이 쪽지를 다시 건넸다.

'신경 꺼. 알았냐?'

매디는 꼼짝하지 않았다. 가슴에 커다란 구멍이 생긴 것 같았다. 스콧은 이미 알고 있었다. 벌써 다른 아이들 편에 가담했다. 그녀에 대해서 그녀만 빼고 다들 아는 것 같은 내용을 스콧도 벌써 알고 있었다. 스콧은 몸을 곧추세우더니 그녀에게 등을 돌리려는 듯 오른쪽으로 최대한 틀었다.

매디는 앞에 앉은 아이들을 바라봤다. 그녀와 달리 너무나 태평해 보이는 그들의 뒤통수를 멍하니 바라봤다. 도대체 뭐가 다르지? 저들과 난 도대체 뭐가 다른 거야?

매디는 쪽지를 백팩에 쑤셔 넣었다. 책상에 그대로 둘 수는 없었다. 그녀의 백팩을 더럽히더라도. 그녀의 하루를 더럽히고, 그녀의 삶을 더럽히더라도.

수업을 마치는 종이 울리자 라이언스 선생님이 매디를 불렀다.

"매디, 넌 잠시 기다리거라."

아이들이 우르르 교실을 나갔다. 스콧 브레드먼도 다소 걱정스러운 표정으로 교실을 나갔다. 매디는 라이언스 선생님 앞으로 갔다. 선생님은 팔짱을 낀 채 책상에 기대서서 물었다.

"그 녀석이 쪽지에 뭐라고 썼든?"

흠, 선생님이 다 보고 있었나보다.

"별거 아니에요." 매디가 말했다.

라이언스 선생님이 끈질기게 기다렸다.

"별거 아니라니까요." 매디가 어깨를 으쓱했다. "항상 있는 일인데요, 뭘."

"따라오너라."

매디는 라이언스 선생님의 지시를 거부했다. 상담 교사나 교장 선생님에게 데려갈 것이 뻔했으니까. 점심때 누굴 만나기로 했다고 둘러댔다. 라이언스 선생님은 의심스러운 눈초리로 쳐다보다 결국 매디를 보내주기로 결정했다.

"매디, 괜찮아질 거야. 정말 괜찮아질 거야."

"저도 알아요." 매디는 가슴이 찢어질 듯 아팠지만 억지로 웃으며 말했다.

그 길로 묘지로 달려갔다. 버드나무 아래 앉아 골백번도 넘게 물었다. 왜? 도대체 왜 그녀일까? 그들에게 아무 짓도 안 했는데 도대체 왜 괴롭힐까? 6학년 때 쉬는 시간에 한 여학생이 매디에게 다가와 엄마가 죽었다는 소문이 사실이냐고 물었다. 매디가 그렇다고 하자 그 여학생은 두려움에 가득한 얼굴로 물러나더니 다른 여학생에게 귓속말로 뭐라고 속닥거렸다.

"그게 뭐 어때서? 전염되는 것도 아닌데!"

매디가 소리치자 주변에 서 있던 여학생들이 눈을 왕방울만 하게 뜨더니 슬금슬금 자리를 피했다.

하긴 그 전부터 매디는 남들과 다르게 여겨졌다. 지금처럼 대놓고 따돌림을 당하지는 않았지만 왠지 모르게 이상한 아이로 취급받았다. 또래 아이들보다 말은 좀 없는 편이었다. 좋아하는 것도 달랐다. 하지만 같은 학급의 칼라 카셀라처럼 튀지는 않았다. 칼라는 늘 발목까지 오는 흰색 양말을 신었고 교실 맨 앞에 앉았다. 선생님이 호명하지 않아도 불쑥 대답했다. 짝짝 소리를 내면서 껌을 씹었고, 등하교 때는 자신보다 더 얼간이처럼 보이는 아버지의 차를 타고 다녔다. 누구도 그런 칼라를 건드리지 않았다. 어떤 활동에도 끼워주지 않았지만 괴롭히지도 않았다. 프레드 카우프먼은 나비넥타이 차림에 서류 가방을 들고 학교에 왔다. 작은 보온병에 커피를 싸 와서 수시로 마셨고, 누구와도 어울리려 하지 않았다. 아이들은 그런 프레드를 대단히 멋지다고 생각했다.

그런데 왜 그녀를 괴롭히는 걸까?

매디는 엄마의 유품 중에서 토리 에이머스 CD 컬렉션을 즐겨 들었다. 노래가 좋아서 토리에 대한 기사도 찾아 읽었다. 인터뷰 기사 중에서 토리가 했다는 말이 특히 매디의 심금을 울렸다.

"여자들이 서로에게 했던 짓은 차마 입에 담을 수도 없습니다. 그에 비하면 중국식 물고문(정확히 이 분 간격으로 이마에 물방울을 떨어뜨리는 고문 방식으로 역사상 가장 잔혹한 고문으로 평가된다)은 아무것도 아닙니다.”

여자아이들만 매디를 괴롭히는 것은 아니었다. 남자아이들도 수시로 그 대열에 동참했다. 생각지도 못한 순간 훅 하고 들어왔다. 매디는 그들이 무엇을 의도하는지 몰랐다. 누군가가 그녀의 페이스북에 이런 글을 남기기 전까지는.

‘그냥 죽어버려. 그럼 유명해질 테니까.’

매디는 토리 에이머스의 노래 ‘콘플레이크 걸’이 콘플레이크 걸과 레이즌 걸(raisin girl)을 비교할 요량으로 탄생했다는 기사를 읽었다. 레이즌, 즉 건포도는 콘플레이크 봉지에서 극히 소량이다. 그래서 레이즌 걸은 드물고 독특한 여자를 뜻했다. 반면에 콘플레이크 걸은 평범한 여자를 뜻했다. 이 노래는 ‘콘플레이크 걸이었던 적은 없었어……’라는 가사로 시작했다. 토리는 자신의 남다름을 받아들였지만 매디는 그러지 못했다. 그저 남들과 다르지 않기를 바랐다. 한데 어울릴 수 있기를, 따돌림받지 않기를 간절히 바랐다. 매디는 어떻게 하면 이런 상황에서 벗어날 수 있을지 생각하고 또 생각했다. 코미디언처럼 웃기려고도 하고 참신한 아이디어로 이목을 끌려고도 했다. 건드리지 못하도록 거칠게 보이려고도 했다. 그들에게 진지하게 다가가려고도 했다. 하지만 어느 것도 소용없었다. 2학년 때부터는 괴롭힘의 강도가 갈수록 심해졌다. 학년이 바뀌면 조금 누그러들지 않을까 기대했지만 전혀 아니었다. 한번은 여자 화장실에서 볼일을 보는데 누군가가 피 묻은 탐폰을 휙 던졌다. 다행히 몸에 맞지 않고 벽을 타고 흘러내렸다. 칸막이 밖에서 킬킬거리는 웃음소리가 나더니 발소리가 서둘러 사라졌다. 매디는 청소부에게 폐를 끼치고 싶지 않았다. 그래서 화장지를 잔뜩 뜯어서 피 묻은 탐폰을 집어 변기에 넣고 물을 내렸다. 칸막이 밖으로 나와서는 거울에 눈길도 주지 않고 손을 씻은 다음 수업에 들어갔다. 몇 달 전에 페이스북을 탈퇴했지만 그들은 계속해서 새로운 방법을 고안해 매디를 괴롭혔다. 지난주에는 체육 수업을 마치고 신발을 신으려는데 속창에 립스틱이 잔뜩 묻어 있었다.

어느 학교에서나 누군가에게는 이런 일이 벌어질 터였다. 매디네 학교에서는 매디가 그 대상이었다. 그런데 승자는 바로 매디 해리스였다! 어째서 그러냐고? 매디 역시 속으로 자기 이름을 부를 때 혐오감을 느꼈다. 그들이 끼워주지 않았지만 매디 자신도 그들 편에 가담했던 것이다. 결국 그녀도 그들과 한패였다!

매디는 근처 무덤으로 걸어갔다. '애나 마리 도싯. 1922년 출생, 2000년 사망.' 매디는 무덤에 누워 눈을 감았다. 새들이 지저귀는 소리가 들렸다.

지금 당장 죽으면 장례식이 어떻게 치러질까? 아버지가 추도사에서 뭐라고 말할까? 다른 사람은 뭐라고 하든 관심 없었지만 아버지의 추도사는 궁금했다. 아버지가 솔직하다면 딱 네 마디 정도 할 것 같았다.

'전 제 딸아이를 몰랐습니다.'

생각에 잠긴 채 누워 있는데 뭔가가 얼굴로 기어오르는 느낌이 들었다. 얼른 몸을 일으켜서 손으로 털어냈다. 개미였다. 사람들은 잘 모르지만 개미는 참으로 놀라운 생명체다. 자기 체중보다 오십 배나 무거운 짐도 나를 수 있다.

매디는 애나 마리의 무덤 쪽으로 몸을 숙였다. 애처가 트루러브 씨처럼 뭔가를 '감지하려고' 시도했다. 하지만 아무것도 얻지 못했다.

그 대신 다른 것을 얻었다. 랭스턴 휴즈의 시 〈자살자의 쪽지〉가 무슨 뜻인지 확실히 깨달았다. 그녀가 가장 좋아하는 이 시에서, 화자는 현실에서 벗어날 준비를 마쳤다. 그래서 고요하고 차분한 강의 얼굴이 키스해달라고 요구할 때 담담히 받아들이려 했다. 뭔가가 자신을 원한다는 사실을, 그 뭔가가 바로 죽음일지라도 차분히 받아들이려 했다.

이제 학교로 돌아갈 시간이었다. 매디는 자리를 털고 일어나 학교를 향해 터벅터벅 걸어갔다. 백팩뿐 아니라 몸무게보다 오십 배나 무거운 짐을 지고서.

병정개미들은 침략자가 집에 쳐들어오지 못하도록 지킨다. 매디는 병정개미가 아니었다. 그녀를 지켜줄 병정개미가 있지도 않았다. 이제는.

사흘 내내 비가 쏟아졌다. 천둥과 번개를 동반하며 요란하게 쏟아졌다. 아서는 결연한 의지로 날마다 버스 정류장으로 나갔다. 사방에서 휘몰아치는 비 때문에 우산은 거의 쓸모가 없었다. 오늘 아침에 눈을 떴을 때도 비가 내렸다. 우르릉! 천둥까지 쳤다. 놀라는 천둥을 몹시 무서워했다. 때로는 깜짝 놀라서 소리치기도 했다.

"아, 제발 그만!"

고든도 천둥을 무서워했다. 하지만 그 사실을 인정하지는 않았다. 그저 아서 뒤만 졸졸 따라다녔다. 아서가 쳐다보면 애써 딴청을 부렸다. 털 뭉치를 만지작거리거나 카펫에 코를 대고 킁킁거렸다. 때로는 등을 동그랗게 말고서 가늘어진 초록색 눈동자로 아서를 쳐다봤다.

오늘은 다이나 쇼어의 노래를 들으며 종일 집에서 뒹굴고 싶었다. 하지만 남자는 제 할 일을 해야 하는 법이다. 거센 바람에 나무가 뽑힐 듯하던 한겨울에도 놀라에게 갔는데, 이까짓 비는 아무것도 아닌 것 같았다.

아서는 샤워하고 옷을 입은 다음 아침으로 잉글리시 머핀과 정어리 통조림을 먹었다. 그런데 하늘이 거짓말처럼 맑아졌다. 언제 비가 흩뿌렸냐는 듯 해가 쨍하게 비쳤다. 웅덩이는 오리가 헤엄쳐도 될 만큼 깊었고 길가에 떨어진 나뭇가지는 다 치워지지 않았지만 하늘은 맑고 화창했다.

아서는 의자에 앉아 있다가 깜빡 잠이 드는 바람에 평소보다 오래 묘지에 머물렀다. 잠자는 동안에도 머릿속에는 놀라 생각뿐이었다. 버스 정류장으로 걸어가는데 어깨와 목이 뻐근하고 무릎이 쿡쿡 쑤셨다. 얼른 집에 가서 따뜻한 물로 샤워하고 싶었다.

집에 이르자 현관문 앞에 작은 종이 상자가 놓여 있었다. 열어보니 광고에서 봤던 고양이 통조림이 다섯 개나 들어 있었다. 작은 왕관을 쓴 고양이가 크리스털 잔에 든 먹이를 먹는 광고였다. 통조림 옆쪽에 반으로 접힌 쪽지가 있었다. 보라색 잉크로 '애처가 트루러브 씨에게'라고 적혀 있었다. 글씨가 죄다 왼쪽으로 기울어져 있었다.

쪽지를 펼치자 고든의 사진이 보였다. 포토샵을 사용했는지 광고에 나오는 고양이처럼 머리에 작은 왕관까지 썼다. 그 모습이 투탕카멘처럼 늠름해 보였다. 요즘 아이들은 컴퓨터로 못 하는 게 없다니까! 한번은 도서관에 갔더니 네 살쯤 되는 아이가 소형 컴퓨터 스크린 앞에 앉아 자판을 두드리고 있었다. 아이는 비행기 운항을 통제하는 항공 관제사보다 더 진지해 보였다.

매디가 다녀갔구나! 그런데 사진은 언제 찍었지? 저번에 왔을 때 사진 찍는 걸 보지 못했는데. 아무튼 보통 아이가 아니라니까!

고든의 이미지 밑에 뭐라고 적혀 있었다.

'내일 묘지에서 뵐까 해요. 제 생일이거든요.'

아서는 매디가 곧 열여덟 살이 될 거라고 했던 말을 떠올렸다. 흠, 선물을 준비해야겠다. 뭐가 좋을까?

"고든?" 아서는 집으로 들어가면서 고든을 불렀다. "고든!"

녀석이 꼬리를 꼿꼿이 세우며 나타날 줄 알았는데 어디에도 보이지 않았다.

"고든!"

이 녀석이 또 어디 갔지? 아서는 상자를 내려놓다가 발치에서 그를 빤히 쳐다보는 고든과 눈이 마주쳤다.

"이 녀석! 기척을 내야지, 기척을!"

고든이 눈을 깜빡였다.

아서가 상자를 가리키며 말했다. "안에 뭐가 들었는지 아니? 넌 짐작도 못할 게다."

하지만 아서는 말을 마치기 무섭게 가슴을 부여잡고 요란하게 기침하기 시작했다. 고든이 놀라 도망쳤다. 위층으로 올라가는 내내 기침이 멈추지 않았다. 따뜻한 물로 샤워하는 것이 좋을 듯했다. 그것도 당장!

아서는 서둘러 샤워를 마쳤다. 조금 나아진 것 같았다. 다섯 시밖에 안 됐는데 파자마를 입었다. 아래층으로 다시 내려와 저녁으로 먹을 스파게티 통조림을 찾았다. 치즈를 듬뿍 쳐서 데우면 먹을 만할 것이다. 핫도그도 두어 개 있고 사과도 한 개 있을 터였다.

통조림 따개를 찾으려고 서랍을 여니 햄버거 부부 인형이 보였다.

"빙고! 생일 축하 선물로 딱 좋군."

집 안 어딘가에 포장지가 있을 것이다. 놀라는 늘 포장에 신경 썼다. 선물은 포장이 반이라면서. 놀라가 생전에 장모

님께 선물할 코트를 어찌나 화려하게 포장했던지, 아서는 메이시 백화점의 추수감사절 장식품 같다고 말했다.

"칭찬으로 받아들일게요." 놀라가 말했다.

"칭찬으로 한 소리였소!" 꼭 그렇다고는 할 수 없었지만 굳이 바로잡지 않았다.

놀라가 포장할 것이 있으면 늘 벽장을 열었으니 포장지는 분명히 놀라의 벽장에 있을 것이다.

아서는 찌든 때 제거용 세정제로 인형을 박박 닦았다. 전체적으로 누렇게 바랜 색은 어쩔 도리가 없었지만 인형 입가에 묻은 때는 확실히 없앴다. 여자 인형이 들고 있는 지갑의 걸쇠도 반짝반짝 윤이 났다. 얼핏 봐서는 거의 새것 같았다.

아서는 포장지를 가지러 위층으로 가다 우뚝 멈춰 섰다. 한 손으로는 계단 난간을, 다른 손으로는 가슴을 움켜잡았다. 숨을 고르려고 몸을 수그렸다. 이런 증상은 처음이었다. 고든이 다가오더니 무심한 표정으로 아서를 쳐다봤다. 주인이 아파하는데 저리 무심하게 쳐다보다니, 나중에 매디에게 일러야겠다. 하지만 서운한 마음을 접고 녀석의 머리를 긁어줬다. 고든은 기분이 좋은지 눈을 감더니 목을 희한한 각도로 비틀었다. 다른 때 봤다면 녀석의 목이 부러진 줄 알았을 것이다. 고양이는 키우는 재미가 없다고들 하지만 전혀 없지는 않았다.

잠시 뒤, 아서는 다시 일어나 놀라의 벽장으로 갔다. 놀라가 떠난 뒤에도 벽장을 비우지 않았다. 앞으로도 비울 마음이 없었다. 드레스나 스커트, 블라우스, 스카프, 모자, 구두, 핸드백을 놀라가 남겨둔 그대로 놔둘 것이다. 구슬로 장식된 조그마한 동전 지갑 하나까지. 그래야 벽장을 열면 언제나 놀라 냄새가 날 테니까.

벽장 구석에 플라스틱 상자가 보였다. 짐작대로 상자 안에 라일락 꽃무늬가 찍힌 포장지와 포장지를 고정할 보라색 끈이 들어 있었다. 까짓것, 이걸로 포장하면 되겠군. 아서는 재료를 챙겨 아래층으로 내려온 다음 인형을 포장했다. 포장을 마친 뒤에는 다시 숨이 차서 한동안 더 앉아 있어야 했다. 포장 상태는 실망스럽기 그지없었다. 표면이 울퉁불퉁하고 테이프가 흉하게 드러났다. 놀라는 표면도 매끄럽고 테이프도 보이지 않게 포장했는데. 보라색 끈은 예뻤지만 리본이 예쁘게 묶이지 않았다. 앞뜰에 엠네시아 로즈라는 이름의 연보랏빛 장미가 피었으니 내일 묘지로 출발하기 전에 한 송이 꺾어서 붙이면 나을 듯했다. 어쩌면 좀더 진한 보랏빛의 무디 블루라는 장미가 나을지도 모르겠다. 생일 카드는 저녁을 먹고 나서 쓰기로 했다. 서명은 '다정한 친구, 트루러브와 고든'이라고 할 것이다.

아서는 저녁을 그냥 거르기로 했다. 입맛이 없었다. 너무 피곤해서 얼른 눕고만 싶었다. 애써 위층으로 올라갔는데 고든의 먹이를 챙겨주지 않은 것이 생각났다. 하는 수 없이 아래층으로 내려왔다. 고든에게 먹이를 주고 다시 올라갔다. 매디에게는 고든이 통조림을 게걸스럽게 잘 먹었다고 말해줄 것이다. 꼭 그렇게 말할 것이다. 실제로 고든은 냄새를 맡더니 맛도 안 보고 물러났다. 먹이에서 한참 멀어지더니 기대에 찬 눈으로 아서를 바라봤다.

'다른 건 뭐 없어요?'

쳇! 녀석을 굶길 수는 없었다. 뭐라도 먹여야 했다. 결국 핫도그를 꺼내서 그릇에 담아줬다. 아서는 녀석에게 화를 낼 수 없었다. 그와 고든은 취향이 비슷했다. 값비싼 음식을 앞에 두고도 전혀 입맛이 동하지 않았다.

아서는 눕자마자 잠들었다. 꿈까지 꿨다. 때는 여름이었다. 앞뜰에서 시든 장미 꽃잎을 따주는데 뒤에서 인기척이 느껴졌다. 돌아섰더니 놀라가 집 앞에 서 있었다. 꽃보다 예쁜 젊은 시절의 모습이었다. 그때처럼 발그레한 볼에 생기가 넘쳤다.

"놀라?" 목이 잠겨 말이 잘 나오지 않았다.

놀라가 말없이 웃었다.

아서는 몇 걸음 다가갔다. "정말…… 당신이오? 만져도 되겠소?"

놀라가 고개를 끄덕였다. 아서는 가위를 떨어뜨리고 놀라 쪽으로 천천히 다가갔다. 바로 앞에 이르자 이슬에 젖은 듯 촉촉한 놀라의 눈이 보이고 따스한 숨결이 느껴졌다. 놀라가 즐겨 쓰던 향수 냄새도 났다. 산들바람에 머리카락이 살짝 흩날렸다. 아서는 놀라를 꼭 껴안으며 이름을 불렀다. 이름을 거듭 부르며 보고 싶었노라고, 너무나 보고 싶었노라고 말했다. 목과 어깨에 입을 맞추다 놀라의 눈을 다시 보려고 몸을 뗐다. 놀라는 아무 말도 하지 않았다.

"말할 수 있소?" 아서가 물었다. 그의 얼굴은 이미 눈물로 젖어 있었다.

놀라가 고개를 저었다.

"괜찮소." 아서는 잠시 시간을 두었다가 덧붙였다. "나랑 현관 의자에 가서 앉지 않겠소?"

놀라가 고개를 끄덕였다. 두 사람은 늘 그랬듯이 손을 맞잡고 함께 계단을 올라갔다. 젊은 시절에도 그랬고 중년 시절에도 그랬다. 노년이 돼서도 그랬다. 아서는 의자에 앉으며 놀라가 옆에 앉기를 기다렸다. 그런데 놀라는 늘 앉던 옆자리 대신 그의 무릎에 앉았다. 놀라의 따스한 체온과 무게가 느껴졌다. 정말 그에게 돌아온 것 같았다. 놀라는 그를 보며 활짝 웃더니 신발을 벗으려고 몸을 숙였다. 예전부터 날이 따뜻하면 맨발로 있는 걸 좋아했다. 놀라는 예전처럼 젊고 아름다운 모습인데 그는 백발이 성성한 노인이었다. 며칠째 면도를 안 해서 구레나룻까지 희끗희끗 자랐다. 눈도 흐릿하고 뼈마디도 쿡쿡 쑤셨다. 음경도 쪼그라들고 가슴도 푹 꺼졌다. 무릎이 아파 똑바로 걷지도 못했다. 그런데도 놀라는 그의 입술에 뜨겁게 키스해줬다. 한 손을 그의 옆얼굴에 대고서 아주 오랫동안 키스해줬다. 놀라의 젖가슴이 그를 눌렀다. 아서가 놀라를 위층으로 이끌려는 찰나에 그만 잠이 깼다.

사방이 어슴푸레했다. 새벽하늘에 동이 트고 있었다.

"안 돼." 아서가 말했다. "지금 깨면 안 돼!"

아서는 얼른 눈을 감고 놀라의 숨결을 떠올렸다. 놀라의 맨발과 블라우스에 달린 작고 하얀 단추를 떠올렸다.

'돌아와요! 다시 돌아와요!'

꿈꾸는 도중에 깨면 다시 꿈속으로 돌아갈 수 있다고 들었다. 그런데 누구나 그런 건 아닌 듯했다. 놀라는 돌아오지 않았다. 그를 두고 또다시 떠났다.

아서는 몸을 돌려 베개에 얼굴을 묻었다. 그리고 흐느꼈다. 그의 울음소리는 낡은 철문에서 나는 거친 쇳소리 같았다. 늙고 외로운 남자의 처절한 외침 같았다.

오늘은 도저히 묘지에 갈 수 없었다. 놀라의 묘비를 마주할 수 없었다. 놀라의 관을 뒤덮은 흙더미를, 어둠 속에 홀로 있을 놀라를 도저히 마주할 수 없었다. 오늘은 가지 않을 것이다. 그냥 집에 머물며 꿈속에서 놀라를 다시 만날 것이다. 게다가 몸도 썩 좋지 않았다. 한밤중에 소변을 보려고 화장실에 갔는데 기침과 함께 역겨운 것들이 올라왔다. 가래를 뱉자 목까지 따끔거렸다. 다리도 아프고, 팔과 심장도 아팠다. 영혼도 아팠다. 그의 침실과 옷도 아팠다. 주방 찬장에 올려둔 안경까지 아팠다.

아서는 고든에게 핫도그를 하나 더 챙겨주려고 아래층으로 내려갔다. 내려간 김에 녀석의 화장실을 비우고 다른 그릇에 사료도 잔뜩 쏟아주었다. 고든은 사료를 조금씩 담아주는 것을 좋아했지만, 아서의 상태로 봐서는 아래층에 또 내려올 수 있을 것 같지 않았다.

아서가 침실로 올라가려는데 고든이 야옹 하고 울었다.

"오늘은 어쩔 수 없다."

매디는 점심시간 내내 놀라의 무덤에서 기다렸다. 하지만 노인은 끝까지 나타나지 않았다.

시간이 다 돼서 매디는 학교로 돌아갔다. 보름 정도만 지나면 졸업식이었다.

생일이라고 아버지가 냉동 엔칠라다(토르티야에 고기를 넣고 매운 소스를 뿌린 멕시코 음식)를 사왔다. 전자레인지에 데운 다음 집에서 쓰는 접시에 담아 저녁으로 먹었다. 아버지는 제과점에서 커다란 컵케이크도 두 개 사왔다. 식사가 끝나자 아버지는 매디의 컵케이크에 초를 꽂더니 생일 축하 노래를 불러주었다. 매디가 마지못해 촛불을 끄자 아버지는 생일 카드를 내밀었다. 겉면에 비틀스의 노래 '생일 축하해'의 가사 첫마디 '넌 오늘이 네 생일이라고 한다'가 적혀 있었다. 카드를 열자 빳빳한 100달러짜리 지폐가 두 장 들어 있었다. 매디는 놀라서 아버지를 쳐다봤다.

"생일 축하한다!" 아버지가 말했다.

"너무 많아요."

매디의 말에 아버지가 방금 한 말을 반복했다.

"생일 축하한다."

나중에 매디가 방에서 미적분 숙제를 하는데 아버지가 방문을 두드리더니 식료품을 사러 가는데 필요한 것이 있느냐고 물었다. 매디는 벌떡 일어나 소리치고 싶었다.

'필요한 게 있느냐고요? 나한테 뭐가 필요한지 안 보이세요? 그놈의 눈은 뒀다 뭐할 건데요?'

하지만 입에서는 전혀 다른 말이 나왔다.

"달달한 미니 휘츠 시리얼이요. 블루베리 맛으로."

"알았다." 아버지는 매디가 요청한 물건을 휴대전화에 입력했다. 다 입력한 뒤에도 휴대전화에서 시선을 떼지 않은 채 또 물었다. "다른 건 없니? 여성…… 용품 같은 건?"

"탐팩스 펄(체내 삽입형 생리대 상품명), 레귤러 사이즈."

사실 매디는 생리대가 필요하지 않았다. 그 이유를 이제야 알았다. 요즘 들어서 자꾸 구역질이 올라오고 젖가슴이 아팠다. 아버지 앞에서는 태연한 척했지만 속으로는 뭘 어찌해야 할지 몰라 답답했다. 그러다 앤더슨에게 전화해야겠다는 생각이 퍼뜩 스쳤다. 어쩌면 더 잘된 일인지도 몰랐다. 감옥에서 벗어날 절호의 기회였으니까.

"그래, 금방 갔다 오마." 아버지가 말했다.

"그러세요."

매디는 주방을 치운 뒤에 다시 방으로 돌아왔다. 휴대전화를 집어 들고 침대에 누워 숨을 깊이 들이마셨다.

일이 잘 풀릴지도 몰랐다. 앤더슨은 애초에 그녀를 좋아했다. 정말 좋아했다. 가끔 못되게 굴긴 했지만 조만간 부관리자로 승진한다는 것을 보면 책임감이 강한 사람이었다. 게다가 아이들을 무척 좋아했다. 한번은 자식을 아주 많이 낳고 싶다고 말하기도 했다. 몇 명이나 낳고 싶으냐고 묻자 백 명 정도면 좋겠다고 했다. 전부 다 매디를 닮은 딸이었으면 좋겠다고 했다.

귀여운 아기를 사랑하지 않을 사람이 있을까? 앤더슨이라면 더욱 아끼고 사랑할 것이다. 매디는 이제 앤더슨 때문에 슬퍼할 일이 없을 것이다. 별난 계집애라고 구박받지도 않을 것이다. 둘이서 안정된 가정을, 남부럽지 않은 화목한 가정을 꾸릴 것이다.

매디는 휴대전화에 앤더슨의 이름을 쳤다. 신호가 가기 무섭게 그가 전화를 받았다. 첫 번째 길조였다.

"헤이, 매디." 목소리가 다정했다. 두 번째 길조였다. "잘 지냈니?"

좋아! 그녀와 이야기할 생각이 있다는 뜻이었다.

"잘 지냈어요!" 매디가 얼른 대답했다. "당신은 어떻게 지냈어요?"

"그럭저럭 지냈지 뭐." 앤더슨이 살짝 뜸을 들이다 덧붙였다. "널 못 봐서 좀 쓸쓸했지."

"저도 그랬어요." 감격해서 눈물이 나올 것 같았지만 꾹 참았다. 진정해. 괜히 부담 주지 마. 그는 질질 짜는 걸 싫어해.

"참, 나 생일이에요!"

"언제?"

"그게 실은…… 오늘이에요."

"생일 축하한다! 드디어 열여덟 살이 됐구나, 맞지?"

"맞아요!"

"뭐 생긴 거 없니?"

"네? 아니, 그걸…… 어떻게?" 매디는 그의 말뜻을 뒤늦게 알아차리고 덧붙였다. "아, 그냥 돈이 좀 생겼어요. 아버지가 주셨어요."

앤더슨이 코웃음을 쳤다. 그는 매디의 아버지를 좋게 생각하지 않았다.

"꽤 많이 주셨어요. 이걸로 옷도 사고…… 책도 살 생각이에요."

"그래, 넌 원래 책을 좋아하잖아. 맞지?"

매디는 허리를 굽혀서 발목을 단단히 잡았다.

"같이 일한다는 그 여자…… 아직도 만나요?"

"글쎄, 만난다고 해야 하나, 안 만난다고 해야 하나?"

벌써 싫증이 난 모양이다.

"저기, 그러니까…… 누구랑 같이 사는 거 어떻게 생각해요?"

앤더슨은 대답하지 않았다. 매디가 입술을 깨물며 기다렸지만 피식 웃기만 했다.

"내 말은 그러니까,"

앤더슨이 매디의 말을 잘랐다. "오늘 밤에 뭐 할 거니?"

매디는 몸을 일으켜 앉았다. 당장이라도 나가겠다고 말하려다 멈칫했다. 아버지가 언제 돌아올지 몰랐다.

"아버지가 집에 계세요. 게다가 내일 아침에 학교도 가야 하고요."

"저번처럼 살짝 빠져나오면 되잖아."

그럴 수 있을 듯했다. 하지만 얼굴을 마주하고 말했을 때 앤더슨이 화내면 어떡하지?

"새삼스럽게 빼고 그래. 우리 다시 시작할까?"

매디는 창밖을 내다봤다. 가로등이 막 들어와서 어두운 거리를 밝혔다.

"앤더슨, 할 말이 있어요."

"뭔데?"

"아무래도 임신한 것 같아요."

침묵.

한참 뒤에 앤더슨이 입을 열었다. "그게 무슨 말이야?"

"아직 테스트는 안 해봤어요. 하지만 날짜가 지났어요." 목소리가 급격히 작아졌다.

"글쎄, 넌 임신할 수 없어. 적어도 나를 통해서는. 한 번도 안에다 하지 않았단 말이야."

"저번에 딱 한 번 안에다 했던 것 기억 안 나요?"

"염병할!"

매디는 숨을 멈췄다. 아무 말도 못하고 휴대전화만 귀에 바싹 가져다 댔다.

"잘 들어, 매디. 내 탓으로 돌리지 마. 이걸 빌미로 나한테 들러붙을 생각일랑 꿈에도 하지 마. 난 아무 짓도 안 했어. 네가 나한테 왜 이런 말을 하는지도 모르겠어. 도대체 뭘 기대하는 거야?"

매디는 눈을 감았다. 몸이 심하게 떨렸다. "난 그냥……"

"그냥 뭐? 아, 맙소사! 내가 너랑 결혼이라도 할 거라고 생각하니? 응?"

"아뇨, 아뇨. 그런 건 아니에요. 그냥 같이 살 수 있지 않을까 했어요. 내가 집안일도 하고…… 같이 있을 때 즐거웠잖아요. 애들을 좋아한다면서요? 나 닮은 딸을 많이 낳고 싶다고 했잖아요."

"돌았구나. 정말 돌았구나, 매디. 진심이야. 넌 완전히 돌았어. 알았니? 그러지 말고 어디 가서 도움을 좀 받아. 네 아버지가 준 돈으로 당장 아이도 지우고. 난 너랑 엮이고 싶은 생각이 추호도 없어. 내 아이도 아니니까. 앞으로 다시는 연락하지 마. 넌 제정신이 아니야, 매디. 당장 도움을 받도록 해. 농담 아니야."

앤더슨이 전화를 끊었다.

매디는 그대로 앉아서 꼼짝하지 않았다. 마침 집 앞에서 차가 멈췄다. 곧이어 아버지가 부르는 소리가 들렸다.

매디는 주방으로 갔다.

"왜요?"

"참 반갑게도 맞는구나!"

"죄송해요."

아버지가 쇼핑 봉지에서 시리얼을 꺼냈다. "여기."

"고마워요."

"찬장에 좀 넣어줄래?"

매디는 시리얼 상자를 찬장에 넣은 다음 나머지 찬거리도 하나씩 정리했다.

"네 졸업식 날 말이다." 아버지가 잠시 뜸을 들이다 덧붙였다. "졸업식 끝나고 근사한 곳에 가서 저녁을 먹자꾸나. 어디로 가고 싶은지 알려주렴. 미리 예약해야 하니까."

"아무 데도 가고 싶지 않아요."

"어련하겠니."

"제 말은 그게 아니라…… 그냥 학교가 싫어요. 애들도 싫고. 친한 애도 없어요."

"십대 시절에는 누구나 그렇게 느낀단다. 나도 너만 할 때 그랬어."

"아뇨. 애들이 저한테 못되게 군단 말이에요." 매디의 목소리가 떨렸다. 금방이라도 울음을 터뜨릴 것 같았다.

"걔들이 왜 너한테 못되게 군단 말이냐?" 아버지의 목소리가 높아졌다. "너한테 어떻게 하는데?"

매디는 대답하지 않고 입을 꾹 다물었다. 돌아서서 나가려다 한마디 툭 던졌다.

"신경 끄세요."

아버지가 매디의 팔을 붙잡았다.

"말해봐. 걔들이 뭘 어떻게 하는데?"

매디가 대답하지 않자 아버지가 한숨을 내쉬며 말했다.

"강해져야 한단다, 매디. 세상이 얼마나 험한지 아니?"

"알아요."

"때로는 그냥 모조리 무시해야 해."

"네, 아버지처럼 말이죠?"

아버지는 한동안 매디를 쳐다보다 다시 입을 열었다.

"그건 달라. 언젠가는 너도 이해할 날이 올 거다."

"저도 그러길 바라요. 그나저나 졸업식에는 안 가도 되죠?"

"졸업식에 안 가긴 왜 안 가? 매디, 넌 왜 만날 삐딱하게 구는 거니?"

"전 안 갈 거예요. 굳이 갈 필요 없다고요. 절대로 안 갈 거니까 그런 줄 아세요!" 매디의 목소리가 주방에 쩌렁쩌렁 울렸다.

아버지가 두 손을 들었다. "좋아! 졸업 가운과 모자 대여료는 환불받아. 그럼 레스토랑도 예약할 필요 없겠구나."

"그런 게 다 무슨 소용인데요?"

"졸업을 축하하는 것? 너를 자랑스러워하는 것?"

매디가 피식 웃었다.

"매디, 너한테 뭐라고 말해야 할지 모르겠다. 예나 지금이나 도통 모르겠어. 뭘 어떻게 해야 할지……."

'설마 아버지가 우시는 건 아니겠지?'

매디는 아버지 얼굴을 뚫어져라 쳐다보다 슬며시 팔을 잡았다.

"괜찮아요." 매디가 말했다.

아버지가 고개를 저었다. "맙소사! 생일날 이게 뭐니?"

"그러게요. 잠깐 바람 좀 쐐야겠어요. 괜찮죠?"

아버지가 재킷을 걸치려고 했다.

"혼자 나갔다 올게요." 매디가 아버지를 제지했다. "다른 뜻은 없어요."

"그래, 알았다."

매디는 1.5킬로미터 떨어진 약국까지 걸어가 임신 진단 시약을 샀다. 화장실에서 테스트한 뒤 상점에 가서 유아용 컵과 딸랑이를 샀다. 오리 그림이 그려진 노란색 손수건도 샀다. 리본에 때가 묻었다고 60퍼센트 할인해준 곰 인형도 샀다.

매디는 아기를 낳기로 마음먹었다. 그녀의 아기였으니까. 아기와 함께 새롭고 태어나기로, 새로운 인생을 펼쳐나가기로 굳게 마음먹었다.

6월 1일, 결혼하기 딱 좋은 달의 첫 날이었다. 루실은 프랭크와 함께 집에 들어온 다음 문을 잠갔다. 그리고 몸을 돌리고 부드럽게 말했다.

"스노우 씨, 나 여기 있어요." (뮤지컬 〈캐러셀〉에 나오는 '미

스터 스노우'의 한 구절로 결혼식을 치른 뒤 집에 들어가면서 여자가 한 말이다)

프랭크가 어리둥절한 표정으로 쳐다봤다.

"〈캐러셀〉 몰라요?" 루실이 말했다. "뮤지컬 〈캐러셀〉에 나오는 노래잖아요."

"난 본 적이 없소." 프랭크가 당황한 얼굴로 말했다. 그 모습이 참으로 귀엽다고 루실은 생각했다.

"영화로도 못 봤어요?" 루실의 물음에 프랭크가 고개를 저었다.

"그럼 나중에 도서관에서 빌려올게요. 같이 봐요. 영화를 본 뒤에는 해산물 파티를 해요. 영화에서 그런 장면이 나오거든요. 아니면 레드 롭스터에 가든지."

"난 레드 롭스터가 좋을 것 같소."

"나도 그래요."

"난 '해산물 마음대로 골라 담기' 메뉴가 제일 좋던데."

"나도 그래요!"

프랭크가 헛기침하더니 두 손을 주머니에 찔러 넣었다. "우리 지금 너무 뜸 들이는 거 아니오?"

루실이 고개를 끄덕였다. "그런 것 같아요."

"위층으로 갑시다. 그나저나 당신을 번쩍 안고 가야 하는데."

"그럴 수 있어요?"

"허허, 십 년만 젊었어도…… 그냥 마음만 받아줘요."

두 사람은 루실의 침실로 걸어갔다. 프랭크가 침대 끝에 걸터앉는 사이, 루실은 블라인드를 내렸다. 그리고 프랭크 앞으로 가서 우뚝 섰다.

"뭘 어떻게 해야 할지 모르겠어요." 루실이 말했다.

프랭크가 침대를 톡톡 두드리며 말했다. "그냥 여기 와서 앉아요."

루실이 프랭크 옆에 앉았다. 두 사람은 말없이 앞만 바라봤다. 그러다 프랭크가 루실의 손을 잡았다. 소중한 보물 다루듯 몹시 조심스러웠다.

루실이 돌연 울음을 터뜨렸다. 하지만 금세 눈물을 닦고 무안해하면서 웃었다.

"괜찮소." 프랭크가 다독이며 말했다. "참으로 오래 걸렸구려."

프랭크가 안경을 벗어서 탁자에 내려놨다. 루실도 안경을 벗어서 내려놨다. 그런 다음, 뜻밖의 행동을 감행했다. 가발을 벗어서 숱이 얼마 남지 않은 머리를 드러냈다. 두피가 훤히 드러났다.

프랭크가 루실을 가만히 쳐다봤다.

"놀랐죠? 당신이 알아야 할 것 같아서요."

루실은 무릎에 올려놓은 가발을 만지작거리다 탁자 쪽으로 휙 던졌다.

"루실, 이미 알고 있었소." 프랭크가 다정하게 말했다.

"뭐라고요?"

"이미 알고 있었다고 했소. 당신이 가발 쓴다는 사실을."

"알고 있었다고요?"

"그렇소."

"어떻게 알았어요?"

"그러니까…… 그게 매번 살짝 틀어져 있었소."

"그랬어요?" 세상에, 그런 몰골로 사방팔방 돌아다녔구나!

적어도 프랭크는 사실대로 말해줬다. 이제라도 알았으니 다행이라면 다행이었다. 프랭크는 벨 스톨츠 같은 작자처럼 속으로 비웃지는 않았다. 지난번 교회 모임에서 스톨츠는 식사하는 내내 그녀를 보며 실실 웃었다. 집에 와서야 그 이유를 알았다. 앞니 사이에 시금치 조각이 끼어 있었던 것이다.

루실은 몸을 돌려 프랭크를 마주 봤다.

"솔직하게 말해줘서 고마워요, 프랭크. 난 뭐든 솔직한 게 최고라고 생각해요."

"정말 그렇게 생각하오?"

"그럼요."

프랭크는 자신의 무릎을 바라보며 고개를 끄덕였다.

"그렇다면 나도 전립선암을 앓았다는 사실을 털어놔야겠소. 지금은 괜찮지만 당신이 혹시……"

"오, 세상에! 처음 진단받았을 때 무섭지 않았어요?"

프랭크는 루실에게서 시선을 떼지 않고 말했다. "그런 마음이 없지는 않았소. 더 살고 싶다는 생각도 들었고. 하지만 난 사람 일이 뜻대로만 되지 않는다는 걸 진작 깨달았소. 겨우 서른일곱에 암으로 세상을 떠난 친구도 있는데 일흔아홉에 암 진단을 받았으니 운이 좋았죠. 사실 난 별로 놀라지도 않았소. 이렇게 가는구나, 싶었는데 용케 이겨냈다오. 그 뒤로 정신이 번쩍 들더군요. 내 뜻대로 뭔가를 해보고 싶어졌소."

루실이 고개를 끄덕이며 말했다. "나이 들면서 벌어지는 일 중에는 좋은 것도 있잖아요."

"그래요. 어떤 일은 대단히 좋죠. 놀랍기도 하고. 어떤 일은 너무나……"

프랭크가 말하다 말고 루실을 쳐다봤다. 눈에 눈물이 글썽했다.

"루실, 난 당신을 여전히 사랑하오. 실은 당신을 사랑하지 않았던 적이 없다오."

"아, 프랭크." 루실은 목이 메었다. "이게 꿈인가 생시인가 싶어요."

두 사람은 침대에 누워 입을 맞췄다. 그런데 키스만 하고는 진척이 없었다. 연료가 떨어진 자동차처럼 더 나아가지 못했다. 그래도 괜찮았다. 함께 있는 것만으로도 너무나 좋았으니까.

"오늘 밤 여기서 자고 갈래요?" 루실이 물었다.

"음, 아무것도 챙겨오지 않았는데."

"뭐가 필요한데요?"

"아, 일단 파자마도 필요하고."

"내 잠옷 빌려줄게요." 루실은 말하고 나서 킥킥 웃었다.

"잠깐," 프랭크도 웃으며 말했다. "혹시 리얼리티 쇼라도 찍는 거요?"

그 뒤로도 두 사람은 한동안 가만히 누워 있었다. 밤이 점점 깊어갔다. 잠시 뒤, 루실이 가만히 일어나더니 옷을 벗기 시작했다. 프랭크도 일어나 옷을 벗었다. 그런 다음 두 사람은 다시 누워 얼굴을 마주 봤다. 루실은 시트를 턱까지 끌어 올렸다. 프랭크가 시트를 살짝 내리며 말했다.

"그러지 않아도 돼요."

"아뇨, 그래야 돼요. 훔쳐볼 생각일랑 하지도 말아요."

"뭘 훔쳐본단 말이오?" 프랭크가 웃으며 말했다.

루실은 입을 꼭 다물었다. 하지만 이내 다시 열었다. "축 늘어진 가슴이랑 불룩 튀어나온 배. 그리고…… 이젠 뭐라고 불러야 하는지도 모르겠지만 아무튼 거기도."

"루실, 뭐 하나 물어봅시다. 혹시 내가 꼭 알아야 하는 나쁜 문제라도 있는 거요?"

"음, 난 콜레스테롤 수치도 높고 혈압도 높아요. 물론 약물로 조절하고 있으니까 별 문제는 없어요. 그리고 여기저기 검버섯이 피었어요. 하긴 나만 그런 건 아니죠. 개도 검버섯이 피던데요. 이런 문제 말고는 여태 수술 한 번 안 받았어요. 사랑니도 안 뽑았고. 맹장이랑 편도선도 그대로 있어요!"

"아, 내 거기가 발딱 서려고 하네."

루실의 눈이 동그래졌다.

"농담이오! 이젠 어림없소. 전립선 절제술을 받아서 이젠 안 돼요." 프랭크가 잠시 뜸을 들이다 말을 이었다. "털어놓을 게 한 가지 더 있소. 난 경동맥 내막 절제술도 받아야 한다오."

"언제요?"

"계속 미뤘더니 언제인지도 모르겠소. 아무튼 조만간 받을 거요."

루실은 프랭크의 가슴에 얼굴을 묻었다. "아, 가엾은 프랭크."

프랭크는 루실의 머리에 입을 맞췄다. "아, 내 사랑 루실. 얼마나 그리웠는지 모른다오."

루실은 조심스럽게 램프를 껐다. 그러다 가만히 속삭였다. "프랭크?"

"음?"

"당신과 함께 지낼 수 있기를 오랫동안 바랐어요."

"나도 그렇다오."

"그리고 천국에 가서도 당신과 함께 지내길 바라요."

루실은 빌어먹을 수가 끼어들지 않기를 바란다는 말은 굳이 하지 않았다. 이번에는 어림도 없을 테니까. 프랭크가 절대로 틈을 주지 않을 테니까. 수가 아무리 꼬리를 쳐도 프랭크가 단칼에 거절할 테니까. 됐소, 난 이미 사랑하는 사람이 있소, 라고.

프랭크가 말했다. "루실, 어릴 때 천국이 어떤 곳인지 상상해보고는 했다오. 그런데 왠지 따분할 것 같았소. 영원히 산다니, 너무 지겨울 것 같지 않아요? 난 시작과 끝이 있는 여기가 더 좋다오. 출발과 도착. 위험. 불확실성. 심지어 불가사의한 점도 좋아하오. 우리가 어디서 왔는지, 언제 죽는지, 죽은 뒤에 어디로 가는지 모르는 게 더 좋소."

"천국에 가잖아요." 루실이 우겼다. "아니면 지옥으로 떨어지겠죠."

"그거야 사람들이 그냥 하는 소리잖소. 실제로는 아무도 모르는 거요. 태어나기 전에 벌어진 일이나 죽은 뒤에 벌어질 일을 신경 써서 뭐하겠소. 그 사이에 뭘 하느냐가 정말 중요한 거지. 난 그렇게 생각하오."

"그래요. 지금 이 순간이 제일 중요하죠."

프랭크가 한쪽 팔을 괴고 누워 루실을 쳐다봤다. 그의 감청색 눈이 신비롭게 빛났다.

"나쁜 문제라도 있냐고 물은 이유는 그냥 궁금했기 때문이오. 어떤 문제가 있더라도 난 당신 곁을 떠나지 않을 거요. 당신이 꺼지라고 하지 않는 한, 절대로."

"그렇게 말할 일은 없을 거예요. 실은 여기 들어와 살자고 할 참이었어요."

"정말이오?" 프랭크가 웃으며 물었다.

"정말이에요."

"됐소." 프랭크가 다시 누우며 말했다. "그럼 됐소."

두 사람은 마주 보며 눈을 감았다. 얼마 뒤, 프랭크가 가볍게 코를 골기 시작했다. 루실에겐 그 소리가 전혀 거슬리지 않았다. 그 소리를 들을 수 있어서 오히려 행복했다.

"맙소사, 매디." 아버지가 이마를 문지르며 말했다. "확실한 거니?"

두 사람은 막 저녁 식사를 마쳤다. 아직 설거지도 하지 않았다. 매디의 무릎에는 냅킨이 그대로 놓여 있었다.

"네, 두 번이나 테스트했어요."

"병원에서 검진도 받았니?"

"아뇨."

"얼마나 됐는데?"

"삼 개월쯤 됐어요."

"좋다." 아버지가 시계를 힐끔 보더니 의자를 뒤로 빼고 일어났다. "가자."

"어딜 가는데요?"

어이없게도 숙제할 것이 많다는 생각이 매디의 뇌리를 스쳤다. 다른 숙제라면 신경 쓰지 않았을 테지만 라이언스 선생님의 숙제였다. 선생님을 실망시키고 싶지 않았다. 100쪽 분량을 읽고 에세이를 써야 했다. 반드시 해 갈 생각이었다.

"어디긴, 응급 클리닉에 가는 거지. 이십사 시간 운영하니까 지금 가도 돼. 놀란가 45번지에 있어. 일단 임신 여부부터 확인하자. 그런 다음…… 그런 다음 무슨 조치를 취하든 해야지."

"이 동네에도 있는데 뭐하러 놀란가까지 가요."

"놀란가로 갈 거야."

"하지만 이 동네에도 똑같은,"

"내가 놀란가로 가자고 하면 그냥 가는 거야!"

'아, 내가 임신한 게 창피한 거구나.' 매디는 그런 아버지를 비난할 수 없었다.

"지금은 안 돼요. 숙제할 게 너무 많아요."

아버지가 몸을 휙 돌렸다. "뭐, 숙제? 그놈의 '숙제'는 평소에 좀 신경 쓰지 그랬니? 그랬더라면 이런 상황이 생기지도 않았을 텐데. 이렇게 멍청한 짓을 저지르다니, 믿을 수가 없구나. 그나저나 애 아빠는 누구냐?"

매디가 침을 꿀꺽 삼켰다. "몰라요." 아버지가 앤더슨을 만나게 하지는 않을 것이다. 절대로.

아버지의 굳은 얼굴에서는 어떤 감정도 읽히지 않았다. "차에 타거라. 당장."

"아버지."

"뭐냐, 매디? 뭐냐니까? 뾰족한 수 없으면 내가 하자는 대로 해. 이런 일은 신속하게 처리해야 하는 거야. 하루하루 시간이 갈수록 그것이 점점 커진단 말이다!"

'그것.'

"하지만 전 그냥…… 낳아서 키우고 싶단 말이에요."

"뭐?"

매디가 아버지를 올려다봤다. "낳아서 키우고 싶다고요."

"그럴 일은 절대로 없을 거다. 절대로. 열여덟에 아기를 낳아 키우겠다니, 인생을 망칠 작정이냐?"

"제 아기예요. 아버지 마음대로 지워라 마라 강요하지 마세요."

"다 널 위해서 이러는 거야. 당장 지워야 해. 내가 그렇게 만들 테니까 두고 봐라."

"저도 이제 열여덟 살이에요."

"넌 아무것도 몰라! 당장 빌어먹을 차에 타라니까!"

매디는 그대로 앉아서 꼼짝하지 않았다. 하지만 결국 몸을 일으키며 말했다. "지갑 좀 챙겨 올게요."

"차에 가서 기다리마."

매디는 방으로 들어가서 영어책을 챙겼다. 나머지 책은 거들떠보지도 않고 지갑을 집어 들었다. 뒷문으로 조용히 빠져나와 이웃집 잔디밭을 지났다. 옆 골목에 이른 뒤 버스 정류장 쪽으로 재빨리 걸어갔다.

상점과 식당이 줄지어 늘어선 정류장에 거의 도착했는데 뒤에서 경적이 울렸다. 아버지가 어느새 쫓아온 것이다. 아버지는 매디를 발견하고 재빨리 다가와 차를 세웠다. 차 문을 벌컥 열더니, 매디가 달아날 새도 없이 한달음에 달려와 매디의 팔을 붙잡았다. 너무 세게 잡아서 매디가 아프다고 소리쳤다. 하지만 아버지는 아랑곳하지 않고 매디를 차 쪽으로 끌고 갔다. 얼굴이 벌겋고 숨소리도 거칠었다. 아버지의 이런 모습은 처음이었다. 매디가 책을 떨어뜨렸다. 라이언스 선생님이 읽으라고 한 책이었다.

"잠깐만요!" 매디가 소리쳤다. "책을 떨어뜨렸어요!"

아버지는 무시하고 매디의 팔을 잡아끌었다. 매디는 팔을 비틀어 아버지의 손아귀에서 빠져나왔다. 얼른 책을 집어 들고 눈물이 글썽한 눈으로 아버지를 노려봤다.

아버지가 성큼성큼 다가와 매디 옆에 서더니 이를 악물고 낮은 목소리로 말했다. "허튼 짓 말고 당장 차에 타."

"알았어요. 알았다고요!"

매디는 마지못해 차에 탔다. 흐르던 눈물은 그쳤지만 마음은 어느 때보다 아팠다. 날카로운 송곳이 쿡쿡 찌르는 것 같았다. 뜨겁게 달군 인두로 지지는 것 같았다. 기다란 끈에 연결돼 있던 뭔가가 툭 끊어지는 것 같았다. 거친 표면에 부딪치며 피가 뚝뚝 떨어지는 것 같았다. 매디는 창밖을 내다봤다. 가슴이 조여서 숨을 쉴 수 없었다. 고개를 돌려 무릎을 바라봤다. 가슴이 점점 더 죄어들었다. 매디는 손톱으로 팔뚝을 찔렀다. 아팠다. 손톱을 더 깊이 찔러 넣었다. 아픔 때문에 가슴을 죄던 압박이 살짝 풀렸다. 이 방법이 여전히 먹혔다. 매디는 손톱이 살을 파고 들 정도로 계속 찔렀다. 막혔던 숨통이 트일 때까지.

"아버지,"

"지금은 아무 말도 하고 싶지 않다. 집에 가서 하자."

하지만 집에 들어온 뒤에도 대화를 나누지 않았다. 아버지는 매디에게 방에 들어가 있으라고 했다. 매디는 방에 가만히 앉아 있다가 라이언스 선생님이 읽으라던 책을 집어들었다. 선생님이 한 말이 떠올랐다. '괜찮아질 거야. 정말 괜찮아질 거야.'

매디는 책을 덮고 손톱자국이 깊게 패인 팔뚝을 쳐다봤다.

'결정해.'

그때 문이 열리고 아버지가 얼굴을 들이밀었다.

"내일 아침 아홉 시에 데려다주마."

"학교에 가야 해요."

"아홉 시다."

"전 안 가요, 아버지. 죄송하지만 아기를 낳아서 키울 거예요."

"애 지우러 가자는 게 아니야, 매디. 시험 보러 가는 거야."

시험을 본 다음엔 '그것'을 지우러 갈 것이 뻔했다.

"제가 알아서 할게요."

"넌 이 일을 어떻게 처리해야 하는지 몰라. 잔말 말고 내일 나랑 같이 가도록 해."

"싫어요."

아버지가 방으로 들어와 매디 앞에 서더니 고개를 절레절레 저었다. 그러더니 잔뜩 잠긴 목소리로 말했다.

"이런 식으로 네 엄마의 죽음을 헛되게 할래? 널 겨우 이렇게 살게 하려고 네 엄마가 죽은 줄 아니? 넌 네 엄마를 두

126

번 죽이는 거야."

아버지가 방을 나가면서 문을 쾅 닫았다. 곧이어 차가 멀어지는 소리가 들렸다.

매디는 잔뜩 움츠린 자세로 한동안 앉아 있었다. 크게 뜬 눈에는 초점이 없었다.

"야, 우리가 널 위해 새로운 이름을 지었는데 뭔지 궁금하지 않아?"

어느 날 같은 반 여학생인 크리시 버만과 그 패거리가 매디에게 다가와 말했다. 당시에 매디는 아무 말도 하지 않았다.

"앞으로는 미친 매디(Mad Maddy)가 아니라 슬픈 새디(Sad Saddy)라고 불러줄게. 어때? 마음에 들어?"

매디는 창가로 가서 밖을 내다봤다. 나뭇가지가 바람결에 흔들렸다. 처음엔 앞뒤로 흔들리다 다음에는 좌우로 흔들렸다. 누구의 지시라도 받는 양 질서 있게 움직이다 어느 순간 멈췄다. 우뚝 멈췄다. 그들 말이 맞았다. 그녀는 슬펐다. 늘. 심지어 즐거운 순간에도 마음 한쪽이 허전하고 쓸쓸했다. '잊지 마. 넌 슬픈 새디라는 걸.'

'당장 화장실에 가서 욕조에 물을 채울까? 양쪽 손목을 그을까? 옆으로 말고 위아래로 길게. 오래 걸리지 않을 거야. 많이 아프지도 않을 거야.'

매디는 화장실로 들어가 문을 닫았다. 욕조를 한참 동안 바라보다 다시 방으로 돌아왔다. 라이언스 선생님이 읽으라던 책을 집어 들었다. 누군가의 손길이 어깨를 살며시 잡는

것 같았다. '도와줄 사람을 찾아보렴.'

엄마가 있었다면 임신 사실을 엄마에게 털어놨을 것이다. 엄마라면…… 엄마라면 매디의 말을 듣고 나서 고개를 끄덕이며 이렇게 말했을 것이다.

'어떻게 하면 좋을지 차분하게 생각해보자.'

엄마라면 매디가 잠들기 전에 다가와 이마에 입을 맞추고 머리카락을 쓰다듬으며 이렇게 말했을 것이다.

'당장은 앞이 캄캄해 보이지만 어떤 일이든 헤쳐 나갈 방법이 있단다. 걱정하지 마. 사랑하는 엄마가 곁에 있잖아.'

어깨를 잡았던 손길이 내려와 매디를 감쌌다. 그러더니 꼭 안아주고는 이내 사라졌다.

매디는 사막에서 구조된 남자가 물을 들이키듯 책을 읽었다. 한 손을 어깨에 올린 채.

'로버트 에밋 켈리. 1953년 2월 14일, 밸런타인데이 출생, 2015년 6월 14일 사망.' 예순둘. 너무 일찍 떠났군! 무덤에 아직 풀도 다 안 난 걸 보니 로버트가 아직 자리 잡지 못한 듯했다. 그런데도 아서는 무덤 가까이 다가가 눈을 감았다.

'로버트는 평생 체중 문제로 고생했다. 아기 때부터 뚱뚱했다고 말할 정도로 심각했다. 샌드위치를 만들 때는 사우어크라우트를 꼭 넣었다. 슬픈 노래를 들을 때는 흐느껴 울만큼 감정이 풍부했다. 미식축구 스타였지만 여자들 사이에서는 인기가 없었다. 정교한 모형 기차를 여러 개 만들어 지하실에 보관했다. 지하실 배관에 문제가 있어서 물이 뚝뚝 떨어졌지만 고치지 않았다.'

그게 다였다. 하긴 더 알아서 뭐하겠는가. 아서가 몸을 일으키려다 멈칫했다. 잠깐!

'어느 해 크리스마스에 로버트는 빨간 가운을 걸쳤다. 그런데 사진을 찍으려고 뒤로 물러서다 가운에 불이 붙었다.' 불이 붙었다고? 아니, 어쩌다? '커피 테이블에 올려둔 촛불이 가운 자락에 옮겨 붙었던 것이다. 로버트는 가운을 훌렁 벗어서 발로 밟아 불을 껐다. 다들 큰일이라도 난 듯 비명을 질러댔지만 로버트가 손을 들고 차분히 말했다. "불은 꺼졌습니다. 메리 크리스마스. 자자, 다들 식사합시다." 그 말에 모두 흥겹게 웃었다.'

아서는 매디가 왔나 해서 주변을 둘러봤다. 어디에도 없었다. 일주일, 어쩌면 그보다 오래 매디를 보지 못했다. 몸이 아팠던 날 하루만 빼고 날마다 묘지에 왔지만 한 번도 보지 못했다. 어제는 오랜만에 도서관에 갔다. 컴퓨터를 이용해 페이스북에서 매디를 찾을까 해서 알아봤지만 그럴 수 없었다.

"트위터에서는 찾아보셨어요?" 도서관 사서가 물었다. "인스타그램이나 스냅챗은요?"

아서는 사서를 멍하니 쳐다보다 고맙다고 말한 뒤 집으로 돌아왔다. 예전에는 도서관이 아늑한 안식처였다. 사방이 조용했다. 줄줄이 늘어선 책장 사이로 햇살이 환하게 비쳐 들면 온갖 이야기를 담은 책들이 어서 오라고 손짓하는 것 같았다. 하지만 지금은 너무 번잡했다. 할 것도 많고 볼 것도 많았다. 자극이 너무 많았다. 아서는 한 번에 한 가지밖에 할 줄 몰랐다.

산들바람에 나뭇잎이 흔들렸다. 아서도 몸을 살짝 떨었다. 감기가 완전히 떨어지지 않았다. 그래도 날마다 놀라를 보러 왔다. 올 때마다 매디를 만날까 싶어 주변을 둘러봤다. 매디에게 주려고 포장한 선물도 들고 다녔다. 엉성하게 싼 포장지가 점점 지저분해졌다. 한쪽에 구멍까지 생겼다. 아무래도 다시 포장하는 것이 좋을 듯했다.

아서는 놀라의 무덤 옆에 의자를 펼치고 한쪽에 선물도 내려놨다. 그런 다음 도시락 가방에서 샌드위치를 꺼냈다. 머스터드소스를 바른 볼로냐소시지. 샌드위치로는 이만한 것이 없었다. 포테이토칩 약간, 딜로 양념한 오이 피클, 사과주스. 거기에 루실이 준 당밀 쿠키도 몇 개 챙겨왔다. 당밀 쿠키는 맛이 기막히게 좋아서 한 개만 먹어도 기분이 붕 뜨는 것 같았다. 루실에게 그렇게 말했더니 무척 좋아했다. 그런데 정말 붕 뜬 것처럼 행복해 보이는 사람은 루실이었다. 요새 무슨 일이 있는 것이 분명한데, 루실이 아직 털어놓지 않았다.

아서는 샌드위치를 한 입 베어 물고 다시 주변을 휘 둘러봤다. 실눈을 뜨고 찾아봐도 보이는 것은 휑한 무덤뿐이었다. 이번에도 혼자였지만 혼자라는 느낌은 들지 않았다.

몸을 숙이고 놀라의 묘비를 톡톡 두드렸다.

"보고 싶소, 놀라." 아서가 말했다. "여전히 당신이 보고 싶소. 시간이 꽤 흘렀지만 난 늘 당신이 엊그제 떠난 것 같소. 하지만 상심하지 말아요. 어떻게든 버티고 있으니까. 봐요, 이만하면 잘 버티고 있잖아요. 새로 친구도 사귀었다오. 당신도 봤을 거요. 매디라고, 코에 이상한 고리를 달고 있지만 괜찮은 아이라오. 이웃인 루실하고도 친하게 지낸다오. 그리고 이제는 집안일도 손에 익어서 그럭저럭 지낼 만해요. 가끔은 신나게 휘파람도 분다니까. 하지만 놀라, 당신이 너무나 보고 싶소. 예전에 가끔 누가 먼저 갈지 이야기하고는 했잖소. 난 늘 내가 먼저 가길 바랐다오."

아서는 샌드위치를 마저 먹었다. 다 먹고 나서 자리를 뜨려다 묘지 주변을 한 번 더 둘러봤다.

"매디?"

아서는 나무가 드문드문 늘어선 쪽을 향해 큰 소리로 매디를 불렀다.

"매디?"

몸을 돌려 반대쪽을 향해 더 큰 소리로 불렀다. 하지만 묘지에서 소리치면 안 될 것 같아 더 부르지는 않았다.

아이들은 원래 금세 싫증 내는 법이니, 이상할 것도 없었다. 결국 매디에게 생일 선물을 주려던 마음을 접었다. 그저 매디가 생일을 즐겁게 보냈기를 바랐다. 분명히 시끌벅적하지는 않았을 것이다.

"헤이, 놀라." 아서가 불쑥 말했다. "당신에게 선물을 가져왔소."

매디에게 주려고 가져온 선물이라는 걸 놀라는 익히 알 것이다. 이제는 뭐든 알 테지만 놀라는 개의치 않을 것이다. 놀라 코린은 누구보다 따뜻하고 너그러운 사람이었으니까.

아서는 햄버거 부부 인형의 포장지를 풀어서 놀라의 묘비에 기대세웠다. 보기 좋았다. 엉뚱하기는 했지만 보기 좋았다.

"이거 기억해요?"

갑자기 설움이 북받쳤다. 더 있다가는 눈물이 쏟아질 것 같아 의자를 접었다. 그리고 버스 정류장을 향해 무겁게 걸음을 옮겼다. 놀라도 없고 매디도 없다. 그래도 그에게는 은혜를 모르는 고든이 있었다. 맛난 쿠키를 챙겨주는 루실도 있었다. 루실에게 저녁을 먹으러 가자고 또 청해볼까? 저번에 같이 식사했을 때 나쁘지 않았다. 두어 차례 껄껄 웃기도 했고 약간 위로도 받았다. 지갑을 잃어버렸다가 나중에 냉장고에서 찾았다고 털어놓자 루실은 별일 아니라는 듯 말했다.

"아, 뭐 그런 일은 다반사죠. 난 지난주에 밀방망이를 빨래 바구니에서 찾았다니까요."

그 이야기를 들으니 마음이 조금 놓이는 것 같았다.

아서는 버스 정류장으로 가는 내내 기침했다. 아무래도 병원에 가봐야 할 것 같았다. 강도처럼 협박을 일삼는 그린바움 박사에게 진료를 받아야 할 것 같았다. 박사는 항생제를 처방해주면서 운동은 하느냐, 식사는 꼬박꼬박 챙겨 먹느냐, 온갖 질문을 쏟아낼 것이다. 그때마다 아서는 곤혹스러웠다. 뭐라고 대답할지 떠오르지 않았다. 때로는 나이가 몇인지도 잊었다. 하지만 옛일은 쓸데없는 것까지 시시콜콜 기억했다.

아서가 집에 거의 이르렀을 때 루실이 현관 계단을 올라가는 모습이 보였다.

"루실!" 아서가 소리쳐 불렀다.

루실이 기대에 찬 얼굴로 몸을 돌렸다. 아서는 막상 부르기는 했지만 가까이 다가가서도 딱히 할 말이 떠오르지 않았다.

"음……."

"안녕하세요, 아서." 루실이 말했다. 손에 열쇠를 들고 있었다. 얼른 안으로 들어가고 싶은 눈치였다.

하지만 아서는 누구와든 이야기하고 싶었다. 그래서 얼른 물었다.

"요즘 뭐 하고 지냈소?"

루실은 곁눈으로 그를 보며 뭔가 고민하는 듯하다가 대답했다.

"잠깐 앉았다 가요. 뭐 했는지 말해줄게요."

아서는 계단을 올라가 현관 의자에 앉았다. 자기 의자라도 되는 양 자연스러웠다. 루실이 옆에 와 앉더니 빙긋이 웃었다.

"요새 좀 달라 보입니다." 아서가 말했다.

"가발을 벗었어요. 그나저나 내가 가발 쓰고 다니는 걸 알고 있었어요?"

아서는 뭐라고 대답해야 할지 몰라서 알았다는 뜻으로도, 몰랐다는 뜻으로도 해석될 수 있게 헛기침만 두어 차례 했다.

"아무튼 가발을 쓰고 다녔는데 누가 그러지 말라고 하더라고요. '가발 따위는 벗어버려요. 머리숱 줄어드는 게 죄도 아닌데 왜 가리고 다닙니까?' 생각해보니 맞는 말이더라고요. 그래서 그냥 자연스럽게 내놓고 다니기로 했어요. 그리고 요새 살도 좀 빠졌어요."

"어디 아픈 건 아니오?"

"아프긴요! 일부러 빼고 싶었는데."

"아." 아서는 이 시점에서 뭔가 다른 말을 해야 한다고 느꼈다. 그래서 덧붙였다. "어쩐지 멋져 보인다 했습니다."

"고마워요. 오늘도 놀라한테 갔다 왔어요?"

"그래요."

루실이 한숨을 내쉬었다. "그러는 게 당신한테 위안이 되나봐요."

"그렇다오."

아서는 루실네 집 앞에서 자라는 라일락을 물끄러미 쳐다봤다. 라일락 향이 은은하게 풍겨왔다. 놀라는 봄이 오면 뒤뜰에서 라일락 꽃을 잔뜩 꺾어다 여기저기에 꽂아놨다. 화장실에도 한 다발 가져다놨다. 머리에 라일락 꽃잎을 뿌리기도 하고, 라일락 잔가지로 핀을 만들어 옷에 꽂기도 했다. 라일락은 놀라가 가장 좋아하던 꽃이었다.

아서가 루실에게 말했다. "놀라를 끔찍이 사랑했다오."

"나도 알아요, 아서."

"당신은 놀라를 잘 모를 거요."

"둘이서만 꼭 붙어 다녔잖아요."

"그랬죠. 미안해요."

"그렇다고 사과할 것까지는 없어요. 어떤 느낌인지 아니까. 이젠 나도 어떤 느낌인지 알아요. 고등학교 때 사귀던 남자 친구를 다시 만나고 있거든요."

"그래요?" 아서는 재채기가 나와 말을 멈췄다가 다시 이었다. "너무 놀라서 그만……."

"그렇다니까요. 그이 이름은 프랭크 피어슨이에요. 얼마나 멋진지 몰라요. 예전에는 제일 멋진 청년이었고 지금은 제일 멋진 남자예요."

"그 사람도 여기 삽니까?"

"아뇨, 그이는 샌디에이고에 살아요. 얼마 전에 나한테 편지를 보내고 이쪽으로 왔어요. 그 뒤로…… 그래요, 다 말할게요. 아서, 난 사랑에 빠졌어요. 정말 놀랍지 않아요? 어쩌면 우스울지도 모르겠네요. 아무튼 난 사랑에 빠졌어요. 우리 둘 다 서로에게 푹 빠졌어요."

"우습다고 생각하지 않아요. 사랑은 절대로 우습지 않아요."

"하지만 당신과 나는 옛날 사람이잖아요." 루실이 의자를 앞뒤로 흔들며 말했다. "우리를 봐요. 흔들의자에 앉아 하릴없이 시간만 죽이고 있잖아요."

아서도 의자를 흔들었다. "우리가 옛날 사람이기는 하지만 그게 사랑과 무슨 상관이오? 사랑이 필요 없는 사람은 없소. 사랑 따위는 필요 없다고 하는 사람일수록 더 사랑이 필요하죠. 사랑은 크랭크케이스(crankcase)에 담긴 오일처럼 없어선 안 되는 거라오."

둘 다 잠시 말이 없다가 루실이 물었다. "그나저나 크랭크케이스가 뭐죠?"

아서가 잠시 생각하다 말했다. "나도 모르오. 예전 같으면 대충 둘러댔을지 모르지만 지금은 솔직히 말하리다. 나도 뭔지 모르겠소. 알았더라도 지금은 기억나지 않소."

"우리 나이엔 뭐든 솔직한 게 좋아요." 루실이 말했다.

아서가 고개를 끄덕였다. "속이는 데 소모할 시간이 없죠."

"맞아요. 그런 일에 허비할 시간이 없죠. 그래서 프랭크에게 우리 집에 들어와 살자고 했어요."

아서가 몸을 돌려 루실의 현관을 쳐다봤다. "그 사람이 안에 있소?"

"아뇨, 지금은 없어요. 소식을 전하러 딸네 집에 갔어요. 아직까지 내 이야기를 안 했대요. 쉽지는 않을 것 같아요. 딸이 보통내기가 아닌가봐요."

"그 사람이 그렇게 말했소?"

루실이 어깨를 으쓱했다. "딱히 그렇게 말하지는 않았지만 내 귀에는 그렇게 들리더라고요. 이따가 그이를 데리러 갈 거예요. 참, 그이를 한번 만나볼래요? 이따가 우리랑 같이 저녁 식사 하는 것 어때요?"

"그럼 나야 고맙죠." 아서가 대답했다.

"여섯 시예요."

루실은 말을 마치고 아서에게 왼손을 들어보였다. 아서는 루실이 손 떨림 증상을 호소하려나보다고 생각했다. 그래서 자기도 가끔 손이 떨린다고 말하려는데, 다시 보니 그런 뜻이 아니었다. 새끼손가락에 낀 반지를 보여주려는 것이었다. 자그마한 다이아몬드가 햇빛을 받아 반짝였다.

"약혼반지?" 아서가 물었다.

루실이 고개를 끄덕였다.

"축하해요!" 아서는 루실이 가장 나이 든 신부가 아닐까 생각했다. 아니다, 양로원에서는 더 나이 든 사람도 짝을 만난다고 했다. 너무 쪼글쪼글해서 말린 사과 인형처럼 보이는 사람도 짝을 새로 만났다. 쪼글쪼글하지만 '행복한' 사과 인형. 그렇다, 사랑은 절대로 우습지 않다. 필요 없지도 않고.

"예쁜 반지로군요." 아서가 말했다. 놀라가 전에 그에게 알려줬다. 약혼반지는 무조건 예쁘다고 해야 한다고. 정말 예쁘니까.

"고마워요. 그런데 그거 알아요? 그이가 글쎄 이 반지를 고등학교 때 구입했대요. 반지를 사려고 여름 내내 아르바이트를 했대요. 졸업날 프러포즈할 생각이었는데…… 어쩌다 그만 다른 사람과 결혼하게 됐지 뭐예요. 어쩔 수 없이. 하지만 그이는 숱한 세월 동안 이 반지를 고이 간직했어요. 그리고 드디어 어젯밤에 나한테 줬어요."

루실이 살짝 붉어진 얼굴로 반지를 쳐다봤다. "손가락이 예전보다 굵어져서 크기를 늘려야 해요. 그래도 이렇게 끼고 있잖아요!"

"그래요, 끼고 있잖아요!"

루실이 몸을 일으켰다.

"들어가봐야겠어요, 아서. 맛있는 디저트를 만들 건데 냉장할 시간이 필요하거든요." 루실이 현관문을 따면서 어깨 너머로 말했다. "이따 저녁 시간에 봐요."

아서가 머뭇거리며 물었다. "저기…… 옷을 갖춰 입어야 할까요?"

루실이 웃으며 말했다. "흠, 홀딱 벗고 오지는 마요."

"내 말은,"

"알아요. 그냥 편한 차림으로 와요. 여섯 시에요."

아서는 자기 집 쪽으로 느릿느릿 걸음을 옮겼다. 집에 들어가면 잠시 낮잠을 잘 생각이었다. 그런 다음에는 장미를 손볼까 했다. 우편함에서 우편물을 꺼내다 접힌 쪽지를 발견했다. 매디가 보낸 걸까?

아서는 쪽지를 펼쳐서 읽었다.

저는 매디 해리스의 아버지입니다. 매디의 노트에서 여기 주소를 찾았습니다. 이 쪽지를 보는 대로 555-3376으로 연락 바랍니다.

스티븐 해리스

아서는 서둘러 집으로 들어가서 전화기를 집어 들었다.

　

　

루실은 블랙베리 커드(우유에 유산균 등을 넣어 응고시킨 것)를 넣은 초콜릿 푸딩을 냉장고에 넣은 다음에야 신발과 안경을 벗고 소파에 길게 누웠다. 와인 잔에 담은 디저트는 무척 예뻐 보였다. 디저트를 얼른 선보이고 싶어서 저녁 식사 시간까지 기다리기 힘들 지경이었다. 저녁 식사로 돼지고기 구이와 완두콩을 곁들인 으깬 감자를 준비했다. 돼지고기의 겉은 바삭하고 속은 부드럽게 굽는 비법이 있기는 하지만 그 정도는 누구나 알 수 있었다. 하지만 푸딩은 달랐다! 와인 잔에 담긴 디저트를 싫어할 사람은 아무도 없었다. 누구라도 특별히 대접받는 기분이 들 것이었다. 프랭크와 아서의 탄성이 벌써 들리는 것 같았다. 두 사람이 칭찬을 쏟아내면 루실은 겸손하게 손사래를 칠 것이다. 물론 이 디저트에는 공을 아주 많이 들였다. 적당히 굳을 때까지 쉼 없이 저

139

어야 했다. 잠시만 한눈을 팔아도 커드와 초콜릿이 엉겨 덩어리가 생겼다. 하지만 공들인 보람이 있어서 다 만들어놓으니 기막힐 정도로 예쁘고 맛있었다. 혹시라도 더 달라고 할까봐 6인분을 만들었다.

깜빡 잠들려는 찰나 전화벨이 울렸다. 루실은 그냥 무시할까 했지만 프랭크일지도 모른다는 생각에 전화기를 집어 들었다.

정말 프랭크였다. 세인트 빈센트 병원 응급실에 가는 길이라고 했다. 가슴에 통증이 있지만 별일 아니라면서 저녁 식사에 조금 늦을지도 모른다고 했다. 걱정할 것은 하나도 없다며 루실을 안심시켰다.

"나도 바로 갈게요." 루실이 말했다. 느닷없이 눈물이 흘러내렸다. '뚝 그쳐. 별일 아닐 거야.' 루실은 눈물을 삼키며 생각했다.

"오지 않아도 돼요." 프랭크가 만류했다. "전에도 이런 적이 몇 번 있어요. 아무래도 연식이 오래돼서 자꾸 말썽이 생기나봐요. 하지만 기름칠 좀 해주면 새것처럼 쌩쌩 돌아갈 거예요. 이만 끊어야겠어요. 출발할 때 전화하리다."

"나도 바로 갈게요." 루실이 말을 마치기도 전에 전화가 끊어졌다.

루실은 차분하게 신발을 신고 안경을 썼다. 지갑을 집었다가 다시 내려놨다. 욕실에 들어가 이를 닦고 립스틱을 발랐다. 그런 다음 그곳에서 나와 다시 지갑을 집어 들었다. 대기실이나 치료실에서 오래 기다릴 경우에 대비해 미국 퇴직자 협회에서 발간하는 잡지 〈AARP〉도 한 권 챙겼다. 아서에게는 상황을 봐서 연락하면 될 것이다. 저녁 식사를 뒤로 미뤄야 할지도 몰랐다. 어쩌면 치료가 금세 끝나서 시간 안에 돌아올지도 몰랐다. 프랭크에게는 디저트를 하나만 권하는 것이 좋을 것 같았다.

루실은 전화를 끊은 지 사십오 분 만에 응급실에 도착했다. 안내 데스크에 문의하니 프랭크는 이미 치료 중이라고 했다. 다행이었다. 응급실 주변에는 사람이 무척 많았다. 휴대전화를 만지작거리는 사람. 재킷을 뒤집어쓰고 자는 사람. 주변 시선을 아랑곳하지 않고 큰 소리로 웃고 떠들어서 응급실에 왜 왔나 싶은 사람까지.

"그이한테 가봐도 되나요?" 루실이 데스크 직원에게 물었다.

"가족만 가능합니다." 직원이 말했다.

"난 그이 약혼자예요."

루실의 말에 데스크 직원은 노인네가 별소리를 다한다는 듯 슬며시 웃었다. 하지만 루실이 반지를 보여주자 태도를 바꾸고 대답했다.

"4번 치료실입니다. 복도를 따라가면 오른쪽에 있을 거예요."

루실이 4번 치료실에 이를 즈음 안내 방송에서 다급하게 "코드 블루, 응급실"이라는 소리가 흘러 나왔다. 그것도 세

번이나.

'프랭크는 아닐 거야. 프랭크일 리 없어.'

그런데 4번 치료실 위쪽에 달린 붉은 등이 갑자기 깜빡거리기 시작했다. 사람들이 우르르 뛰어와 루실을 밀치고 치료실로 들어갔다. 커다란 카트까지 들어가고 나자 문이 닫혔다. 루실이 어색한 몸짓으로 문을 두드렸다. 아무도 대답하지 않았다. 안쪽에서 여의사가 외치는 소리가 들렸다. 약물을 주입하라고 지시하는 것 같았다.

루실은 다시 문을 두드렸다. 이번에도 대답이 없었다.

"프랭크?" 루실은 문을 살짝 열고 프랭크를 불렀다. "프랭크?"

뒤에서 누가 다가오더니 루실의 팔을 잡아당겼다. 아까 치료실 번호를 알려준 데스크 직원이었다.

"난 그이 약혼자예요." 루실이 말했다.

"저도 알아요. 하지만 지금은 들어가실 수 없습니다. 일단 환자를 안정시켜야 합니다."

"방해하지 않을게요."

"들어가실 수 없다니까요!" 직원의 목소리가 높아졌다. "대기실로 돌아가서 기다리세요!"

하는 수 없이 루실은 대기실로 돌아와 앉았다. 바느질이라도 하는 듯 손가락이 마구 움직였다. 이럴 수는 없었다. 정말 이럴 수는 없었다.

"껌 씹으실래요?" 옆에 앉은 여자가 물었다. 루실은 고맙다고 인사하며 껌을 받아 들었다. 종이를 벗겨 입에 넣고 씹었다. 질겅질겅. 질겅질겅.

그때 응급실 입구로 중년 여자가 얼굴이 하얗게 질려 뛰어 들어왔다.

"프랭크 피어슨 씨는요?"

여자가 데스크 직원에게 큰 소리로 물었다. 데스크 직원은 낮은 목소리로 뭐라고 하더니 자리에 가서 기다리면 부르겠다고 말했다.

여자는 음료 자판기 옆으로 가서 앉았다. 지갑을 무릎에 내려놓고 앞쪽을 멍하니 바라봤다. 그러더니 흐느끼기 시작했다.

루실이 여자에게 다가가 조심스럽게 말을 건넸다.

"프랭크 피어슨 씨 따님인가요? 샌디, 맞아요?"

"네, 그런데 누구시죠?"

"난 루실 하워드예요."

여자에게선 아무런 반응이 없었다.

"프랭크의 친구예요. 그이가 요즘 만나는 여자죠. 고등학교 시절부터 알고 지낸, 그야말로 오랜 친구예요."

그래도 반응이 없었다.

루실은 샌디에게 손을 들어 보였다. "난 그이 약혼자예요. 우린 함께 지내기로 결정했어요."

샌디의 얼굴이 굳어졌다. "당신은 아버지 약혼자가 아니에요!"

"난…… 그이 약혼자가 맞아요!"

샌디가 벌떡 일어나더니 루실 옆을 스치고 지나갔다. 데스크에 가서는 자기 아버지에게 무슨 일이 벌어지는지 물었다. 그녀는 직원과 한참이나 속닥인 뒤에야 다시 자리로 와서 앉았다. 루실은 그 모습을 지켜보기만 했다. 두 사람은 그렇게 꼼짝 않고 기다렸다. 시간이 한참 흐른 뒤, 한 의사가 프랭크의 치료실에서 나오더니 데스크 직원에게 뭐라고 말했다. 직원이 소식을 전하려고 상냥한 목소리로 외쳤다.

"케이 씨?"

"네!" 샌디가 대답하면서 황급히 다가갔다. 직원이 샌디를 이끌고 서둘러 뛰어갔다.

루실이 덩달아 일어나 조심스레 말했다. "실례합니다. 난 그이 약혼자예요."

잠시 뒤, 더 큰 소리로 말했다. "난 그이 약혼자라고요!"

루실도 그들을 쫓아서 복도를 뛰어갔지만 한참 뒤처졌다. 그들은 이미 모퉁이를 돌아 시야에서 사라졌다. 루실은 4번 치료실로 돌아가 문을 열었다. 텅 비어 있었다. 침대도 보이지 않았다. 바닥에는 피로 얼룩진 붕대와 주사기가 널려 있고 시뻘건 핏자국이 군데군데 찍혀 있었다. 그이를 어디로 데려간 거지? 중환자실로 옮겼나? 그이는 도대체 어디 있는 거야?

샌디가 복도를 따라 걸어오는 모습이 보였다. 루실이 얼른 다가갔다.

"그이는 괜찮아요? 지금 어디 있어요?"

샌디는 아무 말도 하지 않았다. 그저 하염없이 울면서 밖으로 나갔다.

루실은 겁에 질린 채 다시 안내 데스크로 갔다.

"프랭크 피어슨 씨 지금 어디 있죠?"

데스크 직원이 슬픈 얼굴로 고개를 저었다. 루실은 지갑을 떨어뜨리며 비명을 질렀다.

"나와주셔서 고맙습니다." 스티븐 해리스가 아서에게 말했다.

아서의 집에서 멀지 않은 카페 데니스에는 손님이 별로 없었다. 그런데도 두 사람은 구석진 테이블에 앉았다.

"뭐 어려운 일이라고. 내가 어떻게 도와주면 되겠나?" 아서가 물었다.

스티븐은 아까 전화상으로 매디가 집을 나갔다고만 말했다. 아서는 뒷이야기가 궁금했다.

"매디가 전화는 매일 합니다. 하지만 집에는 절대로 들어오지 않겠답니다."

"아직 이 동네에 있기는 한가?" 아서가 물었다. "내 말은…… 어디 멀리 떠나버린 건 아니고?"

"네, 학교엔 매일 가나봅니다. 졸업할 때까지 이삼 일 남았으니 그 뒤에 떠날 거라더군요."

"어디로?"

"그건 저도 모릅니다."

"흠, 이해가 안 가네. 자네가 학교에 가서 데려오면 되잖나?"

스티븐이 커피 잔을 응시하다 어렵사리 입을 열었다.

"제가 말을 좀 심하게 했습니다. 끝까지 참았어야 했는데……."

스티븐의 얼굴이 일그러졌다. 눈물을 보이지 않으려고 애쓰는 모습이 보기 딱할 지경이었다.

한참 만에 고개를 들었지만 조금 전과 달리 마네킹처럼 감정이라고는 없는 얼굴이었다.

"전 좋은 아빠가 아니었습니다. 이제 와서 되려고 해도 소용없고요. 매디는 제가 없어야 더 잘 살 겁니다."

"그럴 리가 있나. 자네가 노력하면,"

"매디를 아는 사람을 찾으려고 여기저기 알아봤습니다. 친구를 집에 데려온 적이 한 번도 없었거든요. 그러다 어르신의 주소가 적힌 노트를 봤습니다. 처음엔…… 매디가 만나는 남자들…… 중 하나일 거라고 짐작했습니다. 이렇게 뵈니 그건 아닌 것 같습니다." 스티븐이 슬며시 웃었다. "아니면 혹시 진짜……?"

"아닐세." 아서가 말했다. "난 그냥 친구야. 우린 묘지에서 만났다네."

"묘지에서 만났다고요?"

그때 금발의 웨이트리스가 피곤한 표정으로 다가오더니 묻지도 않고 커피를 더 따라줬다.

"더 필요한 거 없으세요?"

웨이트리스의 말이 떨어지기 무섭게 두 남자는 됐다고 말했다. 그러자 웨이트리스는 테이블을 찰싹 때리듯 계산서를 내려놨다. 무슨 비밀이라도 되는 듯 뒤집어놨다.

"매디가 왜 묘지에 갔단 말입니까?" 스티븐이 물었다. "혹시 그 이유를 아십니까?"

"학교에서 가깝잖아. 점심시간에 잠깐 들렀던 게지. 그런데 요새는 통 안 오더군. 며칠 못 봤거든."

스티븐이 고개를 절레절레 저었다.

"묘지라…… 하긴 원래 좀 특이했어요. 어릴 때부터. 뭐랄까…… 너무 침울했어요. 그래도 묘지라니!"

아서는 기분이 약간 언짢았다. 매디도 이 말을 들었다면 기분이 좋을 것 같지 않았다.

"자네가 몰라서 그렇지 묘지도 썩 괜찮은 곳이라네. 그야말로 평온하거든. 난 아내를 만나러 매일 간다네. 거기 묻혀 있어."

"그러세요?"

"지금까지 딱 하루 빼먹었네. 일곱 달 동안 딱 하루."

스티븐은 의자에 기대며 팔짱을 끼었다.

"저는 아내를 화장했는데."

"누구? 자네 아내?"

"네, 매디가 태어나고 보름 만에 세상을 떠났습니다."

"아, 저런. 어쩌다가…… 정말 힘들었겠구먼."

"벗어날 수가 없습니다, 도저히."

아서가 몸을 앞으로 숙이며 물었다.

"상실의 고통에서 벗어날 수 없다는 말인가?"

"네, 하지만 그런 이야기는 하고 싶지 않습니다. 아내 이야기도 그렇고. 지금까지 한 번도 하지 않았습니다."

"하지만 자네 딸이 궁금해할,"

"딸애한테도 하지 않았습니다."

아서가 고개를 천천히 끄덕였다.

"사람마다 죽음을 대하는 방식이 다른가보군. 난 놀라 이야기를 끊임없이 한다네. 그러니까 늘 내 곁에 있는 것 같아."

"글쎄요, 제 아내는 더 이상 제 곁에 있지 않습니다." 스티븐이 계산서를 집어 들었다. 아서가 지갑을 꺼내려고 주머니에 손을 넣었다.

스티븐이 한 손을 들어 제지하더니 5달러짜리 지폐를 테이블에 내려놨다. "부탁드립니다. 혹시라도 매디를 보시면……."

아서는 뭘 받아 적어야 하나, 생각하면서 기다렸다.

"매디를 보면 말 좀 전해주세요. 돈이 더 필요하면 보내주겠다고. 당장은 현찰이 좀 있을 겁니다. 신용카드도 가지고 나갔고요. 그런데 한도가 500달러뿐이라…… 통화할 때 돈

이야기를 꺼내려고 하면 바로 끊어버리더군요."

"자네가 전화하면 되지 않나?"

"제 전화는 안 받아서요. 매디가 전화할 때만 통화할 수 있습니다. 늘 그런 식입니다. 주도권을 놓지 않아요. 뭐든 제 뜻대로만 하려 들죠."

어린아이잖나, 라는 말이 튀어나올 뻔했지만 아서는 꾹 참고 말했다.

"그렇게 전하겠네."

아서는 스티븐이 매디에게 집으로 돌아오라는 말을 전해 달라고 하지 않는 것이 이상했다. 스티븐이 딸 때문에 가슴 아파하고 걱정하는 것은 분명했다. 말은 안 해도 분명히 딸이 집으로 돌아오길 바랄 것이다. 아서는 매디를 만나면 아버지가 걱정하니까 얼른 집에 들어가라고 말할 작정이었다. 매디도 그래야 한다는 걸 알 것이다. 집 나간 딸이 돌아오길 바라지 않을 아버지가 어디 있겠는가! 아니, 어쩌면 스티븐은 정말…….

아서는 매디가 어디서 지내는지 궁금했다. 문득 싸구려 모텔 방에서 매디가 엎드려 숙제하는 모습이 떠올랐다. 여기서 벗어날 날을 고대하면서. 멀리멀리 떠나길 고대하면서. 요새 젊은 아이들이 많이 가는 시애틀로 가고 싶을까? 아니면 샌프란시스코? 아서는 매디가 잘 지내길 바랐다. 남루한 차림으로 거리를 떠도는 신세가 되지 않기를 진심으로 바랐다. 그런 사람을 보면 어쩌다 저렇게 됐을까 늘 궁금했다. 이제는 조금 알 것도 같았다.

여섯 시가 되자 아서는 유리병에 담아둔 야생화를 들고 루실네 집으로 향했다. 현관문을 두드렸다. 대답이 없었다. 유리를 통해 내부를 살폈다. 불이 다 꺼져 있고 인기척도 없었다.

문을 다시 두드렸다. 어쩌면 루실은 빠뜨린 것이 있어서 급하게 사러 나갔는지 몰랐다. 그와 놀라도 저녁 식사에 손님을 초대했을 때 가끔 그랬다. 놀라는 식사 시간이 다 된 시점에 양초가 없다거나 생크림이 모자란다며 그를 가게로 내몰고는 했다. 발을 동동거리면서 손님들이 오기 전에 얼른 사오라고 다그쳤다.

아서는 일단 집에 가서 루실이 돌아오는지 지켜보기로 했다. 집에서 은박지를 공처럼 돌돌 말아 고든과 잠깐이라도 놀아줄 생각이었다. 요새 신경을 통 못 써줬더니 오히려 고든이 그에게 애정을 보이기 시작했다. 뜬금없이 다가와 그의 다리에 몸을 비비거나 자발적으로 무릎에 올라와 앉기도 했다. 아서에게는 어색하기만 했다. 차라리 녀석이 평소처럼 도도하게 구는 것이 더 좋았다.

아서가 집에 돌아온 지 십 분도 안 돼서 루실의 차가 쏜살같이 달려왔다. 루실은 차를 진입로 끝에 삐딱하게 세웠다. 차고까지 들어가지도, 심지어 가까이 대지도 않았다. 오른쪽

앞 타이어는 잔디밭에 걸친 상태였다. 술을 마셨나?

차 문이 열렸다. 하지만 루실은 내리지 않았다. 두 다리만 내민 채 운전석에 그대로 앉아 있었다.

아서는 현관문을 열고 루실을 불렀다.

"이봐요! 괜찮아요? 내가 도와줄까요?"

루실은 멍한 눈으로 쳐다볼 뿐 말이 없었다. 정말 술을 마셨나?

아서는 느린 걸음으로 루실에게 걸어갔다. "루실?"

루실은 아서가 내민 손을 잡고 일어섰다. "고마워요." 그러다 퍼뜩 생각난 듯 덧붙였다. "아, 내가 저녁 먹으러 오라고 했죠."

"마음이 바뀌었다 해도 괜찮아요."

"그래요, 마음이 바뀌었어요."

"난 괜찮아요, 루실. 그런데 당신은…… 당신은 괜찮은 거요?"

"그들이 진정제 같은 걸 놔줬어요. 그래서 아직은 정신이 좀 혼미한 것 같아요."

"누가 그런 걸 놔줬다는 거요?"

"병원에 있는 사람들이요. 그걸 놔준 다음에 운전하지 말라고 하더라고요. 하지만 집에 와야 했어요. 어떻게든 집에 와야 했어요."

아서가 고개를 끄덕였다. "프랭크는 어디 있죠?"

루실은 초조한 사람처럼 두 손을 맞잡고 비틀기 시작했

다. "보다시피 다 끝났어요. 프랭크는 죽었어요, 심장마비로. 아까는 분명히 별일 아니라고 했는데! 가슴 통증으로 병원에 가는 길이지만 별일 아니라고, 걱정할 건 하나도 없다고 했는데! 나중에 날 보러오겠다고 했는데!"

'오, 주여! 오, 주여!' 아서는 달리 아무 생각도 떠오르지 않았다.

루실이 진입로 쪽으로 걸어가는가 싶더니 느린 동작으로 주저앉았다. 아서가 얼른 일으키려 했지만 루실이 그를 밀쳐냈다.

"아뇨. 아직은 들어갈 준비가 안 됐어요. 아무 데도 안 갈래요. 어디로 가야 할지도 모르겠어요. 아무튼 내 집으로는 들어갈 수 없어요. 집에는…… 집에는 식탁이 다 차려져 있단 말이에요!"

루실은 몸을 가누지도 못하고 펑펑 울기 시작했다.

아서는 루실의 말을 오해했다. 그래서 자기 집으로 가지 않겠느냐고 권했다.

"그럼 내 집으로 갈래요, 루실?"

"아뇨! 뭘 할지 결정할 때까지 그냥 여기 있고 싶어요. 난 괜찮아요. 신경 쓰지 말고 당신은 집으로 돌아가요, 아서."

아서는 집에 가서 꽃과 이불과 슬림 짐 육포를 챙겼다. 다시 밖으로 나와서 루실의 진입로에 이불을 넓게 펼친 뒤 꽃과 육포를 툭 던졌다. 그런 다음 아주 조심스럽게 몸을 낮췄다. 한 번에 한쪽씩 무릎을 굽혀 가며 이불에 풀썩 주저앉았다.

"됐소. 이러면 사람들은 우리가 소풍 나온 줄 알 거요. 동네 사람들이 놀라서 뛰쳐나오기를 바라지는 않죠?"

"그럼 곤란하죠."

"누가 와서 뭐 하냐고 물으면 별일 아니라고, 그냥 둘이 소풍 나온 거라고 둘러댈게요. 당신이 어디로 갈지 결정할 때까지 내가 곁에 있으리다."

"난 프랭크에게 가고 싶어요. 프랭크에게 가서 같이 있고 싶어요. 내가 가고 싶은 곳은 거기뿐이에요."

루실이 다시 흐느끼기 시작했다. 그래도 이번에는 소리가 크지 않았다. 아서는 루실의 어깨를 토닥토닥 두드렸다.

"내가 옆에 있으리다. 울고 싶으면 실컷 울어요."

루실이 대충 세워둔 차를 쳐다보며 말했다. "아서? 차 문 좀 닫아줄 수 있어요?"

"물론이죠." 아서는 다리에 불끈 힘을 주고 간신히 일어났다. 차 문을 닫은 다음 다시 앉으려고 아까보다 더 조심스럽게 무릎을 굽혔다. 뼈들이 서로 부딪치며 삐걱거렸다. 아까보다 더 아팠다. 그래도 이렇게 바닥에 앉아본 지가 몇 년 만인지 몰랐다. 주변 모습이 새삼스러웠다. 운모가 깔린 돌바닥과 잔디밭의 개미 등 그동안 놓치고 살았던 것들이 눈에 들어왔다.

아서는 루실이 원한다면 밤새 앉아 있어도 된다면서 이런저런 이야기를 들려줬다. 그녀가 무척 인자하고 너그러운 사람이며, 성격도 낙천적이라 만나면 늘 기분이 좋았다고 말했다. 놀라가 떠난 직후에는 자기도 비탄에 잠겨 곧 죽을 거라고 생각했다는 말도 했다. 사람이 비탄에 잠기면 무기력한 상태에 빠져 결국 죽을 수도 있다는 글을 어디선가 읽었는데, 슬픔과 괴로움으로 시름시름 앓다가 말라비틀어진다는 내용이었다. 아서는 자기도 가슴을 쥐어뜯는 슬픔 때문에 끙끙 앓다가 죽을 줄 알았지만 그러지 않았다고 했다. 시간이 오래 걸리기는 했지만 놀라를 여전히 사랑하고 존중하면서 동시에 자기 삶을 사랑하고 존중할 수도 있게 됐다고 했다. 그도 상실의 아픔을 이겨냈으니 루실 역시 이겨낼 거라고 다독였다.

"하지만 내 사랑은 너무 짧았어요." 루실이 말했다. "억울해요! 난 너무 억울해요! 아서, 생각해봐요. 사랑하는 사람을 다시 만났는데 기껏 한 달도 같이 있지 못했잖아요. 이제 다시는 사랑하는 사람을 만나지 못할 거예요!"

아서는 루실을 달래고자 앞으로도 새로운 사람을 만날 수 있을 거라고 말했다. 하지만 그것이 실수였다. 루실은 또다시 오열했다.

"아니에요, 아서, 젊었을 때부터 알던 사람이나 우리를 반갑게 만나주지, 이렇게 늙어빠진 상태에서는 누가 쳐다보기나 하는 줄 알아요?"

아서는 루실의 말에 반박할 수 없었다. 그저 가만히 앉아서 루실의 일그러진 얼굴만 쳐다봤다.

잠시 뒤, 루실이 울음을 뚝 그쳤다. "휴우, 어쩔 수 없죠."

루실은 잠시 시간을 두었다가 말했다. "아서, 혹시 배 안 고파요?"

"고픈 것 같네요. 미안해요."

"미안하긴요. 나도 고픈데요. 안에 푸딩이 있는데, 맛 좀 볼래요?"

"그럼 나야 고맙죠."

"그래요, 그럼."

루실이 무릎을 세우더니 끙 하고 일어섰다. 그런 다음 아서에게 손을 내밀었다.

"이럴 때는 당신이 말라서 다행이네요."

"차를 똑바로 세워줄까요?" 아서가 물었다.

루실이 차를 힐끔 쳐다보더니 사양했다. "아뇨, 그냥 둬요."

"어려운 일도 아닌데……."

"아침까지는 저대로 두고 싶어요. 왜 그런지는 나도 설명하기 어렵지만."

"이해해요."

아서는 정말 루실의 마음을 이해했다. 루실은 그렇게라도 안타까운 마음을 드러내고 싶었던 것이다. 애도의 한 방법이었다. 아서는 꽃다발을 집어 들고 루실을 따라 주방으로 들어갔다. 식탁이 멋지게 차려져 있었다. 크리스털 잔, 자기 접시, 은 식기, 멋지게 접힌 크림색 냅킨. 아서는 꽃다발을 테이블 가운데 내려놓고 자리에 앉았다. 똑…… 딱……

155

똑…… 딱…… 한쪽 구석에서 대형 괘종시계가 똑딱였다. 아서는 어색한 분위기를 깨려고 헛기침을 두어 번 했다.

루실이 주방 안쪽에서 쟁반을 들고 나왔다. 진홍색 토핑이 화려하게 얹어진 하얀 푸딩이 여섯 잔이나 있었다.

"블랙베리 커드를 곁들인 화이트초콜릿 푸딩이에요!"

루실은 미국 대통령이라도 소개하듯 사뭇 당당하게 말하고 아서 앞에 잔을 내려놨다. 하나, 둘, 셋. 아서는 군말하지 않고 다 받았다. 루실은 나머지 세 개를 자기 앞에 내려놓고 앉았다. 두 사람은 숟가락을 들고 하나씩 먹기 시작했다.

7월 초의 어느 무더운 날, 아서는 묘지에 있다가 익숙한 목소리를 들었다.

"이봐요, 애처가 트루러브 씨!"

아서는 몸을 획 돌리다 하마터면 접이식 의자에서 떨어질 뻔했다.

"매디!"

너무 반가워서 매디에게 다가가 덥석 안았다. 매디가 살짝 경직되더니 몇 걸음 뒤로 물러났다. 하지만 매디의 얼굴에도 반가운 기색이 역력했다.

"어떻게 지내셨어요?" 매디가 물었다.

"흠, 그 질문은 내가 해야겠구나. 너야말로 어떻게 지냈니?"

겉모습만 보면 썩 좋아 보였다. 낯빛이 예전처럼 핼쑥하지도 않았고 눈에도 총기가 가득했다. 무엇보다도 환하게 웃고 있었다.

"잘 지냈어요!" 매디가 말했다.

아버지가 찾아왔더라는 이야기를 해야 하나? 하더라도 지금 당장 할 필요는 없을 듯했다. "올 때마다 널 찾았는데 통 안 보이더구나. 한번은 네 이름을 큰 소리로 불렀단다. 너무 크게 불러서 잠자는 영혼을 죄다 깨울 뻔했지 뭐냐."

"아, 실은 그때 저 부르시는 소리를 들었어요."

"그랬어?"

매디가 줄줄이 늘어선 나무를 가리켰다. "저 나무들 뒤에 있었어요. 저를 찾으시는 줄 알았지만 그때는 누구와도 이야기하고 싶지 않았어요. 상황이 무척 안 좋았거든요."

"저런, 안타깝구나. 그래도 지금은 괜찮다니 다행이다. 네 걱정을 많이 했단다!"

"그러셨어요?"

"당연하지! 우린 친구잖아, 아니야?"

매디는 친구인지 아닌지 가늠해보려는 듯 고개를 살짝 돌렸다.

"어쨌든 나는 네 친구란다." 아서가 말했다. "매일 보다가 어느 날 갑자기 안 보이면 당연히 걱정하게 되지."

"그 사이에 일이 많았어요." 매디는 말하려다 말고 입을 다물었다.

아서가 기다리다 못해 물었다. "무슨 일인데?"

매디가 참았던 말을 불쑥 내뱉었다. "저 임신했어요."

"아, 정말…… 그런데 아기가 생겨서 좋으냐?"

매디가 고개를 숙였다. "계획했던 건 아니지만 낳아서 키우려고요."

"아기는 하늘에서 주시는 선물이란다. 참으로 경이로운 선물이지. 암, 그렇고말고."

매디가 고맙다는 듯 고개를 끄덕였다. "저도 그렇게 생각해요. 하지만 제 아버지는 그렇게 생각하지 않나봐요. 그래서 집을 나왔어요."

"그동안 어디서 지냈어?"

"처음에는," 매디는 말하다 말고 두 팔을 활짝 벌렸다. "여기로 왔어요. 여기서 세 밤이나 잤어요. 무서울 줄 알았는데 하나도 안 무섭더라고요. 춥기는 했지만 무섭지는 않았어요. 아침에 학교 수위 아저씨가 교문을 열면 바로 여자 화장실로 뛰어가서 씻었어요. 그러다 하루는 주차장에서 라이언스 선생님과 부딪쳤어요. 제가 매일 똑같은 차림으로 다녀서 안 그래도 궁금했다며 무슨 일이냐고 물으시더라고요. 선생님은 참 좋은 분이시거든요. 그래서…… 선생님한테 다 털어놨어요. 졸업하면 곧장 몬태나로 떠날 거라는 이야기까지다. 그랬더니 선생님이 당분간 선생님 댁에 와서 지내라고 하셨어요. 제가 상담도 받고 아버지한테 매일 연락하겠다는 조건만 지킨다면 흔쾌히 방을 내주겠다고 하셨어요. 그 뒤로 선생님의 주선으로 굉장히 친절한 사회 복지사를 만났고, 여태 선생님 댁에서 잘 지내고 있어요. 그런데 있잖아요…… 그곳에서 지내다 보니, 제가 그동안 꽉 닫힌 호리병 같은 데 갇혀 살았던 것 같아요. 빛도 들지 않는 답답한 공간에서 이제야 탈출한 것 같아요. 세상이 이렇게 밝고 환한지 처음 알았어요."

"참 다행이구나." 아서가 말했다. "그나저나 아기 아빠랑은 어쩔 거니? 결혼할 거니?"

매디는 나이에 맞지 않게 쓴웃음을 지었다.

"아아아뇨! 아뇨! 그 사람은 다시 볼 일 없어요. 그냥 정자 기증자일 뿐, 그 이상도 이하도 아니에요."

"그래도……." 아서는 남자 쪽에서 뭘 원하는지 묻고 싶었지만 매디의 마음을 아프게 할까봐 선뜻 묻지 못했다.

그러자 매디가 알아서 대답했다. "어차피 그는 아기와 얽히고 싶어 하지도 않아요. 저하고도 그렇고. 괜찮아요. 저도 그 사람이랑 더 얽히고 싶지 않거든요. 그가 아기에게 법적 권리를 행사하지 못하도록 사회 복지사가 조치를 취해줬어요. 하긴 애초에 그런 권리 따위를 원하지도 않았지만. 그건 그렇고…… 라이언스 선생님 덕분에 미술 대학에 입학할 수 있게 됐어요! 미혼모를 위한 기숙사가 있는 학교래요. 미혼모인 룸메이트와 서로 도울 수도 있고, 아기랑 한 방에서 같이 지낼 수도 있대요. 선생님이 합격은 문제없다고 하셨어요. 어쩌면 장학금도 받을 수 있을 거래요. 제가 그동안 시를 쓰고 사진을 찍었는데, 그중 몇 개를 학교에 보내셨대요. 합격할 가능성이 굉장히 크다고 하셨어요!"

"참 잘됐구나, 매디. 그렇다면 이번 가을에 떠나겠구나?"

"아뇨, 아기를 낳고 나서 봄 학기에 입학할 거예요. 크리스마스가 예정일이에요."

"오, 세상에. 정말 끝내주는구나!"

매디가 깔깔 웃었다.

"뭐가 그리 우스워?"

매디는 대답 대신 고개만 저었다.

"그럼 학기가 시작될 때까지 계속 선생님 댁에서 지낼 참이냐?"

"아뇨, 그러고 싶지 않아요. 선생님이 그러자고 하지도 않았고, 설사 그렇게 말씀하시더라도 계속 신세질 순 없어요. 어떻게 할지 사회 복지사랑 방법을 찾아보고 있어요."

매디가 말하다 말고 아서를 쳐다보더니 대뜸 물었다.

"혹시 할아버지 집에 머물면서 집안일을 해드리면 안 될까요? 튼실한 가정부 하나 두실 생각 없으세요?"

가정부라고? 집안일을 해준다고? 그런 호사를 누릴 수 있다면 더할 나위 없이 좋았다.

"왜 안 되겠니? 난 대환영이다!"

그런데 아무래도 신중을 기하는 것이 좋을 듯해 아서가 넌지시 물었다.

"창문도 닦아야 하는데, 괜찮겠니?"

"문제없어요."

"그럼 당장 짐 싸서 들어오너라." 아서가 말했다. "일단 집에 들어온 뒤에 더 논의해보자꾸나. 월급도 정하고. 돈도 안 주고 부릴 수는 없으니까. 앞뜰이 훤히 내다보이는 방을 내주마. 전망이 끝내준단다. 그나저나 내가 가꾸는 장미가 60종이 넘는다는 사실을 알고 있니? 종류도 많지만 색도 죄다 다르단다. 은색 장미도 있다니까! 방은 쏟아지는 햇살처럼 노란색으로 칠했단다."

매디는 아무 말도 안 했다.

"마음에 안 들면 다른 색으로 바꿔도 된단다."

"노란색 좋아해요."

매디가 말하다 말고 왈칵 울음을 터뜨리더니 사내아이처럼 코 밑을 쓱 닦았다.

"다들 왜 이렇게 잘해주시는지…… 모든 게 너무 갑작스러워서……" 매디는 한참 울먹거리다 간신히 말을 마쳤다. "고맙습니다, 애처가 트루러브 씨."

"내가 더 고맙지, 눈부신 선샤인 양."

"내일 중으로 가도 돼요?"

"어제 왔어도 된단다."

매디가 환하게 웃었다. "그럼 내일 점심쯤 갈게요. 버스 타고요."

"소중한 생명체를 담고 있으니까 기사에게 조심해서 운전하라고 해라."

"네, 그럴게요. 내일 봬요!"

매디가 자리를 떴다. 아서는 놀라의 묘비를 지긋이 바라보며 말했다.

"놀라, 우리에게 가족이 생겼다오. 정말 멋지지 않소?"

그러다 문득 햄버거 부부 인형이 사라진 것을 알아차렸다. 여기저기 둘러봤지만 보이지 않았다. 무덤에서 남의 물건을 훔치다니! 간이 부었거나 아니면 그만큼 절실했거나 둘 중 하나일 터였다. 뭐가 됐든 그가 살아 있는 동안에는 햄버거 인형이 함부로 내쳐지지 않기를 바랐다.

그날 밤, 아서는 식사를 마친 뒤 접시에 음식을 담아 포일로 덮었다. 소시지, 옥수수빵, 콩이 전부였다. 그나마 콩은 양념에 버무려 맛을 보강했다.

요즘 들어 루실이 통 보이지 않았다. 실은 그날 이후로 한 번도 보지 못했다. 오늘은 루실이 어떻게 지내는지 알아볼 참이었다.

셔츠를 갈아입고 머리를 빗은 다음 입을 씩 벌리고 치아를 확인했다. 밖으로 나가는 길에 고든에게 말했다.

"잠깐 나갔다 올 테니 잘 지키고 있어라. 필요하면 쏴버리고."

고든이 크게 하품했다.

"당최 믿음이 가지 않는구나."

아서가 문 쪽으로 걸어가는 것을 보고 고든이 몸을 일으켰다. 아서는 녀석이 따라 나오지 못하도록 밖으로 나온 뒤 서둘러 문을 닫았다.

"넌 집이나 지켜!"

아서는 루실네 현관 계단을 올라가면서 필요 이상으로 크게 헛기침을 몇 차례 했다. 루실에게 잠시라도 준비할 틈을 주고 싶었다.

문을 두드리고 잠시 기다렸다.

벨을 눌렀다. 그제야 루실이 다가오는 인기척이 느껴졌다.

"아서."

루실이 실내복 차림으로 슬리퍼를 끌고 나왔다. 머리는 부스스하고 안경은 코에 대충 걸쳤으며 볼이 푹 꺼질 정도로 여윈 모습이었다.

"오랜만이에요, 루실. 저녁 식사 했어요?"

"저녁을 먹었나? 기억에 없네요."

"흠, 내가 저녁거리를 좀 챙겨왔어요."

루실은 아서가 들고 온 접시를 힐끔 쳐다봤다. 눈치로 봐서는 거절할 것이 뻔했다. 아서는 속임수를 쓰기로 했다.

"너무 뜨거워서 손을 델 것 같아요. 얼른 내려놔야겠어요!"

깜짝 놀란 루실이 옆으로 비켜서자 아서는 얼른 주방으로 향했다. 집 안 꼴이 엉망이었지만 애써 눈길을 주지 않았다. 루실이 이렇게 지저분한 사람인지 미처 몰랐다. 거실 바닥에 접시가 널브러져 있고 사방에 휴지 뭉치가 나뒹굴었다. 구석에는 옷가지가 쌓여 있고 커피 테이블에는 뭔지 모를 약병이 잔뜩 엎어져 있었다. 햇빛이 들지 않도록 집 안 커튼은 죄다 쳐져 있었다. 램프 불빛이 희미하게 실내를 밝혔다. 냄새도 심했다. 세상에!

"자, 먹을 준비 됐어요?" 아서가 물었다.

"으흠." 루실의 반응은 대답이 아니라 질문처럼 들렸다.

"그럼 얼른 와서 앉아요!"

아서가 내용물에 어울리지 않게 과장된 몸짓으로 포일을 벗겨냈다. 그리고 의자를 톡톡 두드리며 기대에 찬 눈으로 루실을 바라봤다.

루실이 느릿느릿 다가와 접시를 쳐다봤다.

"아, 핫도그와 콩이네요."

"핫도그 싫어하는 사람은 없잖소!"

맙소사, 주방에서도 고약한 냄새가 풍겼다. 싱크대에는 사용한 접시가 잔뜩 쌓여 있고 쓰레기통은 온갖 쓰레기로 넘쳐났다.

"난 핫도그를 별로 좋아하지 않아요." 루실이 말했다. "예전부터 그랬어요. 핫도그를 안 먹는다고 애들이 놀리곤 했어요. 아이스크림도 안 먹었고. 그래도 이젠 아이스크림은 좋아해요. 음…… 핫도그도 괜찮긴 해요."

루실이 얼룩진 안경 너머로 아서를 쳐다봤다.

"챙겨줘서 고마워요, 아서. 냄새가 좋네요. 입맛이 없었는데 막상 보니까 먹고 싶어요."

"그럼 얼른 먹어요!"

아서가 멋쟁이 배우 프레드 아스테어처럼 우아한 몸짓으로 의자를 가리켰다. 루실이 의자에 앉더니 서글픈 표정으로 아서를 바라봤다.

"하지만 난 당신한테 줄 게 없어요."

"무슨 그런 말을! 그동안 당신이 나한테 쿠키를 얼마나 많이 구워줬는데!"

"아, 그렇군요. 그런데 요새는 쿠키를 통 굽지 못했어요."

루실이 콩을 한 입 떠먹었다.

"어머나, 맛이 아주 좋네요. 어디 거예요?"

"'아서 모지스' 제품이랍니다. 내가 직접 만들었으니까. 케첩과 양파, 베이컨과 메이플 시럽을 곁들여서 맛있게 버무렸어요."

"흠, 그런 재료도 좋지만 다음엔 머스터드도 조금 넣어봐요. 그럼 바비큐 향이 날 거예요."

"그래요?"

"으흠."

"머스터드라고 했죠?"

"그런데 반드시 프렌치 머스터드여야 해요."

흠, 루실은 어느새 기운이 나는지 이래라저래라 지시하기 시작했다. 아서에게는 알코올 의존에 빠진 친구가 있었다. 그 친구가 알코올 의존자 치료 센터에 갔을 때 제일 처음 배운 바로는, 너무 피곤하거나 너무 슬프거나 너무 배고프면 절대로 안 된다는 것이었다. 너무 피곤하거나 너무 슬프거나 너무 배고플 때 나쁜 일이 벌어질 수 있으니까.

루실의 먹는 속도가 점점 빨라졌다. 그 모습을 보니 아서는 마음이 아팠다. 그동안 챙겨주는 사람 하나 없이 얼마나 힘들었을까?

"뭐 좀 마실래요?" 아서가 물었다.

루실이 고개를 끄덕였다. "냉장고에 주스가 있어요. 파파야 주스."

아서가 냉장고를 살폈지만 주스는 없었다. 우유뿐이었다. 우유갑을 꺼내려다 냄새가 역해 도로 내려놨다.

"흠, 주스가 없군요. 나한테 좋은 생각이 있어요. 집에 가서 맥주를 좀 가져올게요. 맥주 좋아해요?"

"네, 가끔 마시곤 해요."

"핫도그랑 같이 마시면 맛있을 것 같지 않아요?"

"그렇겠네요."

"그럼 잠시만 기다려요."

아서는 맥주를 가지러 집으로 향했다. 그런데 맥주를 챙겨 서둘러 나오느라 고든을 놓치고 말았다. 아서가 문을 여는 순간 고든이 먼저 빠져나갔다.

"고든, 이 녀석! 얼른 돌아와!"

'하하하!' 고든이 깔깔거리며 아서를 비웃는 것 같았다. '하하!'

녀석은 귀를 뒤로 눕히고 꼬리를 곧추세운 채 쏜살같이 뛰어갔다. 동네에 아직도 코요테가 돌아다닌다는데…….

"고든!"

아서가 다시 불렀지만 녀석은 들은 척도 않고 사라졌다. 분명히 뒷골목 어디에서 들고양이 패거리와 쓰레기통을 뒤지며 실컷 놀다 들어올 것이다.

맥주를 들고 루실네 집으로 들어가니 루실은 이미 접시를 깨끗이 비웠다. 그 모습을 보자 아서는 흐뭇했다.

"잘 먹었어요, 아서. 고마워요."

아서가 맥주를 건네자 루실은 그것까지 쭉 들이켰다.

"맛이 좋네요." 루실이 상표를 확인한 뒤 덧붙였다. "슐리츠, 괜찮은 브랜드죠."

"나는 거기 맥주가 좋더군요."

아서는 의자를 루실 쪽으로 바싹 붙여 앉은 다음 루실의 손을 잡았다.

"루실, 그동안 어떻게 지냈소?"

루실이 어깨를 으쓱했다. "그럭저럭 지냈죠."

"바깥출입은 안 했소?"

"아무 데도 안 나갔어요. 문밖으로는 한 발짝도 떼지 않았어요."

"그래요. 나도 통 못 봤소."

"정원에 물 한 번 안 줬어요."

"내가 대신 주리다."

"그래줄래요?"

"못 할 게 뭐 있소. 내가 내일 정원에 물을 준 뒤에 둘이서 집 안을 깨끗하게 치우면 어떻겠소?"

"아서, 난 손가락 까딱할 기운도 없어요."

솔직히 말하자면 아서도 그만한 기운이 있을지 의심스러웠다. 이렇게 어질러진 집 안을 치울 기운도, 자신도 없었다.

"너무 엉망진창이죠. 나도 알아요. 하지만 아무것도 할 수 없을 것 같아요."

"아 참!" 아서가 불쑥 소리쳤다. "오늘 가정부를 고용했어요! 내일 집으로 들어올 거예요. 고등학교를 막 졸업하고 미술 대학 입학을 앞둔 아주 참한 아가씨예요. 내년 봄에 학기가 시작할 때까지 나랑 살면서 집안일을 해주기로 했어요. 당신도 그 아가씨를 고용하면 어떻겠소?"

루실이 실내복 단추를 만지작거리며 말했다. "글쎄요. 난 지금 이 상태가 좋아요."

아서가 주변을 둘러본 뒤 루실을 빤히 쳐다봤다.

"아, 그래요." 루실이 금세 인정했다. "도움이 좀 필요할지도 모르겠어요. 나도 그녀를 고용하도록 할게요. 급료는 얼마나 줘야 해요?"

"그건 나도 모르오."

"적당한 것 같네요." 루실이 말하며 슬며시 웃었다. 오, 루실이 드디어 웃었다!

아서는 루실의 미소를 보고 한시름 놓았다. 하지만 주방에서 풍기는 악취 때문에 머리가 약간 어지러웠다.

"루실, 잠깐 바람 좀 쐬지 않겠소? 나가서 현관 의자에라도 앉읍시다."

"아, 그럴까요?" 루실이 선뜻 일어났다. "먼저 나가 있어요. 옷 좀 갈아입고 나갈게요."

"괜찮소. 밖이 어두워서 보이지도 않아요."

루실이 머뭇거리며 머리를 만지작거렸다.

"그럼 이만 닦고 바로 나갈게요."

아서는 의자에 앉아 오랫동안 기다렸다. 기다리다 지쳐 몸을 일으키려는 찰나 루실이 나왔다. 머리에 가발을 썼고 입술에는 립스틱을 발랐다. 향수 냄새도 솔솔 풍겼다. 게다가 사랑스러운 분홍색 드레스에 모조 다이아몬드가 박힌 허리띠까지 둘렀다.

아서가 일어섰다.

"무척 아름답군요, 루실."

"고마워요."

루실은 자리에 앉은 뒤 의자를 앞뒤로 살살 흔들었다. 드레스 자락 밑으로 굽 낮은 검정 구두가 보였다.

"새로 장만한 드레스요?"

루실이 고개를 끄덕였다.

"네, 결혼식 때 입으려고 마련했죠." 루실은 말하다 말고 일어나서 천천히 한 바퀴 돌았다. "춤출 때는 이런 드레스를 입어야 해요. 어때요?"

"아주 멋지네요." 아서가 말했다.

"프랭크가 죽은 다음 날 내가 뭘 했는지 알아요, 아서? 한밤중에 케이크를 만들었어요. 집에 있는 약이란 약은 죄다 반죽에 넣었어요. 지갑에 넣어둔 것까지 전부. 케이크가 오븐에서 구워지는 동안 고등학교 졸업 앨범을 뒤적였어요. 피 끓는 청춘 시절의 프랭크를 봤어요. 풋풋한 내 모습도 봤어요. 불현듯 옛 노래가 줄줄 떠오르더군요. '센티멘털 저니'를 흥얼거렸어요."

루실이 그 노래를 불렀다. 목소리가 의외로 흥겨웠다.

"뒤이어 '스마일'을 부르는데 눈물이 나더군요. 그래서 찬송가를 불렀어요. '더 가까이 주님과 함께 걸어가요,' '내 모든 근심 걱정 머지않아 끝나리'…… 찬송가 가사가 어쩜 그리 내 심정과 똑같던지. 모든 근심 걱정이 머지않아 끝날 것 같았어요. 그제야 마음이 차분해지면서 행복한 기분이 들더군요."

루실이 잠시 쉬었다가 말을 이었다.

"케이크가 완성됐을 때 크림치즈를 듬뿍 얹어서 게걸스럽게 먹었어요. 케이크 하나를 통째로 다 먹었어요. 먹는 내내 빌었어요. '주여, 저를 용서하소서. 주여, 저를 용서하소서.' 그런데 애써 먹은 걸 전부 토하고 말았어요. 화장실 바닥에 주저앉아 있는데 트림이 올라오더군요. 꺼어어어억! 그렇게 긴 트림은 난생처음 들었어요. 화장실 벽이 다 울리는 것 같았어요."

아서는 웃음이 나오려는 것을 억지로 참았다.

"이런 이야기를 들으면 누군가는 우습다고 할지도 모르겠어요."

아서는 표정을 들켰나 싶어 루실을 힐끔 쳐다봤다. 하지만 루실은 어두운 밤거리를 멍하니 쳐다볼 뿐, 그에게 눈길조차 주지 않았다. 그런데도 아서는 짐짓 슬픈 표정을 지었다.

"하지만 나한테는 그게 세상에서 가장 애절한 소리로 들렸어요. 고래가 내지르는 소리처럼 야릇하고 구슬펐어요. 사람들은 고래가 노래한다고 말하지만 내 귀에는 늘 애끓는 곡소리처럼 들렸거든요."

이제는 아서도 정말 슬펐다.

"오, 루실. 나한테 연락하지 그랬어요."

루실이 픽 웃었다. "연락해서 뭐하게요? 설마 바보 같은 내 꼬락서니를 보면서 비웃으라고요?"

"그럴 리가 있소. 산책하면서 기분을 전환하자고 청할 수 있었을 거 아니오. 그랬더라면 당신이 스스로 목숨을 끊으려는 허튼 짓은 안 했을 텐데."

루실이 고개를 끄덕이더니 다시 의자를 살살 흔들기 시작했다. 두 사람은 한동안 아무 말도 하지 않았다. 그들 대신에 의자 둘이서 삐걱삐걱 대화를 나눴다.

루실이 마침내 입을 열었다.

"이젠 아무 쓸모도 없다니, 너무 서글퍼요."

"무슨 그런 소릴! 당신은 쓸모없지 않아요." 아서가 반박했다.

"아뇨, 난 아무 쓸모도 없어요."

"당신은 그저 힘든 시기를 지나고 있을 뿐이오!"

"그래요, 난 힘든 시기를 지나고 있어요. 아무짝에도 쓸모 없는 인생을 꾸역꾸역 사는 거죠. 딱히 하는 일이 없잖아요. 이번 일이 있기 전부터 들던 생각이에요. 의욕도 없고 기운도 없고. 세상만사가 다 귀찮더라고요. 그래도 어떻게든 견뎌보려고 했어요. 교회에도 나가고 책과 신문도 읽고. 정원도 가꾸고. 그러던 차에 프랭크가 내 인생에 등장했어요. 크리스마스트리의 전원이 들어온 것처럼 내 인생이 다시 반짝반짝 빛났어요. 그런데…… 다시 꺼졌어요! 전구의 불이 죄다 꺼져버렸어요! 이젠 더 살고 싶은 마음도 없어요, 아서. 이제 나한테 남은 게 뭐죠? 난 아무 쓸모도 없어요. 그건 당신도 마찬가지고요!"

아서가 몸을 꼿꼿이 세우고 분개한 목소리로 말했다.

"난 쓸모없지 않소!"

"아뇨, 당신도 쓸모없어요. 기껏해야 날이면 날마다 묘지에 가서 죽은 마누라만 보고 오는 게 전부잖아요!"

"흠…… 우선, 나는 놀라를 보러 가는 일이 쓸모없다고 생각하지 않소. 이제껏 내가 알았던 가장 훌륭한 여성이 영면한 안식처에 가는 일은 크나큰 기쁨이자 영광이오. 그녀와 함께했던 세월은 세상에서 가장 멋지고 아름다운 시간이었소."

"아, 알았어요. 그렇게 말해서 미안해요. 당신이 놀라에게 느끼는 감정은 나도 알아요. 놀라를 찾아가는 일이 얼마나 의미 있는지도 알고요."

"아니, 당신은 모르오." 아서가 말했다. "나한테 그게 얼마나 의미 있는지 아무도 모르오. 놀라 본인은 알지도 모르겠지만. 아무튼 묘지를 방문하는 일을 제하더라도 난 쓸모없지 않소."

"하지만 당신이 하는 일이 뭐죠? 당신은 교회도 안 가잖아요! 고작해야 장미나 돌볼 뿐, 다른 일은 아무것도 안 하잖아요."

아서는 한동안 의자를 흔들었다. 루실의 의자에서는 삐걱거리는 소리가 멈췄지만 아서는 개의치 않고 계속 흔들었다.

"한 가지 물어봅시다." 마침내 아서가 입을 열었다.

"뭘요?"

"작가가 되고 싶다는 사람을 본 적 있소?"

"네, 그런 사람이 아주 많더군요."

"그래요, 다들 작가가 되고 싶다고 하죠."

"뭐 그런 것 같네요."

아서가 의자를 멈추더니 루실을 쳐다보며 열변을 토했다.

"그럼 독자는 누가 하죠? 독자가 없다면 작가가 누구를 대상으로 글을 쓴단 말입니까? 배우는요? 관객이 없다면 배우가 무슨 소용입니까? 배우, 화가, 댄서, 코미디언, 심지어 평범한 일을 하는 평범한 사람도 다 나름대로 관객이 있어야 합니다."

아서는 잠시 쉬었다가 말을 이었다.

"그게 바로 내가 하는 일이오. 나는 관객이자 목격자이자 뛰어난 감상자요. 그게 내가 하는 일이오. 하고 싶은 일이기도 하고. 내 평생 뼈 빠지게 열심히 일했소. 이젠 그냥 흔들의자에 앉아 하릴없이 시간을 보내고 싶소. 그래도 내가 쓸모없다고 생각하진 않소. 오히려 운이 좋았다고 생각하오."

루실은 아무 말도 하지 않았다.

"내 말 무슨 뜻인지 알겠소?"

"알아요. 하지만 난 뭐라도 하고 싶다고요!"

루실이 버럭 소리쳤다. 그러자 아서도 덩달아 소리쳤다.

"그럼 뭐든 해요! 하다못해 봉사 활동이라도!"

루실이 안경을 고쳐 쓰고 팔짱을 끼었다.

"알지도 못하면서 함부로 말하지 말아요. 그런 건 진작 알아봤어요. 프랭크가 내 인생에 끼어들기 한참 전에 다 알아봤다고요. 당신이 산책길에 겨우 오 분 정도 앉았다 가면서 크나큰 호의라도 베푸는 것처럼 굴 때 이미 알아봤다고요. 외로워서 죽을 지경이었으니까. 뭐라도 해야겠다 싶었어요. 그래서 봉사 활동할 기회를 알아보려고 도서관에 갔어요. 미안한 이야기지만 관심 가는 일이 하나도 없더군요. 암 환자를 병원에 태워다주기? 동물 보호소에서 똥 치우기? 그런 일을 어떻게 해요? 영어를 가르치거나 노숙자에게 식사를 제공하는 일도 할 수 없어요. 다 할 수 없다고요!"

"노숙자에게 식사를 제공하는 일은 왜 못 한다는 거죠?"

"그렇게 오랫동안 서 있을 수 없다고요!"

"아." 아서가 루실의 발을 쳐다봤다. "편한 운동화 없어요? 요샌 벨크로로 쉽게 신고 벗을 수 있어요."

"운동화야 물론 있죠. 아침마다 십 분씩 파워워킹도 하고요! 아니, 했다고요!"

"그런데 요새는 왜 안 해요?"

"그건……" 루실이 고개를 흔들더니 한숨을 푹 내쉬었다. "이젠 세상만사가 귀찮아요."

아서가 고개를 끄덕인 뒤 말을 이었다.

"병원에서 자원봉사자로 활동하는 여자를 하나 아는데, 안내 데스크에서 전화를 받는다더군요."

"글쎄요. 그런 걸 하려면 온갖 정보를 꿰고 있어야 하잖아요."

"그거야 배우면 되죠."

"너무 늙어서 배울 수가 없잖아요! 나이 들면 아는 것도 까먹는데 뭘 더 배우겠어요. 스도쿠를 풀 수 있다고 해서 뇌가 쌩쌩 돌아가는 건 아니라고요! 아무튼 그런 일은 마음이 편치 않아요. 안 그래도 심란한데 그런 일로 스트레스 받을 순 없어요. 사람들이 데스크에 몰려와서 이것저것 물어보고, 나중에 또 나타나서 잘못 알려줬다고 항의하고…… 상상만으로도 끔찍해요!"

"베이킹은 어떻소?"

루실은 아무 말도 하지 않았다.

"베이킹을 가르치면 어떻겠소, 루실? 당신만큼 쿠키를 잘 굽는 사람은 없잖소!"

"그야 그렇죠. 하지만 어디서 가르치죠? 봉사 활동 목록에 베이킹은 없던데요."

"그럼 당신이 하나 만들면 되잖소? '루실과 함께하는 쿠키 베이킹'."

"난 쿠키만 잘 굽는 게 아니에요, 아서."

"그럼 아는 걸 죄다 가르쳐주면 되잖소!"

침묵.

한참 뒤에 루실이 입을 열었다. "글쎄요, 잘 모르겠네요. 집에서 가르칠 수 있다면 가능할 것도 같고. 운전하고 다니는 게 예전 같지 않아요."

"거참 좋은 생각이오."

그때 느닷없이 아서네 집 근처 덤불에서 고양이 우는 소리가 들렸다. 아서가 벌떡 일어났다.

"가봐야겠어요, 루실. 고양이를 데리고 들어가야 해요."

루실이 따라 일어나더니 아서와 나란히 걸었다.

"고마워요, 아서." 루실이 아서의 손을 꼭 잡으며 말했다.

"고맙긴요, 뭘. 이제 그만 털고 일어나요. 아 참, 내일 점심 때 우리 집에 와요. 아까 말한 아가씨가 올 거예요. 이름이 매디예요. 같이 점심 먹읍시다. 정오쯤 온다고 했어요." 아서가 나직한 목소리로 덧붙였다. "한 가지 더, 매디는 홀몸이 아니에요."

"뭐가 아니라고요?"

"홀몸이 아니라고요!"

"그럼 당신 집에서 아기가 뛰놀겠네요?"

"글쎄, 그렇겠죠. 매디가 아기를 낳은 뒤엔."

"오, 하나님!"

"왜요? 당신은 아기를 좋아하지 않소?"

"물론 좋아하죠! 게다가 육아 지식이 얼마나 풍부한데요. 써먹을 기회가 없어서 얼마나 아쉬웠는데! 육아 지침서를 출간한 닥터 스포크도 나보단 모를걸요?"

"그렇다면 이참에 그 지식을 쓸모 있게 활용해봐요. 그럼, 난 이만. 잘 자요, 루실."

아서는 집 쪽으로 서둘러 걸음을 옮기며 소리쳤다.

"고든!"

고든이 그야말로 태평스럽게 걸어 나왔다. 아서는 갑자기 배 속이 거북했다. 탄산음료라도 마셔야 할 것 같았다.

주방에서 탄산수를 마신 뒤 루실네 주방을 건너다 봤다. 루실이 예쁜 드레스 차림으로 식탁 의자에 앉아 있었다. 가발은 쓰지 않았다.

루실은 주방 테이블에 앉아 연필로 레시피 카드를 톡톡 두드렸다. 베이킹 강의의 장단점을 적어보고 할지 말지 결정할 생각이었다. 그런데 아서의 제안대로 일단 시작해볼까 하는 마음이 앞섰다. 알려줄 레시피가 무궁무진했다. 하지만 오렌지 꽃 버터 쿠키나 라벤더 쇼트브레드의 레시피는 너무 아까웠다. 레몬 드롭 치즈 케이크 레시피도 마찬가지였다. 아무나 그것을 만든다고 생각하니 속이 쓰렸다. 한편으로는 그까짓 게 뭐 아깝냐는 생각도 없지는 않았다. 레시피 비법을 알려달라고 사정하면 못 이기는 척하면서 알려줄까 했다. 이참에 다시 선생님이 돼볼까? 더구나 이번에는 교수님처럼 성인을 가르칠 기회였다. 던컨 하인즈 사의 케이크 믹스밖에 모르는 사람들에게 케이크 만드는 법을 제대로 알려줄 기회였다. 그녀의 비법대로 만든 케이크에 다들 열광할 것이다. 자신 있었다!

문득 주방 구석에서 시들어가는 필로덴드론 화분이 눈에 들어왔다. 파릇파릇하던 넝쿨 잎이 축축 늘어졌다. 루실은 유리잔에 물을 받아서 흙에 살살 부었다. 그동안 무심했던 일이 무척 미안했다. 주방에 초록 식물이 있으면 생기가 돌았다. 어떻게든 살리고 싶었다.

루실은 의자에 다시 앉았다. 질긴 목숨, 끊을 수도 없으니 어떻게든 쓸모 있게 살아야 했다.

문득 프랭크가 생전에 했던 말이 떠올랐다.

'태어나기 전에 벌어진 일이나 죽은 뒤에 벌어질 일을 신경 써서 뭐하겠소. 그 사이에 뭘 하느냐가 정말 중요한 거지.'

루실은 레시피 카드에 '피스타치오 파티 케이크'라고 적었다. 제일 먼저 가르칠 레시피로는 이만한 것이 없었다. 익숙한 재료로 시작하면 사람들이 쉽게 배울 것이다. 루실은 그날 입을 의상도 벌써 정했다. 피스타치오처럼 연한 황록색 블라우스. 루실은 강의를 시작하기 전에 질문을 던질 것이다.

'밀가루를 한 번도 체에 쳐본 적이 없는 분?'

그럼 몇 명이 부끄러운 얼굴로 손을 들 것이다.

'아, 부끄러워하지 말아요. 지금부터 하나씩 배우면 되죠. 이 밀가루 체는 나처럼 오래됐지만 여전히 쓸 만하답니다. 자, 이 체를 돌릴 테니 한 번씩 사용해보세요. 일단 써보면 사용법을 금세 익힐 거예요.'

롤 쿠키. 메이플 시럽을 입힌 메이플 케이크. 코코아 마시멜로 케이크, 레몬 스냅 쿠키. 젤리 롤. 푸딩 케이크. 살구 바. 금잔화 케이크. 아, 금잔화 케이크는 너무 부드러워서 포크로 뜨지도 못할 것이다.

실은 내일 아침에 금잔화 케이크를 구워 점심 먹으러 갈때 가져갈 생각이었다. 일단 자고 아침에 맑은 정신으로 시작하자! 의자에서 일어나려는데 싱크대에 쌓인 접시가 보였다. 맙소사! 그래, 저것도 아침에 일어나서 해치우자!

매디는 더플백을 침대 한가운데 내려놨다. 아서는 방으로 안내한 뒤에 혼자 있고 싶으냐고 물었다.

"네, 잠시만 혼자 있고 싶어요."

매디는 앞으로 지내게 될 방을 혼자서 온전히 느껴보고 싶었다. 매디의 마음을 알아차린 아서가 흔쾌히 자리를 비켜줬다.

매디는 짙은 원목으로 된 침실 문과 유리로 된 손잡이가 무척 마음에 들었다. 벽은 정말 연노랑으로 칠해져서 햇살이 환히 비추는 것 같았다. 얇디얇은 흰색 커튼 뒤로 블라인드가 보였다. 세월의 무게를 못 이겨 누렇게 바랬지만 시험삼아 작동해보니 멀쩡했다. 벽에 바싹 붙여진 싱글 침대에는 흰색 꽃무늬 침대보가 정갈하게 깔려 있었다. 베개는 하나뿐이었다. 베개야 나중에 더 구하면 될 것이다. 매디는 매트리스가 얼마나 단단한지 알아보려고 침대 끝에 앉아서 엉덩이로 통통 튕겨봤다. 폭신한 것이 마음에 쏙 들었다.

바닥에는 분홍색과 노란색과 파란색 천을 이어 붙인 둥그런 깔개가 놓여 있었다. 구석에는 분홍색 벨벳을 덧씌운 작은 흔들의자가 있었다. 낡기는 했지만 꽤 고급스러워 보였다. 의자 옆에는 1812년에나 썼을 법한 램프가 있었다. 작동할까 해서 스위치를 켜보니 불이 환히 들어왔다. 의자에도 앉아 앞뒤로 살살 흔들었다. 완벽했다.

다른 쪽 벽에는 원목 책상이 놓여 있었다. 낡고 투박해 보였지만 서랍이 깊어서 쓰기에는 좋을 듯했다. 매디는 책상에 딸린 의자에 앉아 서랍을 열었다. 영수증이 보였다. 중고품 매장인 굿윌 스토어에서 어제 구입했음을 알리는 영수증이었다. 책상과 의자 세트에 60달러였다. 첫 월급을 받으면 아서에게 갚기로 마음먹었다.

책상 옆에 놓인 흰색 책장은 텅 비어 있었다. 매디가 원하는 책을 마음껏 꽂도록 아서가 일부러 비워준 것 같았다. 매디는 꽂을 책이 몇 권 없었다. 제인 허시필드와 바바라 크루커의 얇은 시집 두 권과 워커 에반스의 두꺼운 사진집 한 권이 전부였다. 시집은 라이언스 선생님에게 받은 것이고,《미국의 사진 *American Photographs*》이라는 제목의 사진집은 집에서 유일하게 챙겨 나온 것이었다. 도서관에서 우연히 본 뒤로 아버지에게 조르고 졸라서 받은 크리스마스 선물이었다.

매디는 에반스의 사진집 안쪽에 적힌 글을 쳐다봤다.

매디에게

메리 크리스마스

아버지가

이제 보니 '사랑하는 아버지'가 아니라 그냥 '아버지'였다. 딸에게 사랑한다는 말을 하기가 그렇게 어려웠을까? 어쩌면 그렇게 인색했을까? 얼마 전에 상담사와 아버지에 대해 이야기를 나눴다. 아버지는 엄마를 잃은 뒤로 마음을 꼭 닫고 살았으며 매디에게도 살갑게 대하지 않았다. 상실의 아픔을

극복하고 마음을 열 책임은 아버지에게 있었다.

매디는 앞으로 어떻게 지낼지 곰곰이 생각했다. 일단 책을 더 구하기로 했다. 벼룩시장에 가면 중고 책을 헐값에 살 수 있었다. 아기를 낳으면 사랑을 듬뿍 쏟을 생각이었다. 미술 대학에 가면 장학생으로 뽑아준 학교에 누가 되지 않도록 열심히 공부할 것이었다. 그 학교에 다닌 역대 학생 중에서 가장 성실하고 뛰어난 학생이 되겠다고 굳게 다짐했다. 이곳에서 111마일 떨어진 곳에 그런 학교가 있는 줄은 꿈에도 몰랐다. 매디에게 11은 늘 행운의 숫자였다.

아울러 아서의 호의에 보답하기 위해 집안일도 열심히 할 생각이었다. 실은 다리미질하는 법을 포함해 살림 잘하는 법을 인터넷에서 벌써 알아봤다.

아, 인터넷!

매디는 방문 앞에서 아서가 점심을 준비하는 주방을 향해 소리쳤다. 아서가 칠리 핫도그를 준비한다고 했는데, 양파 써는 냄새가 위층까지 올라왔다.

"아서 할아버지!"

아서가 계단 쪽으로 다가왔다. 바지 주머니에 행주를 꽂아 늘어뜨리고 한 손에는 과도를 들었다.

"오냐."

"혹시 인터넷 선이 연결돼 있나요?"

아서가 손을 오목하게 오므려 귀에 댔다.

"뭐라고?"

"인터넷 선이 연결돼 있느냐고요!"

"아무렴, 빨래 말릴 선은 연결돼 있단다. 뒷문 열면 바로 보일 거야. 세탁기와 건조기는 지하실에 있고."

"그게 아니라 인터넷 선이 연결돼 있냐고요!"

아서가 이마를 찌푸렸다. "전화선은 연결돼 있다만."

매디가 계단을 절반쯤 내려가서 말했다.

"집에 컴퓨터 있어요?"

"아, 그런 건 없는데."

"그럼 도서관에 가서 쓰면 되니까 괜찮아요."

"흠, 이참에 하나 장만하도록 하자."

앞으로 아서가 컴퓨터를 쓸 일은 없을 것이다. 매디도 머지않아 이곳을 떠날 것이다.

"아니에요. 굳이 구입해야 한다면 제 월급에서 제할게요." 매디가 말했다.

매디는 월급과 관련해서 아서와 나눴던 대화를 떠올렸다.

"숙식만 제공해주시면 돼요."

"어림없는 소리! 월급도 안 주고 부려먹을 수야 없지. 하루에 50달러면 되겠니?"

"하루에 50달러요? 그럼 한 달에 1,500달러예요"

"아, 그러냐?"

"네!"

(걱정스러운 표정으로) "그럼 하루에 60달러?"

183

"애처가 트루러브 씨, 한 달에 60달러씩 주신다면 기꺼이 받을게요. 물론 그것도 많지만요. 전 장학금을 받을 거예요, 아셨어요?"

"좋아, 그럼 한 달에 400달러로 하자. 그 이하로는 어림도 없다."

"칠리 냄새가 죽이는데요?" 매디가 말했다.

"호멜 푸즈 거란다."

"탁월한 선택이네요."

"짐 정리는 다 됐니?"

"네, 금방 끝나요. 참, 앞으로는 제가 요리할 거예요. 아셨죠?"

아서가 흐뭇하게 웃었다.

그때 뜻밖의 초인종이 울렸다.

"아, 말한다는 걸 깜빡했구나. 이웃에 사는 루실을 식사에 초대했단다. 디저트를 챙겨올 거야. 베이킹에는 일가견이 있는 사람이거든."

"아, 오렌지 꽃 버터 쿠키를 구우신 분이요? 저번에 저한테도 하나 주셨잖아요."

"아, 그랬지. 기억난다."

기억하는 것 같지 않았지만 아무렴 어떠랴.

매디는 다시 방에 올라와 벽장에 옷을 걸었다. 그런데 벽장 구석에 뭔가가 보였다. 자그마한 아기 침대였다. 낡은 접이식 침대의 머리판에 그림이 그려져 있었다. 새끼 양 한 마리가 분홍색과 파란색 구름 위에서 쉬는 그림이었다. 아마도 이 방은 아기 침실로 꾸밀 계획이었나보다. 매디는 침대를 살짝 만져본 다음 빈 더플백을 앞쪽에 내려놨다.

매디는 지갑에서 닳고 닳은 엄마 사진을 꺼내 책상 위쪽 벽에 붙여 세웠다. 마지막으로 방 안을 한 번 휘 둘러본 다음 아래층으로 내려갔다.

루실이 정식으로 소개받기도 전에 아는 체를 했다.

"어쩜 예쁘기도 하지! 임신했다더니 얼굴에서 빛이 나는구나!"

아, 그렇다면 이미 알고 있구나. 매디는 왠지 한시름 놓였다.

"전 매디 해리스입니다."

매디가 손을 내밀며 말했다. 그러자 루실이 매디의 손을 잡고 힘차게 흔들었다.

"만나서 무척 반갑구나. 난 아서의 이웃사촌 루실 하워드란다." 루실이 자신의 집 쪽을 가리켰다. "저기, 저 집에 산단다."

"네, 아서 할아버지께 말씀 많이 들었어요."

루실이 아서를 힐끔 쳐다봤다.

"베이킹에 일가견이 있다고 하시던걸요? 저번에 오렌지꽃 버터 쿠키를 먹어봤는데 정말 끝내주게 맛있었어요."

"뭘 그 정도 가지고. 정말 맛있는 건 아직 맛도 못 봤으면서."

루실이 식탁 중앙에 놓인 케이크를 가리켰다. 선명한 주황색 가루가 서리처럼 곱게 내려앉고 가장자리에 주황색 꽃잎 장식이 빙 둘러 있었다. 틀림없이 금잔화일 거라고 매디는 생각했다.

"식기 전에 얼른 먹자꾸나." 루실은 몸을 돌리다 아서가 식탁에 차려놓은 물 잔을 보더니 대뜸 소리쳤다. "아니, 우유는 없어요? 얘는 우유를 마셔야 한다고요, 우유를. 뼈가 튼튼한 아기를 낳으려면 칼슘이 필요하잖아요!"

아서가 당황하며 말했다. "아, 얼른 살펴보리다."

아서가 일어나려는데 매디가 아서의 손을 잡았다.

"괜찮아요. 지금은 그냥 물을 마실게요. 칠리 핫도그에는 시원한 물이 좋거든요."

"그야 물론이지." 아서가 말했다. "맥주도 그만이고."

"맥주라뇨? 얘는 맥주를 마시면 안 돼요!" 루실이 빽 소리쳤다.

"그 정도는 저도 알아요." 매디가 말했다.

시어머니가 따로 없었다. 그래도 자기에게 이렇게 신경을 써주니 기분이 좋았다. 매디는 아서의 집에 들어오게 돼서 무척 기뻤다. 아서는 물론이고 아서네 집에 있는 물건도 다 마음에 들었다. 가방에 넣어둔 햄버거 부부 인형처럼. 식사를 마친 뒤에 자신이 인형을 가져갔다는 사실을 털어놓을 생각이었다. 매디는 아서가 너그럽게 용서해줄 거라고 확신했다.

루실은 침실 블라인드를 내리고 침대에 누웠다. 뽀송뽀송한 시트에 누워본 지가 얼마 만인지 몰랐다. 매디가 침대 시트와 이불, 베개까지 모두 빨아서 반듯하게 다려주었다. 다 늙어서 이런 호사를 누릴 줄은 꿈에도 몰랐다.

매디는 빨래뿐 아니라 청소까지 완벽하게 해놓았다. 구석구석 쌓인 먼지를 탈탈 털어 내고 쓰레기도 모두 치웠다. 싱크대에 쌓인 접시도 깨끗이 씻어서 물기를 닦아 찬장에 넣었다. 정원에 물을 뿌리고 집 안에서 시들어가던 식물에 물도 줬다. 어지럽게 널려 있던 우편물도 차곡차곡 정리했다. 냉장고에서 썩어가던 음식물을 내버리고 선반을 말끔히 씻어놨다. 새어머니 아래에서 고생하던 신데렐라처럼 군소리 없이 열심히 쓸고 닦았다. 원래는 아서의 집을 먼저 청소해야 했지만 아서가 '레이디 퍼스트'라며 양보해준 덕분에 루실은 이제 깨끗한 집에서 신선한 공기를 마실 수 있게 됐다. 다음 날 아침에 눈을 뜨면 전처럼, 아니 전보다 더 산뜻한 주방에서 쿠키를 구울 것이다. 주방 테이블에 놓인 튤립 다발이 루실의 복귀를 환영할 것이다. 매디는 욕실에도 튤립을 가져다놨다. 튤립 한 송이가 자그마한 아스피린 약병에 꽂혀 있었다. 루실은 어여쁜 튤립을 보자 약병이 왜 비었는지도 거의 잊어버렸다.

루실 눈에는 매디가 어여쁜 꽃 같았다. 키는 훌쩍 컸지만 보호 본능을 일으킬 만큼 가냘팠다. 코에 걸린 이상한 고리만 빼면 흠잡을 데가 없을 것 같았다. 눈에 띄는 문신은 없지만 요즘 아이들은 엉뚱한 곳에 문신을 한다고 들었다. 매디도 몸 어딘가에 해괴한 문신을 했을지도 몰랐다.

매디는 얼굴만 예쁜 것이 아니라 하는 짓도 기특했다. 영리하고 예의 바르고 잘 웃고 말귀도 밝았다. 눈치도 빨라서 상대에게 필요한 것을 알아서 착착 가져다줬다. 청소도 반짝반짝 윤이 날 정도로 잘했다. 하지만 루실에게는 말을 잘 걸지 않고 거의 아서하고만 이야기했다.

그래도 루실의 케이크는 무척 좋아했다. 한 입 먹더니 눈을 감고서 황홀경에 빠진 사람처럼 탄성을 내질렀다.

"오오오오오오!"

흠, 루실에게도 이번 케이크는 정말 특별했다.

"이렇게 맛있는 케이크는 처음 먹어봐요. 어떻게 만드셨어요?"

매디의 질문에 루실은 평소처럼 손을 내저으며 별것 아니라고 말했다. 하지만 별것 아닌 것이 아니었다! 밀가루를 두 번이나 체에 치고, 손가락이 까질 정도로 육두구를 강판에 박박 갈았다. 금잔화처럼 선명한 주황색 당의를 입히는 일이 얼마나 어려운지 누가 알겠는가! 물론 유기농 식용 색소를 첨가해 비슷한 효과를 줄 수는 있다. 하지만 칼렌둘린(금잔화 추출 점액질)만큼 선명하지도, 맛있지도 않았다. 더구나 임신했을 때는 아무것이나 먹으면 안 되는데, 유기농 색소라도 천연 식품만 하겠는가! 예전에 교회에서 알고 지내던 한 임신부가 루실에게 털어놓은 바, 임신해서 유일하게 힘든 점은 초밥을 먹을 수 없다는 것이었다. 그까짓 게 힘들다고? 루실은 초밥이 아니라 별의별 음식을 못 먹게 되더라도 길거리에서 춤을 췄을 것이다.

루실은 눈을 감았다. 아서와 매디가 케이크를 먹고 또 뭐라고 했더라? 아, 부드럽다고 했지. 금잔화 케이크를 맛보면 다들 깃털처럼 가볍고 부드럽다고 평했다. 달걀흰자를 거품기로 끝없이 휘저은 다음 반죽에 넣어야 원하는 질감을 얻을 수 있다. 레시피에는 달걀흰자를 여섯 개 넣으라고 나와 있지만 실제로 만들다 보면 그때그때 달랐다. 그래서 루실은 늘 융통성을 발휘해야 한다고 생각했다. 케이크에 곁들이는 휘핑크림도 손수 만들었다. 금잔화 케이크에는 아이스크림이 어울리지 않았다. 부드럽고 탄력 있는 휘핑크림을 곁들여야 제격이었다. 휘핑크림에 바닐라를 너무 많이 넣거나 아예 넣지 않는 경우도 있는데, 둘 다 좋지 않았다. 바닐라 향이 살짝 느껴질 만큼만 넣어야 했다. 루실은 바닐라빈을 조금 잘라서 휘핑크림을 젓는 데 사용했다. 바닐라빈이 너무 작으면 이쑤시개에 꽂아서 살살 저었다. 이 방법은 아무도 모를걸?

루실은 점심을 먹으면서 딱 한 번 프랭크를 떠올렸다.

'아, 프랭크 당신이 뭘 놓쳤는지 봐요.'

프랭크가 살아 있었다면 루실은 분명히 그 자리에 있지도 않았을 것이다. 그들과 함께 점심을 먹지도 않았을 것이다.

인생은 정말 요지경 속이다. 시시콜콜 따지고 들면 머리가 돌아버릴지도 모른다. 이쪽으로 돌면 저런 일이 벌어지고, 저쪽으로 돌면 이런 일이 벌어진다. 딱 그 정도로만 생각하는 게 좋다.

그나저나 아기가 곧 태어난다! 루실은 눈에 불을 켜고 주시하기로 마음먹었다. 새 생명의 탄생에 맞춰 만반의 준비를 하고자 아서네 집에 거의 상주할 생각이었다. 남몰래 엠마 진이라는 이름까지 지어났다. 어릴 때 제일 아끼던 인형의 이름이었다. 엠마 진 빈블로섬이라는 절친의 이름에서 따왔는데, 딸이 생기면 붙여주려던 이름이었다. 그렇다, 루실은 아기를 엠마 진이라고 부를 생각이었다. 물론 아직은 아무에게도 말하지 않았다. 루실은 아기가 딸이라고 확신했다. 그동안 열 명 넘는 아기의 성별을 예측했는데 한 번도 틀리지 않았다.

루실은 아서와 매디를 위해 요리도 해줄 생각이었다. 혼자 먹으면 아무리 좋은 음식도 맛이 없었다. 아울러 엠마 진이 영양분을 제대로 섭취하도록 각별히 신경 쓸 생각이었다. 아기를 위한 요리책이 분명히 있을 것이다. 없다면 직접 쓸 생각도 있었다. 루실은 이제 다시 선생님 모드로 돌아왔다.

첫 수업은 사흘 뒤였다. 루실은 사람이 많이 모이는 식료품점과 도서관과 월마트에 광고 전단을 붙였다.

루실과 함께하는 베이킹 클래스

직접 만들 수 있는데 왜 사서 드세요? 자투리 재료를 활용해 만들면 비용은 줄이고 맛은 더 좋은 음식을 가족에게 제공할 수 있습니다. 생각만큼 어렵지도 않아요. 기초부터 고급 과정까지 차근차근 알려드립니다. 전문가에게 배우세요. 화려한 디저트, 이제는 여러분도 만들 수 있습니다!

지금까지 두 사람이 신청했다. 기대한 만큼 많지는 않았으나 어쨌든 신청한 사람들에게는 최선을 다할 생각이었다. 더 많은 사람이 이런 기회를 활용하지 못하는 것이 그들 잘못은 아니니까. 일단 시작하면 입소문이 날 것이다. 어쩌면 지역 신문에 루실의 인터뷰 기사가 실릴지도 몰랐다. 너무 바빠지기 전에 인터뷰 의상을 사두는 것이 좋을지도 몰랐다. 그들은 루실이 주방에서 요리하는 모습을 사진에 담고 싶어 할 것이다. 완성된 케이크는 예쁜 꽃무늬 받침대에 올려 앞쪽에 놓고, 믹싱 볼 세트와 버터 덩어리, 초콜릿 조각은 뒤쪽에 둘 것이다. 그들은 여러 각도에서 다양한 모습을 찍되 루실을 클로즈업해서 찍지는 않을 것이다. 그리고 제일 멋지게 나온 사진을 1면에 실을 것이다. 사람들은 음식 사진을 좋아한다. 특히 초콜릿 케이크에는 사족을 못 쓸 정도다. 아마도 그날은 판매 부수가 대폭 늘어날 것이다.

첫 수업이 있던 날 저녁, 루실은 일곱 시도 안 됐는데 침대에 쓰러지듯 누웠다. 너무 피곤해서 손가락을 까딱할 기운도 없었다. 세월이 변해도 너무 변한 것 같았다. 요즘 사람들은 도무지 말을 안 들었다. 집중할 줄도 몰랐다. 매너도 없었다. '부탁합니다'나 '고맙습니다' 같은 말을 당최 모르는 것 같았다. 하긴 수업이 끝나고 나가면서 "아, 고마워요"라고 한마디 남기기는 했다. 순전히 수업 중에 만든 피스타치오 파티 케이크를 크게 잘라 상자에 담아줬기 때문이지만.

베이킹 클래스에 신청한 두 사람 중 실제로 나타난 사람은 한 명뿐이었다. 마흔 살쯤 된 금발 여자로, 이름이 트루디였는데 살집이 제법 있었다. 그녀는 테이블 한쪽에 휴대전화를 내려놓고 수시로 쳐다봤다. 루실이 휴대전화를 꺼달라고 정중히 요청했지만 듣지 않았다. 휴대전화를 끄지 않는 대신에 누군지 확인만 하고 받지는 않겠다고 말했다. 거의 오 분 간격으로 진동이 울리거나 이상한 벨소리가 흘러나오는 것 같았다. 자기가 뭐라고 휴대전화를 끌 수 없다는 건지 도무지 이해할 수 없었다.

루실은 같은 말을 지겹도록 반복해야 했다. 트루디는 달걀 하나 제대로 깨지 못했다. 게다가 달걀을 손으로 직접 저어야 한다니 정색하며 불만을 터뜨렸다.

"믹서가 있는데 왜 굳이 손으로 저어야 하죠?"

"하하, 재미있군요. 하지만 그거 알아요? 거품기로 휘저으면서 조절해야 농도를 제대로 맞출 수 있답니다." 루실은 우스개로 한마디 덧붙였다. "휘휘 젓다 보면 운동도 되잖아요!"

"전 필라테스 개인 교습을 받거든요. 굳이……."

트루디가 새침한 표정으로 말했다.

"아, 그것도 나쁘지 않죠."

루실은 속이 부글부글 끓었지만 꾹 참고서 트루디에게 거품기로 저어보라고 했다.

"좋아요. 한번 해보죠, 뭐." 트루디가 거품기를 손에 쥐고 돌리기 시작했다. 그녀는 금세 거품이 생기자 신이 나서 더 열심히 저었다.

"이야!" 트루디가 탄성을 내질렀다.

"거봐요. 어렵지 않죠?" 학교에서 아이들을 가르칠 때 항상 하던 말이 불쑥 튀어나왔다.

물론 기분 좋은 순간도 있었다. 케이크가 구워지는 동안 루실은 트루디에게 이런저런 비법을 알려줬다. 대체할 만한 재료, 향신료를 첨가할 때 명심할 점, 버터 포장지를 버리지 말고 냉동실에 두었다가 예열된 팬에 대고 쓱쓱 닦으면 기름 대용으로 유용하다는 점을 찬찬히 알려줬다. 기특하게도 트루디는 루실이 건넨 작은 종이에 열심히 받아 적었다. 무엇보다 다음 주에 하는 초콜릿 수플레 수업에 친구 둘을 데려오겠다고 했다. 워낙 바쁜 사람들이라 시간을 낼 수 있을지 모르겠다는 단서가 붙기는 했지만.

휴우. 루실은 한숨을 길게 내쉬었다. 아무래도 너무 쉽게 생각한 것 같았다.

　루실은 아서네 집에 환히 켜진 불빛을 쳐다봤다. 내심 부러웠다. 매디가 오래 머물지는 않겠지만 그래도 아기 침실을 미리 꾸며놓을지 궁금했다. 아서네 집에도 방이 네 개 있었다. 놀라가 죽은 뒤, 루실은 아서가 왜 집을 처분하지 않는지 궁금했다. 하긴 루실도 집을 처분하지 않았다. 이 큰 집을 왜 여태 고수하는지 그녀 자신도 궁금했다. 루실은 젊었을 때 부모에게 물려받은 유산으로 이 집을 구입했다. 튼튼하게 잘 지어지기도 했지만 이만 한 공간이 필요할 거라고 생각했기 때문이다. 하지만 실제로는 그렇지 않았다. 일 년 내내 열어보지도 않는 문이 수두룩했다. 외로운 기분에 시달린다면 분명히 집 안에 닫힌 문이 많기 때문일 것이다.

　이참에 집을 처분해버릴까? 깨끗이 정리하고 아서네로 들어가서 베이킹 클래스를 운영하면 어떨까? 셋이서 일종의 공동체를 형성하면 좋을 것 같았다. 루실은 요리를 전담하고 매디는 집안일을 도맡고 아서는 정원을 손질하고 쓰레기를 내버리면 될 것이다. 집 안에 기어드는 거미를 때려잡는 일도 아서가 맡아야 할 것이다. 하지만 아서의 성정으로 볼 때 거미든 뭐든 죽이지 않고 밖으로 내놓을 게 뻔했다. 집 안에 벌레가 돌아다니지만 않는다면 어떤 식으로 처리하든 상관없었다. 고양이를 키우니 쥐는 크게 문제 될 것 같지 않았다. 지난겨울 루실의 주방에 쥐가 한 마리 들어왔다. 루실은 깜짝 놀라서 의자 위로 냅다 올라갔다. 의자 위에서 고래

고래 소리쳤다.

"저리 꺼져! 저리 꺼져! 저리 꺼지라고!"

하지만 쥐는 나갈 구멍을 못 찾고 주방에서 이리저리 돌아다녔다. 루실은 하는 수 없이 빗자루를 들고 쥐를 가격했다. 비명을 지르면서 빗자루를 휘둘러 결국 쥐를 때려 죽였다. 그 일이 떠오를 때마다 지금도 몸서리가 쳐졌다.

아무튼 사람은 함께 어울리며 사는 것이 좋다. 히피들도 공동체를 이루며 살지 않았던가. 예전에는 가족들이 한 지붕 아래에서 복작대며 살았다. 아기와 부모, 조부모는 물론이요, 결혼하지 않은 삼촌과 고모도 한데 어울려 살았다. 루실과 아서처럼 쓸쓸히 창밖을 바라보거나 커피를 홀짝이며 하릴없이 시간을 죽이는 노인이 많지 않았다. 사교 클럽인 양 (섹스 클럽이라는 소문도 있지만 그렇게까지 말하고 싶지는 않다) 광고하면서 노인들에게 엄청난 비용을 청구하는 요양원 따위는 어디에도 없었다. 그런데 요즘에는 그런 시설이 도처에 널려 있다!

루실의 친구인 샬럿은 여든두 살 때 어느 요양원에 들어갔다. 그게 일생일대의 실수였다고 나중에 루실에게 털어놨다.

"내가 요양원에 들어간 첫날 무슨 일이 있었는지 알아?" 샬럿이 흥분한 목소리로 말했다. "옆방 사람이 집들이 선물로 철사 옷걸이를 내밀더라고. 화장실 변기가 막히면 요긴하게 쓰라면서. 이것저것 써봤는데 옷걸이로 쑤시는 게 제일 좋더라나!"

샬럿은 특별히 아픈 곳도 없었는데 요양원에 들어간 지 일 년 만에 죽었다.

루실은 요양원 같은 곳에는 절대로 들어가지 않을 생각이었다. 그런 곳은 하나같이 이름도 이상했다. 수마일 안에 실개천 하나 없으면서 '브룩데일(Brookdale, brook은 개천이라는 뜻)'이라거나, 손바닥만 한 정원뿐인 곳에 '크레스트우드 매너(Crestwood Manor, manor는 영주의 대저택과 넓은 영토라는 뜻)'라는 거창한 이름이 붙어 있다! 같이 사는 사람들은 또 어떤가. 어디로 눈을 돌려도 죄다 똑같아 보이는 사람들뿐이다. 그런 곳에서 지내느니 집에서 혼자 쓸쓸히 사는 것이 나았다. 아니면…… 아서네 집에서 같이 살면 더 좋을 것이다. 물론 아서에게 같이 살자고 대놓고 청할 수는 없을 것이다. 앞으로 닥칠 끔찍한 시간을 혼자서 견디느니 얼마 남지 않은 인생을 서로 챙겨주며 보내면 좋지 않겠냐고 넌지시 떠볼 것이다.

루실은 궁리 끝에 아서에게 직접 제안해보기로 마음먹었다. 하지만 다짜고짜 그 집에 들어가겠다고 덤비지는 않을 것이다. 아서가 먼저 그런 생각을 했다고 착각하도록 은근슬쩍 유도할 것이다. 남자는 원래 단순한 데가 있어서 자기가 생각했던 일은 실천에 옮길 가능성이 크다.

루실은 눈을 감고 프랭크를 떠올렸다. 프랭크는 바람처럼 왔다가 그녀에게 기대만 잔뜩 안겨주고 구름처럼 사라져버렸다. 내 인생을 누가 알아서 챙겨주기를 기대할 수는 없다.

내가 직접 챙겨야 한다. 기회가 왔을 때 적극적으로 쟁취해야 한다. 한눈팔면 순식간에 사라져버린다. 루실은 전화기를 들고 아서네 전화번호를 눌렀다.

이런저런 이야기를 나누다 아서가 졸려서 정신이 혼미해지는 것을 알아채고 루실이 말했다.

"당신 집에 나도 들어가 살아도 될까요? 요리도 하고 장도 볼게요. 장 보는 비용은 내가 낼게요. 물론 집세도 따로 내고요."

"당신도…… 들어온다고요? 글쎄, 난 잘 모르겠소. 그건 그렇고 집세라니, 바보 같은 소리 말아요."

"가서 뭐든 도울게요, 아서. 남자는 잘 모르겠지만, 여자는 임신하면 다른 여자의 손길이 꼭 필요하거든요. 정말이에요. 자, 어떡할래요?"

"글쎄요…… 정 그렇다면……."

"아, 고마워요, 아서! 정말 멋진 생각이죠! 같이 복작대고 살면 즐겁지 않겠어요?"

루실은 아서의 하품 소리를 들었다.

"내일 당장 들어갈 수 있어요! 몇 가지 자잘한 것만 챙겨 갈게요. 나머지는 이삿짐 업체에 맡기면 돼요. 작업복 차림의 젊은 남자들이 이삿짐 나르는 모습을 몇 번 봤거든요. 영어를 능숙하게 말하지는 못하더라도 이삿짐 옮겨달라는 말은 알아듣겠죠. 혹시라도 못 알아들으면 손짓 발짓으로 설명하죠, 뭐."

숨을 깊이 들이마시는 소리뿐, 아서 입에서는 아무 말도 나오지 않았다.

"아서? 여보세요? 혹시 잠든 거 아니에요?"

"아니오!"

"그럼 내일 그리로 들어갈게요."

"알았어요, 루실."

"그럼 내일 봐요!"

루실은 전화를 끊고서도 한동안 꼼짝하지 않았다. 문득 영화배우 마이어나 로이가 문을 나서려다 어깨에 걸친 밍크 숄을 매혹적으로 흔들며 "그럼 내일 봐요!"라고 말하던 장면이 떠올랐다. 하지만 그녀는 마이어나 로이가 아니었다. 주책없는 할망구일 뿐이었다! 그래도 아서는 그렇게 생각하는 것 같지 않았다. 그나마 다행이었다.

루실은 당장 집을 처분하지는 않을 작정이었다. 우선은 이삿짐 업체를 불러 베이킹에 필요한 도구와 옷가지, 침대 따위를 아서네 집으로 옮길 것이다. 벽에 걸어둔 그림과 피아노, 괘종시계 등 몇 가지 물품만 옮기고 나머지는 그대로 둘 생각이었다.

루실은 침대에 누워 눈을 감았다. 앞으로 어떻게 할지 곰곰이 생각했다. 베이킹을 가르치는 일 외에도 식료품 구입과 요리는 그녀가 맡을 것이다. 청소와 빨래는 매디에게 맡기고 정원 손질과 해충 예방은 아서에게 맡길 것이다.

다음 날 아침 루실은 공인중개사 사무실에 전화해서 시

세를 알아보고 싶다고 말했다. 통화한 사람은 론다 하우스라는 중개사였다. 우습게도 중개사의 성이 정말 하우스(House)였다! 론다는 단순히 시세만 알아보려고 전화한 사람도 허투루 대하지 않았다. 입맛을 쩝쩝 다시며 어떻게든 집을 내놓도록 유도했다. 수완이 뛰어나서 집만 괜찮으면 단 오 분 만에 거래를 성사시킬 수 있는 여자였다. 론다는 루실의 집이 괜찮다는 사실을 익히 알고 있었다.

아홉 시, 아서가 아침을 먹으러 아래층에 내려왔다. 매디는 주방을 치우고 있었다. 바지와 티셔츠를 걸치고 머리에 화려한 스카프를 둘렀다. 아서 눈에는 그 모습이 참으로 예뻐 보였다.

"안녕히 주무셨어요?"

아서는 매디의 아침 인사를 듣고 빙그레 웃으며 고개를 끄덕였다. 커피를 마시기 전에는 입이 깔깔해서 말이 잘 나오지 않았다. 하긴 그게 아니라도 원래 말주변이 없었다. 어릴 때도, 성인이 돼서도 늘 입이 무거웠다.

아서는 매디가 내려둔 커피를 머그잔에 가득 따랐다. 누가 대신 내려준 커피를 맛본 지가 얼마만인가! 잔을 들고 테이블 의자에 앉아 한 모금 마셨다.

"맛이 좋구나."

"고맙습니다." 매디 역시 입을 꾹 다물고 청소를 계속했다. 아서가 있다는 것을 의식하지 않고 가스레인지의 찌든 때를 박박 문질렀다. 아서는 매디가 참으로 기특했다. 싹싹하고 일도 잘하는 데다 너무 수다스럽지도 않았다.

놀라는 생전에 아서의 과묵한 성격을 아쉬워했다. 말이 너무 없다고 불만을 토로한 적도 몇 번 있었다. 그날도 저녁을 준비하면서 기어이 한마디 했다.

"아, 입은 뒀다 뭐해요? 말 좀 하고 살자고요!"

그 말에 아서는 자리에서 일어나 숨을 깊이 들이마셨다. 그런 다음 크게 요들송을 불렀다. 장장 삼십 분 동안이나.

놀라가 어이없는 표정으로 그를 쳐다봤다.

"당신이 요들을 그렇게 잘 부르는지 미처 몰랐네요!"

"이제는 잘 알았을 거요."

"그런데 왜 여태 몰랐을까요?"

아서는 딱히 대꾸할 말이 없었다. 집에서 요들송을 부를 필요를 느끼지 못했다고 얼버무렸다.

아서는 매디가 일하는 모습을 가만히 지켜보다가 문득 덜 쓸쓸하다는 생각이 들었다. 전에는 그렇게 생각하지 못했는데 집 안에 생기가 도니 그동안 자신이 너무 적적하게 지냈다는 생각이 들었다. 곧 떠날 아이에게 너무 애착을 느끼지 않아야 할 텐데. 매디가 떠나면 다시 혼자가 될 텐데. 왠지 가슴이 쿵 하고 내려앉았다. 그 순간, 어젯밤에 루실이 이 집으로 들어오겠다고 한 말이 떠올랐다. 그것도 오늘 아침에! 이번에는 가슴이 내려앉는 정도가 아니라 땅이 꺼지는 것 같았다.

"매디?"

매디가 몸을 휙 돌렸다.

"할 말이 있단다."

매디가 다가와서 테이블 맞은편에 앉았다. 야단맞을까봐 걱정하는 표정이 역력했다. 그 모습을 보니 아서는 가슴이 아팠다.

"네가 들어와서 정말 기쁘구나."

그제야 매디의 얼굴이 밝아졌다.

"그런데 말이다, 간밤에 루실이 전화했는데…… 이 집에 들어와 우리랑 같이 살고 싶다더구나. 그래서 그러라고 했단다. 너도 허락해줬으면 하는데……."

매디는 아무 말도 하지 않았다.

"넌 어떠냐? 괜찮겠니?"

매디가 어깨를 으쓱했다. "어차피 할아버지 집이잖아요. 제가 무슨 권리로……."

아서는 가느다란 다리를 꼬고서 의자에 몸을 기댔다.

"그럼 그렇게 하자꾸나."

이제는 무를 수도 없었다. 공식적으로 선언했으니 그렇게 하는 수밖에 없었다. 하지만 일이 순조롭게 흘러갈지 확신이 없었다. 일이 꼬이면 어떡하지? 루실에게 떠나달라고 해야 하나? 그랬다가는 루실을 벼랑 끝으로 내몰지도 몰랐다.

반대로, 같이 사는 데 익숙해진 상황에서 루실이 돌연 떠나겠다고 하면 어떡하지? 혹시라도 같이 살다가 루실이 죽으면? 또 반대로, 그가 죽으면?

아, 모르겠다!

매디가 뭐라고 말한 뒤 기대에 찬 눈으로 그를 쳐다봤다.

"방금 뭐라고 했니?"

"위층에 올라가기 전에 커피를 더 따라드릴까요?"

"그럼 고맙지."

매디가 커피포트를 들고 와서 잔을 채워줬다. 아서는 그 모습을 흡족하게 바라봤다.

아서가 샤워를 마치고 한참 지난 뒤에도 매디는 방에서 내려오지 않았다. 아서는 계단을 올라가 매디의 방문을 두드렸다. 대답이 없었지만 매디는 확실히 안에 있었다. 나직하게 숨소리가 들렸다. 아서는 매디가 고개를 숙이고 손을 맞잡은 채 얕게 숨 쉬는 모습을 그려봤다. 다시 똑똑 두드린 다음 문틈으로 매디를 불렀다.

"매디? 혼자 있고 싶으면 방해하지 않으마. 하지만 그게 아니라면 잠깐 너랑 이야기하고 싶구나."

여전히 묵묵부답이었다. 아서는 나이 든 사람답게 세상만사 급할 것 하나 없다는 듯 기다렸다. 방문을 쳐다보며 광택제를 새로 발라줄까 생각했다. 손바닥과 손등도 찬찬히 살펴봤다. 밖에서 새가 지저귀는 소리에도 귀를 기울였다. 멀리서 잔디 깎는 기계음이 들리자 보청기 덕분이라고 생각했다. 점심에 뭘 먹을지도 궁리했다.

그렇게 한참 시간이 흘렀다. 아서가 다시 문틈으로 말했다.

"오냐, 그럼 난 아래층에 내려가 있으마. 필요한 게 있으면 알려다오."

그제야 문이 열렸다. 매디는 재킷 차림에 더플백을 들고 있었다. 침대보는 벗겨져서 침대 밑에 가지런히 접혀 있었다. 침대를 쳐다보는 아서의 눈길을 의식했는지 매디가 말했다.

"저 시트는 사용하지 않았어요. 오늘 아침에 깐 거예요."

"뭐 하는 거냐, 매디?"

"여기서 나가려고요."

"왜?"

"루실 할머니가 들어오신다면서요."

"그건 그렇다만 그렇다고 네가,"

"할머니가 들어오시면 제가 나가야 한다고 판단했어요."

"아니, 왜?"

침묵.

한참 뒤에 매디가 말했다. "버스 정류장에 가야 해요."

"어디 갈 데 있니?"

매디는 대답하지 않고 바닥만 응시했다.

아서가 방 안쪽을 가리키며 말했다.

"잠깐 들어가서 이야기 좀 하자꾸나."

매디는 잠시 머뭇거리다 방으로 들어가서 침대 끝에 앉았다. 아서도 따라 들어가 책상 의자에 앉았다.

아서가 목청을 가다듬고 말했다. "난 네가 원치 않는 일을 강요할 생각은 눈곱만큼도 없단다. 정 떠나겠다면 붙잡지는 않으마. 하지만 왜 떠나고 싶은지 당최 모르겠다. 내 집에 들어온 걸 기뻐한다고 생각했는데."

매디가 고개를 끄덕였다. "기뻤어요."

"그런데?"

"루실 할머니가 왜 들어오셔야 하는지 모르겠어요. 바로 옆집에 사시잖아요! 왜 굳이 여기서 우리랑 같이 사셔야 하는 거죠?"

아서가 고개를 끄덕였다.

"나 역시 그게 궁금했단다. 어젯밤 전화를 끊은 뒤에 '아차, 내가 뭔 짓을 저질렀지?' 싶어서 밤새 뒤척였단다."

아서의 말에 매디의 굳은 표정과 뻣뻣한 자세가 살짝 누그러졌다.

"아무리 생각해도 루실은 남의 일에 시시콜콜 참견할 사람이거든." 아서가 이야기를 계속했다. "커피에 크림을 얼마큼 넣어라, 벨트는 얼마큼 조여라, 잠은 언제 자고 언제 일어나라……. 내가 방에서 생각이라도 할라치면 방문을 벌컥 열고 들어와서 무슨 생각을 하느냐고 따져 물을 거야. 분명히 내 생각까지 일일이 간섭하려 들겠지."

매디가 팔짱을 끼면서 말했다. "그래서요?"

아서가 한 손을 들었다. "내가 떠올린 끔찍한 상황을 끝까지 들어봐라. 루실은 주방도 완전히 접수할 거야."

매디가 어깨를 으쓱했다. "어쨌든 요리를 잘하시잖아요."

"미장원이나 식료품점에서 있었던 일과 온갖 소문을 주절주절 늘어놓겠지. 베이킹 클래스를 운영한답시고 사람들을 잔뜩 불러놓고 우리의 사생활을 침범할 거야! 어쩌면 꼬마들까지 불러들일지도 몰라. 베이킹뿐 아니라 막대사탕 만드는 법까지 가르치려 들겠지. 꼬마들이 웃고 떠드는 소리를 들어봤니? 너무 시끄러워서 지붕이 날아갈지도 몰라!"

매디는 여전히 아무 말도 안 했다.

아서가 다시 입을 열었다.

"그런데 말이다, 내가 깊이 따져보지도 않고 루실에게 들어와도 좋다고 말한 뒤에 또 무슨 생각을 했는지 아니?"

"무슨 생각을 하셨는데요?"

"루실이 숱한 세월 홀로 지내는 밤을 얼마나 두려워했을지 생각했단다. 밤중에 루실네 집을 건너다보면 사방에 불이 켜져 있어. 게다가 루실은 요새 사랑하는 사람을 만날 마지막 기회가 사라졌다고 믿고 있단다. 얼마 전에 첫사랑을 만났는데, 하필 같이 합치기로 한 날에 그 사람이 죽었거든. 요즘 루실의 상태는 살아도 사는 게 아니었어. 죽으려고까지 하던 차에 간신히 털고 일어나서 뭐라도 해보겠다고 나선 거란다."

아서가 잠시 시간을 두었다가 말을 이었다.

"호랑이는 호랑이인데 이빨이 다 빠진 호랑이랄까…… 무슨 말인지 알겠니? 이빨 빠진 호랑이가 무슨 기운이 있겠어.

너무 나대면 그때 가서 우리가 말하면 되잖아. 말귀도 못 알아듣는 사람은 아니거든. 최악의 경우, 루실이 우리한테 컵케이크를 던지는 것 말고 뭘 할 수 있겠니?"

침묵. 마침 고든이 방으로 들어와 야옹 하고 울었다.

"고양이가 들어와도 괜찮겠니?" 아서가 물었다.

매디는 대답 대신 침대 옆을 손으로 톡톡 두드렸다. 그러자 고양이가 훌쩍 뛰어올랐다.

"고든은 네가 여기 머물러야 한다는 데 한 표 던졌구나. 그건 자기 주변에서 다섯 걸음 이상 떨어지지 말라는 뜻이란다."

"알아요." 매디가 고든의 머리를 쓰다듬으면서 말했다.

"이 녀석이 울면 모터보트처럼 시끄럽단다. 그렇지 않니?"

매디가 미소를 지었다.

아서가 일어났다. "흠, 난 가서 루실에게 나쁜 소식을 전해야겠다."

매디가 아서를 올려다봤다. "그게 무슨 말씀이세요?"

"네가 루실과 함께 사는 게 편치 않은 것 같아서. 괜찮다. 오히려 솔직히 말해줘서 고맙다. 루실에게 가서 우리 집으로 들어올 수 없다고 말할 거란다. 내가 너무 경솔했다고 해야지. 너한테 먼저 상의했어야 했는데. 미안하구나. 루실에게 말하고 와서 점심을 먹도록 하자. 그냥 우리 둘이서."

아서가 문 쪽으로 걸음을 옮겼다.

"애처가 트루러브 씨." 매디가 아서를 불렀다.

아서가 몸을 돌렸다.

"지금 무슨 꿍꿍이로 그러시는지 제가 모를 줄 아세요?"
고든은 이제 눈을 감고 매디의 무릎에 발랑 누워 있었다.

"꿍꿍이라니? 난 루실더러 들어오지 말라고 할 거야, 매
디. 루실이 들어온다는 이유 때문에 네가 나간다면 나로선
그 수밖에 없단다."

매디가 한 손을 저으며 말했다.

"아, 그냥 들어오시라고 하죠." 매디의 무릎이 마구 흔들
렸다.

아서는 매디가 고개를 들고 자신을 쳐다볼 때까지 기다
렸다.

"진심이냐?"

"네." 매디가 살짝 웃었다. "그냥 들어오시라고 하세요. 저
도 그냥 있을게요."

"짐 푸는 걸 도와주랴?"

"아뇨, 괜찮아요. 풀 짐도 별로 없어요. 책 몇 권이랑 셔츠
몇 장뿐인데요."

"한 가지만 더 말해도 되겠니, 매디?"

"네, 물론이죠."

"우리 부부에게는 톰과 조니라는 친한 친구가 있었단다.
그들도 우리와 같은 해, 같은 달에 결혼했어. 그래서 우리는
아이도 같은 시기에 낳을 거라 생각했단다. 톰과 나는 의기

투합해서 그네와 모래 놀이통을 같이 만들자고 했지."

아서가 숨을 한 번 돌리고 말을 이었다.

"그런데 너도 알다시피 우리에게는 아기가 생기지 않았잖아. 그래서 친구네 자식들을 우리 자식처럼 대했단다. 톰과 조니에게 먼저 바비라는 아들이 태어났어. 사 년 뒤에 둘째 아들 클라이드가 태어났고. 그런데 바비는 클라이드의 이름을 발음하지 못해서 늘 카이트라고 불렀어. 그게 결국 클라이드의 별명이 됐단다. 아무튼 내가 하고 싶은 말은 이거야. 조니는 둘째를 임신했을 때 몹시 우울해했단다. 놀라에게 그 이유를 털어놨는데, 두 아이를 사랑할 수 있을지 자신이 없다는 거였어. 바비에게 느끼는 사랑만큼 둘째에게도 사랑을 쏟을 수 있을지, 그게 가능하다면 바비를 배신하는 게 아닌지 걱정이 많았어. 그 말을 듣고 놀라는 여동생 퍼트리샤가 둘째를 낳고 나서 한 말을 들려줬대. '막상 둘째가 태어나니까 심장이 두 개로 늘어난 것처럼 두 아이 다 사랑스럽더라'."

"알아들었습니다, 애처가 트루러브 씨." 매디가 말했다.

"알아들었다고?"

"네, 마음 써주셔서 고맙습니다."

아서가 방을 나서려는데 이번엔 매디가 붙잡았다.

"잠깐만요. 저도 드릴 말씀이 있어요."

"그래?"

매디는 벽장을 뒤져서 햄버거 부부 인형을 꺼내왔다.

"아, 거기 있었구나!" 아서가 기뻐하며 소리쳤다. "어디서 찾은 게냐?"

"실은 제가 슬쩍했어요." 매디가 고개를 푹 숙이고 말했다. "놀라 할머니 무덤에서요." 매디가 한참 뒤에 고개를 들었다. 안색이 다소 창백해 보였다. 나중에 루실에게 말해서 무슨 조치를 취해야 할 것 같았다. 시금치를 더 먹여야 하나? 아니면 간 요리라도?

"정말 죄송해요." 매디가 어렵사리 말을 이었다. "오늘 다시 가져다놓을게요. 인형이 너무 마음에 들었어요. 할아버지를 다시는 못 볼 거라 생각했거든요. 그래서 인형이라도 챙겨야지, 했어요. 정말 죄송해요."

"인형이 마음에 든다고?" 아서가 물었다.

매디가 고개를 끄떡였다. "완전 복고풍이잖아요!"

"거참 묘하게 됐구나. 실은 그 인형을 네 생일 선물로 줄 생각이었단다. 늦었지만 생일 축하한다!"

"정말이세요?"

매디의 좋아하는 표정을 누가 봤다면 에펠 탑을 선물로 받았다고 생각할 듯했다.

"그럼 정말이고말고."

매디는 책상 쪽으로 걸어가 햄버거 부부 인형을 벽에 붙여 세웠다. 두어 걸음 뒤로 물러나 살피더니 다시 가서 살짝 매만졌다.

"됐다!"

그런 다음 더플백에서 작은 사진을 꺼내 인형 옆에 세웠다. 아서가 다가가 사진을 살피며 물었다.

"너니?"

"아뇨, 엄마예요."

"아!" 아서는 사진을 다시 찬찬히 살폈다. "너를 낳고 겨우 보름 만에 세상을 떠났다더니, 참으로 안타깝구나."

매디가 놀란 목소리로 물었다. "그걸 어떻게 아셨어요?"

이런!

아서가 몸을 돌리고 매디를 쳐다봤다.

"실은 전에 네 아버지를 만났단다. 말하려고 했는데 때를 놓쳤구나. 네가 집을 나간 뒤에 네 공책에 적힌 내 주소지로 찾아왔나보더라. 내가 집에 없으니까 자기한테 전화해달라고 번호를 남겼더구나. 내가 그 번호로 전화해서 한 번 만났단다. 아버지가 네 걱정을 많이 하더구나. 너한테 말을 전해달라고 했어."

"무슨 말을요?"

'돈이 더 필요하면 보내주겠다고.'

"네가 집으로 돌아오길 바라더구나. 널 진심으로 사랑한다면서 네가 얼른 집에 돌아오길 바란다더라."

매디가 아서를 차분히 바라봤다. "아버지가 그렇게 말했어요?"

"물론 그렇게 말했지. 내 말은…… 그런 의미였다는 거야. 정확히 뭐라고 했는지는 기억나지 않는구나. 하지만 정말 그런 뜻으로 말했단다. 그동안의 일로 너한테 무척 미안해하는 것 같았어."

"아, 뭐 그러든지 말든지. 어쨌든 전 돌아가지 않을 거예요. 다 끝났어요. 돌아가는 게 저한테 이롭지도 않아요. 아셨죠?"

"알았다. 그나저나 네가 여기 있는 걸 아버지도 알고 있지, 그렇지?"

"네, 알고 있어요."

아서가 사진을 좀더 유심히 살폈다. "네 엄마, 참 예뻤구나."

"네."

"엄마를 쏙 닮은 너를 볼 때마다 아버지가 무척 힘들었을 것 같구나."

"반대로 저를 통해 엄마의 일부가 여전히 살아 있다는 사실에 기뻐할 수도 있었죠." 매디가 반박했다. "저를 상담해준 분이 그렇게 말했어요. 저도 그렇게 생각하고."

매디는 잠시 입을 다물었다가 다시 말했다. "한 가지 더 이야기해도 돼요?"

"물론 되고말고!"

"왠지 할아버지는 이해해주실 것 같아서요."

"그럼, 그럼. 귀를 쫑긋 세우고 들어주마." 아서가 자신의 커다란 귀를 가리켰다. 그리고 다시 책상 의자에 가서 앉았다. 매디도 다시 침대에 앉았다.

"그게 약간 기이한 이야긴데요. 제가 네 살 때 아버지한테
죽고 싶다고 말했어요."

아서가 숨을 헉하고 들이쉬었다.

"딱히 슬프거나 괴로워서 그랬던 건 아니에요." 매디가
얼른 말을 이었다. "주일학교에서 천국과 지옥에 대한 설교
를 들었거든요. 천국은 정말 멋진 곳일 것 같았어요. 더구나
그 전에 아버지한테서 엄마가 천국에 갔다는 말을 들은 터
라 꼭 천국에 가고 싶었어요. 그런데 설교 내용 중에는 죄를
지으면 영혼이 더러워진다는 이야기도 있었어요. 그걸 들을
때 문득 파리를 잡는 끈끈이가 떠올랐어요. 하얀 종이에 시
커먼 파리가 덕지덕지 들러붙은 모습이요. 나이를 먹으면
죄가 더 커질 것 같았어요. 그래서 일찍 죽는 게 낫다고 생
각했어요. 그래야 천국에 들어갈 수 있을 테니까."

매디가 잠시 숨을 고른 뒤 말을 이었다.

"그래서 어느 날 아버지에게 말했어요. 아버지는 주방 테
이블에서 신문을 읽고 있었어요. 제가 아버지한테 바싹 다
가가서 섰어요. 아버지는 신문 볼 때 말 거는 걸 싫어했어요.
하지만 제가 꼼짝 않고 서 있자 저를 무릎에 앉혔어요. 전에
는 그런 적이 별로 없었는데 아무튼 그날은 저를 무릎에 앉
히며 무슨 일이냐고 물었어요. 그래서 제가 대답했죠. '죽고
싶어요'라고. 그것도 아주 행복한 목소리로. 천국에 갈 생각
에 정말 행복했거든요. 그런데 아버지는…… 아버지는 폭발
했어요! 저를 무릎에서 밀치고 버럭 소리쳤어요. '누군 살고

싶어서 사는 줄 아니? 하지만 일단 태어나면 어떻게든 살아 내야 하는 거야!"

매디는 입을 다물었다가 시간이 한동안 흐른 뒤에 말을 이었다.

"전 뭘 어떻게 해야 할지 몰랐어요. 아버지가 왜 그렇게 화를 내는지 도무지 몰랐어요. 오히려 기뻐하실 줄 알았거든요. 제가 엄마한테 갈 테니까. 더 이상 아버지를 귀찮게 하지 않을 테니까. 제가 늘 아버지한테 짐인 것 같았어요. 제가 없는 게, 떠나버린 아내를 떠올리게 하는 제가 없어지는 게 아버지한테 더 좋을 것 같았어요. 아버지는 끔찍이 사랑하는 아내를 한순간에 잃어버렸어요. 순전히 저 때문에. 아버지는 아내를 잃었을 때 분별력도 잃어버렸어요. 결국 아버지의 삶도 완전히 무너져버렸어요."

아서가 뭐라고 이야기하려고 하자 매디가 손을 들어 막았다.

"알아요. 제 탓이 아니라는 걸. 하지만 꼭 제 탓인 것만 같아요. 그런 생각에서 벗어나고 싶지만 도저히 벗어날 수가 없어요."

아서가 고개를 끄덕였다. 깍지 낀 두 손을 무릎에 올리고 엄지손가락끼리 문지르며 말했다.

"네 아버지가 잘못 말했다는 것 외에 달리 뭐라고 말해 야 할지 모르겠구나, 매디. 난 네 아버지가 너를 꼭 안아주면서 참으로 놀라운 꼬마 철학자라고 말했어야 한다고 생각한다. 천국에는 아주아주 오랜 세월이 흐른 뒤에 가도 된다고 말했어야 한다고 생각해. 어린 나이에 아버지한테 그런 말을 들었으니 얼마나 놀라고 상처를 받았을지, 생각만 해도 마음이 아파. 그런데 말이다. 이만큼 살다 보니 사랑이 누구에게나 쉬운 건 아니라는 생각이 든단다. 누구한테는 너무나 복잡하고 어려울 수 있어. 사랑은 우리를 현명하게 할 수도 있지만 어리석게 할 수도 있거든. 한 가지 분명한 건, 네 아버지가 어리석기만 했던 건 아니라는 거야. 널 보면 알 수 있어. 네가 얼마나 예쁘고 바르게 자랐는지 보면 알 수 있어. 장담하건대 네 아버지는 너를 무척 사랑한단다, 매디."

매디의 눈에 눈물이 핑 돌았다. 아서는 뭐라고 더 이야기하고 싶었지만 때마침 초인종이 울렸다. 이어서 루실의 들뜬 목소리가 들렸다.

"여기요!"

아서와 매디는 서로 쳐다보기만 했다. 잠시 뒤, 매디가 일어났다.

"제가 열어드릴게요."

매디가 아래층으로 내려가자 아서는 벽장 쪽으로 가서 안을 살폈다. 부츠처럼 보이는 신발 한 켤레, 바지 한 장, 트레이닝 바지 한 장, 티셔츠 세 장, 요즘 아이들이 즐겨 입는 전투복 스타일의 재킷. 이게 전부였다. 그리고…… 어, 저건 뭐지?

"고든, 이 녀석! 거기서 나오지 못해!"

고든이 꼬리를 획 털면서 벽장 구석에 더 단단히 웅크렸다.

"마음대로 해라."

아서가 한숨을 쉬면서 말했다.

"제가 들게요." 아래층에서 매디의 목소리가 들렸다.

"그러렴." 루실이 말했다. "조심해야 한다. 죄다 농축 원액 인데, 엄청 비싸거든." 잠시 뒤 루실의 말이 이어졌다. "아니, 아니. 이 가방은 내가 끄마. 아주 가볍거든. 나머지 짐은 내일 이삿짐 업체에서 옮겨줄 거란다. 그나저나 내 방이 어딘지 아니?"

"내가 안내하리다." 아서가 계단 위에서 말했다. 그 순간 또다시 가슴이 쿵 내려앉았다.

아서는 루실에게 놀라의 재봉실을 내줄 생각이었다. 크기는 작아도 햇빛이 잘 들고 아늑한 방이었다. 꽃무늬 벽지는 아서가 오래전에 직접 발랐다. 그날 일하다 손가락을 베이기도 했다. 놀라가 수고했다고 저녁에 스프와 머핀을 차려주었다. 그나저나 옛일은 세세한 것까지 기억하면서 며칠 전 일은 죄다 잊으니, 참 알다가도 모를 일이다.

재봉실 선반에는 아직도 놀라의 재봉틀이 놓여 있었다. 아서는 내심 루실이 재봉틀 위치를 바꾸지 않기를 바랐다. 앞으로도 그 자리에 그대로 두고 싶었다. 루실이 원한다면 재봉틀을 사용해도 상관없었다. 다만 재봉틀 돌아가는 소리를 들으면 옛날 생각에 가슴이 미어질지도 몰랐다. 놀라는 아기 옷을 지으려고 재봉틀을 샀지만 아기 옷 대신 다른 것

215

만 잔뜩 만들었다. 그렇더라도 루실이 원한다면 재봉틀을 사용해도 괜찮았다.

아서가 재봉실로 안내하자 루실이 방 안을 둘러보며 말했다.

"벽지가 좀 일어났네요. 내가 손봐도 괜찮아요?"

"좋을 대로 해요. 그런데 저런 꽃무늬 벽지가 요즘도 나오는지 모르겠소."

"음…… 그럼 페인트를 칠하면 어떨까요?"

"그것도 괜찮을 것 같소."

"아, 잘됐네요! 요전 날 철물점에 갔다가 '저 색으로 방을 칠하면 정말 괜찮겠다!' 하고 찜해둔 페인트가 있거든요. 그 페인트를 정말 칠하게 될 줄은 몰랐어요. 빵 상자에서 흔히 볼 수 있는 분홍색인데, 정말 멋질 것 같지 않아요? 내 방에 들어올 때마다 제과점에 온 것처럼 느낄 거예요!"

아, 다정한 이웃사촌으로 지내던 때가 좋았다. 이 방에 들어올 때마다 위장약 펩토비스몰 병 속에 갇힌 기분이 들 것 같았다. 그래도 어쩌랴, 이제는 루실의 방이니 루실이 하고 싶은 대로 둘 수밖에. 각자 개성대로 사는 게 좋지 않겠는가! 놀라 생전에는 놀라가 하자는 대로 무조건 따랐다. 이제는 아서 마음대로 해도 뭐라고 할 사람이 없었다. 사실 아서는 예전부터 방에 말안장을 설치하고 싶었다. 카우보이들이 타는 널찍한 안장을 보면 늘 욕심이 났다. 이제라도 방 한쪽에 받침대를 나지막이 세우고 상점에 가서 안장을 사올까?

매디가 사내아이를 낳는다면 그 녀석도 분명히 좋아할 것이다. 안장에 올라타고 초원을 누비는 상상에 빠질 것이다.

받침대를 튼튼하게 세우고 안장을 단단히 고정하면 아서도 탈 수 있을 것이다. 아무렴, 탈 수 있고말고.

8월 말, 매디는 임산부용 바지를 사러 월마트에 갔다. 바지 코너에 거의 도착했을 때 앞쪽에 앤더슨의 모습이 보였다. 매디는 획 돌아서서 숨을 죽였다. 순식간에 돌아섰으니 앤더슨이 그녀를 봤을 것 같지는 않았다. 그런데 아뿔싸! 그도 매디를 봤다. 어느새 등 뒤까지 다가와 그녀를 불렀다.

"매디."

매디가 몸을 돌렸다. 앤더슨은 평소처럼 턱을 치켜들고 거만한 표정으로 웃고 있었다. 매디는 아무 말도 하지 않았다.

"이게 누구야?" 앤더슨이 말했다.

"오늘 비번인 줄 알았어요."

"비번 맞아. 그런데 어떤 녀석이 장례식에 가야 한다고 해서 대신 나왔어. 이렇게라도 만나니까 반갑지, 응? 그나저나 넌 요즘도 묘지에서 죽치고 노니?"

"바빠서 이만……."

앤더슨이 선반에 기대며 매디의 앞길을 막아섰다. 그리고 우람한 근육을 과시할 요량으로 가슴 앞에서 팔짱을 끼었다.

"이거 왜 이래?" 앤더슨이 능청스럽게 말했다. "콜라 한

잔 마실 시간은 있잖아. 프렌치프라이도 사줄게."

"됐어요. 시간 없어요."

"저번에 너희 집에 갔었어. 밖에서 한참 기다렸잖아. 날 보면 금방 뛰어나올 줄 알았는데…… 헛수고만 하고 말았지 뭐야."

예전 같으면 얼른 사과했을 것이다. 하지만 지금은 어림도 없었다.

앤더슨이 주변을 살피더니 얼굴을 가까이 붙이고 말했다.

"전처럼 못된 계집애처럼 굴어봐. 내 말 무슨 뜻인지 알지?"

매디가 코웃음을 쳤다.

"그래, 알아. 내가 좀 못되게 굴었지. 헛소리도 지껄이고."

"안다니 다행이네요. 나더러 돌았다면서 절대로 엮이고 싶지 않다고 했죠."

"그래, 그래. 내가 나쁜 놈이다. 하지만 네가 너무 갑작스럽게 들이댔잖아. 내가 얼마나 놀랐는지 아니?" 앤더슨이 말하다 말고 매디의 몸을 유심히 살폈다. "너 아직도……?"

"아직도 뭐요?"

앤더슨이 어깨를 으쓱했다.

"그러니까 아직도…… 임신 중이야?" 앤더슨은 매디가 심각한 병이라도 앓고 있는 것처럼 말했다.

매디는 '당신이 상관할 일 아니에요'라고 톡 쏘아주고 싶었다. 실제로도 그가 상관할 일이 아니었다. 하지만 다시는 그를 보지 않을 요량으로 이렇게 말했다.

"네, 아직도 임신 중이에요. 크리스마스가 예정일이에요."

앤더슨의 얼굴이 확 누그러졌다. "이야아아아."

매디는 앤더슨의 반응에 흠칫 놀랐다.

"가야 해요." 매디는 약간 겁먹은 얼굴로 걸음을 옮기기 시작했다.

앤더슨이 매디의 팔을 잡았다.

"이따 밤에 데리러 갈게. 여덟 시쯤."

젠장. 그랬다가는 아버지가 앤더슨에게 그녀의 소재를 알려줄 것이다. 아버지에게 미리 연락해서 알려주지 말라고 해야 하나? 그랬다가는 일이 더 커질 텐데.

"이젠 거기 살지 않아요."

"그럼 어디 사는데?"

"내가 어디 살든 당신이 상관할 일 아니에요."

앤더슨이 씩 웃었다. "뭐야, 혹시 죽은 마누라 보러 날마다 무덤에 간다는 그 늙은이랑 사는 거야? 그 노친네, 정말 노망난 거 아니야?"

매디가 앤더슨에게 대들 듯이 다가갔다.

"이봐요, 앤더슨. 당신 같은 사람은 천 년을 살아도 아서 모지스처럼 훌륭한 분을 쫓아갈 순 없어요. 당신의 그 옹졸한 눈으론 세상을 제대로 볼 수도 없고요. 애초에 당신을 만나지 말았더라면 좋았을 텐데."

"뭐라고 지껄이든 넌 지금 내 아이를 가졌어. 그러니

까⋯⋯"

"당신 아이 아니에요!" 매디의 눈이 이글이글 타올랐다.

"지금 나랑 농담 따먹기 하는 거야? 저번에는 내 아이라고 했잖아!"

"우리 둘 다 헛소리를 지껄였나보죠."

매디는 앤더슨이 따라오지 않기를 빌면서 자리를 떴다. 그는 따라오지 않았다.

집에 돌아오니 생각보다 시간이 늦었다. 오는 길에 굿윌 스토어에 들렀는데 운 좋게 괜찮은 임산부용 바지와 셔츠를 구했다. 아기에게 보여줄 책도 하나 구했다. 나무에 관한 책이었다. 배 속에서 자라는 생명체가 나중에 응애 하고 세상에 나와서 그녀가 읽어주는 이야기에 귀를 기울일 거라는 것이 아직은 실감나지 않았다. 그 아기가 반은 앤더슨의 핏줄이라는 점은 생각하기도 싫었다. 지금은 그저 아기에게 사랑과 정성을 쏟겠다는 생각뿐이었다. 아버지와 살면서 느꼈던 외로움과 서러움을 아기에게는 겪게 하지 않을 작정이었다.

"할아버지?" 매디는 현관으로 들어서면서 아서를 불렀다. 대답이 없었다. "어디 계세요?"

두 분 다 외출했나보다. 오븐에서 음식 냄새가 솔솔 풍기는 것으로 봐서 멀리 가지는 않았을 것 같았다. 주방에 가보니 오븐에서 닭과 감자가 익고 있었다. 카운터에는 먹음직스러운 파이가 놓여 있었다. 윗부분의 선홍색 껍질로 봐서 체리 파이 같았다.

매디는 위층에 가서 옷을 정리하고 책을 꽂았다. 나중에 아서에게 보여주고 괜찮은 책인지 물어볼 생각이었다. 원예와 나무에 대해서는 모르는 것이 없는 분이니까.

책상에는 여느 때처럼 햄버거 부부 인형과 엄마 사진이 놓여 있었다. 그런데 뭔가 달라진 듯했다. 자그마한 은빛 액자에 엄마의 다른 사진이 꽂혀 있었다. 아니, 다시 보니 똑같은 사진인데 이미지가 훨씬 선명해졌다. 매디는 액자를 집어 들고 엄마 얼굴을 뚫어지게 쳐다봤다. 자신만만한 표정으로 환하게 웃고 있었다. 매디는 앞으로 살면서 엄마처럼 환하게 웃을 날이 올지 확신할 수 없었다.

누가 이렇게 해놨을까?

그야 물론 아서나 루실일 터였다. 고양이가 그랬을 리는 없을 테니까. 혹시…… 아버지? 아니, 아서가 틀림없었다.

매디는 사진을 들고서 의자에 앉았다. 지금까지 슬프고 괴롭고 실망스러운 일을 워낙 많이 겪다 보니 두 노인이 퍼붓는 관심과 애정에 어떻게 대응해야 할지 몰랐다. 이토록 따뜻한 사랑을 받아도 되는지, 한순간 사라지는 것은 아닌지 못내 불안했다. 의문이 꼬리에 꼬리를 물고 이어졌다. 어린 시절 그토록 외롭게 자라지 않았다면 학교에서 친구들과 잘 지낼 수 있었을까? 친구들과 잘 지냈다면 묘지에 가서 아서 할아버지를 만날 수 있었을까? 라이언스 선생님의 주선이 없었다면 미술 대학에 입학할 수 있었을까? 여기 들어와서 살지 않았다면 두 노인이 베푸는 호의를 받을 수 있었을까?

그때 아서와 루실이 들어오는 소리가 들렸다. 매디는 그들을 맞으러 아래층으로 내려갔다.

"여기 있었구나!" 루실이 그녀를 한참이나 찾았다는 듯 반갑게 말했다. 그런데 실은 윌리건스라는 아이스크림 가게에 다녀온 것 같았다. 아서의 손에 아이스크림 포장 용기가 들려 있었다.

"엄마 사진을 예쁜 액자에 담아주셔서 고맙습니다." 매디는 목이 메어 간신히 말했다. 엄마만 생각하면 비통한 마음을 억누를 길이 없었다.

"아, 그건 루실의 아이디어란다." 아서가 말했다.

"그건 아니죠. 난 그저 프랭크의 사진을 크게 확대할 생각이었단다." 루실이 상황을 설명했다. "졸업 앨범을 뒤져서 프랭크의 사진을 하나 오렸어. 글자가 새겨진 스웨터를 입었는데 어찌나 잘생겼는지…… 아무튼 그걸 사진관에 맡겼더니 복원해서 8×10 크기 액자에 끼워주더구나. 아서가 그걸 보더니 낡고 해진 네 엄마 사진도 복원해서 액자에 끼워주자고 하더라."

"어쨌든 두 분 모두에게 감사드려요." 매디가 말했다.

"배고프니?" 루실이 물었다. 루실은 배고프냐고 물었을 때 그렇다는 대답을 듣는 것을 제일 좋아했다. 그런 다음에는 메뉴가 뭔지 떠벌리면서 테이블에 푸짐하게 차려냈다.

"네, 좀 고픈데요." 매디가 말했다.

"그럼 두 사람은 가서 씻고 와요. 그 사이에 난 식사를 준비할게요. 오늘은 로즈마리, 세이지와 타임을 넣어 구운 치킨, 버터와 사워크림을 발라 두 번 구운 감자, 시저 샐러드랍니다. 아기를 위해서 달걀은 약한 불로 삶았어요. 후식은 마사 워싱턴 여사의 레시피로 만든 체리 파이와 윌리건스의 프렌치 바닐라 아이스크림이에요."

9월 어느 날 오후, 아서가 묘지에 간 사이 매디는 청소를 마치고 방에서 휴식을 취했다. 책상 의자에 앉아 초콜릿 상자를 물끄러미 바라보는데 루실이 불쑥 들어왔다.

"크랜베리를 넣은 너트 바란다!" 루실은 예쁜 냅킨 위에 너트 바를 가지런히 담은 접시를 내밀었다. "오렌지 시럽을 발랐더니 맛이 끝내주는구나!"

매디가 흠칫 놀라며 초콜릿 상자를 손으로 가렸다. 그 모습을 보고 루실이 물었다.

"아, 내가 방해했니?"

"다른 사람의 사적인 공간에 들어오기 전에는 노크해야 한다고 생각해요."

루실의 표정이 금세 어두워졌다.

"괜찮아요." 매디가 초콜릿 상자를 한쪽으로 치우며 얼른 덧붙였다. "하지만 앞으로는……"

"아, 그래, 무슨 말인지 똑똑히 알아들었단다. 사생활을 존중해달라는 거지?"

루실이 대답을 듣지도 않고 초콜릿 상자를 가리키며 물었다. "그건 뭐니?"

매디가 쿡 하고 웃음을 터뜨렸다. "지금도 제 사생활을 침범하시네요."

루실이 멈칫하면서 물었다. "그럼…… 접시만 두고 나갈까?"

"네, 그래주셨으면 좋겠어요."

"혹시 우유 좀 가져다줄까? 우유랑 같이 먹는 게 좋거든."

"제가 나중에 가져다 마실게요."

"아니야, 너트 바랑 같이 마시는 게 좋잖아. 이것만 먹으면 목이 멜 거야."

루실은 접시를 책상에 내려놓으며 초콜릿 상자 안을 슬쩍 살폈다.

"그 안에 든 게 혹시 인형 가구니?"

매디는 한숨을 내쉬었다. 루실을 쏘아보려고 눈을 부릅떴지만 금세 눈물이 핑 돌았다. 임신하면 감정 기복이 심해진다더니 괜한 말이 아니었다.

"네, 다른 것도 있지만 인형 가구도 몇 개 있어요."

루실이 나갈 기미가 없자 매디는 상자를 루실 쪽으로 내밀었다. 진주 반지와 낡은 리본 등 그동안 애써 모은 물건을 보여줬다.

"어머나," 루실이 다정하게 말했다. "나도 저런 인형 가구가 있었는데. 자세히 봐도 되니?"

매디가 상자에서 인형 침대와 소파와 흔들의자를 꺼냈다.

"세상에, 이것 좀 봐." 루실이 맞잡은 두 손을 턱 아래에 붙이며 말했다. "네가 어릴 때 갖고 놀던 거니?"

매디가 어깨를 으쓱했다. "엄마 거예요. 더 있었을 텐데 이것밖에 못 찾았어요."

"어릴 때 난 항상 인형의 집을 가지고 놀았단다. 얼마나 좋아했던지, 나중에 꼭 이런 집에서 살겠다고 다짐했지. 햇빛이 환히 비추는 예쁜 집에서 행복하게 사는 걸 꿈꿨어."

루실이 어린 시절을 회상하며 말을 이었다.

"그래서 나중에 살고 싶은 집처럼 인형의 집을 꾸몄단다. 가구를 이리저리 배치해보고 창마다 레이스 커튼을 달았어. 천을 잘라서 침대보랑 자그마한 베개도 만들었고. 재봉은 어머니가 도와주셨지. 무릎을 꿇고 앉아 인형의 집을 바라보면 벌써 그 안에서 사는 것 같았어. 원하는 건 뭐든 다 이루어질 것 같았어. 손만 뻗으면 꿈꾸는 삶이 펼쳐질 것 같았어. 그 집이 세상에서 가장 행복하고 가장 완벽한 곳이라고 생각했어. 하지만 그건…… 다 가짜였어. 어린아이의 헛된 꿈에 불과했지. 난 참 어리석은 아이였어. 숱한 세월이 지난 지금은 어리석은 할망구가 됐고."

루실이 고개를 푹 숙이고 턱을 가슴에 묻었다. 갑자기 방

안에 침묵이 감돌았다.

한참 뒤에 매디가 입을 열었다.

"인형 가구를 만지다 보면 문득 엄마가 느껴져요. 엄마의 생전 모습이 그려지기도 하고요. 저도 가구를 옮기며 놀아요. 세 개밖에 없지만 그걸 이리저리 옮겨놓고 나머지는 그냥 상상해요. 어릴 때는 아무 데나 집을 꾸며놓곤 했어요. 덤불 밑에다가도 꾸며놓고 벽장 속에 숨겨둔 구두 상자 안에도 꾸며놨어요. 엄마의 인형 가구랑 잡지에서 오려낸 가구로 실내를 꾸미고 나무와 꽃, 덤불과 새로 정원을 꾸몄어요. 작은 집을 여기저기 만들어놓고 그 안에서 엄마랑 산다고 상상했어요. 그럼 정말 행복했어요."

루실이 잠시 주저하다 손을 뻗어 매디의 머리를 쓰다듬었다.

"그거 아니?"

"뭘요?"

"간절히 바라면 때로는 이루어지기도 한단다. 우리가 상상했던 것과 다른 방식일지는 몰라도 어쨌든 실제로 이루어진단다."

매디가 고개를 들고 루실의 눈을 쳐다봤다. 슬픔과 기쁨, 기쁨과 슬픔이 공존하는 연푸른 눈을 똑바로 쳐다봤다.

"루실 할머니?"

"응?"

"아래층에 내려가서 너트 바 같이 드실래요?"

루실이 얼굴을 활짝 펴면서 말했다. "그 소리가 언제 나오나 했단다."

저녁 식사를 마치고 세 사람은 현관에 나와 의자에 앉았다. 아기 이름을 뭘로 지을지 이야기하다가 의견이 분분하자 루실의 집을 팔지 말지에 대한 이야기로 화제를 바꿨다. 공인중개사 론다 하우스는 압박하고 싶지 않다고 하면서도 실제로는 루실을 압박했다. 거의 이틀에 한 번씩 아서네 집으로 전화했다. 가끔은 아서가 전화를 받았다. 아서는 론다와 가볍게 한담을 나눈 뒤에 루실을 바꿔줬다. 그것을 보고 루실은 매디와 단둘이 있을 때 론다가 아서에게 꼬리 친다고 흉을 봤다.

"론다 그 여자는 너무 나대는 것 같아. 아무나 보고 꼬리를 친다니까. 가슴 큰 여자는 원래 몸가짐이 헤프거든. 내가 지금까지 본 바로는 그렇더라고. 그 여자한테 집을 보여주는 게 꺼림칙하지만 워낙 수완이 좋아서 말이야. 가격을 제일 높게 받아줄 거야. 어쨌든 론다 말대로 겨울이 오기 전에 집을 파는 게 좋을 것 같아."

그런데 지금 셋이서 이야기하는 중에 아서가 집 매매를 반대하고 나섰다. "서둘러 팔 필요는 없어요, 루실. 준비도 안 된 상황에서 론다의 설득에 넘어가면 안 되죠."

매디는 아서가 론다의 이름을 언급하자 루실의 표정이 살짝 흔들리는 것을 놓치지 않았다. 매디 눈에는 루실이 론다를 질투하는 것처럼 보였다. 하지만 매디가 전에 만나본 론다는 꽤 괜찮은 사람이었다. 게다가 아서는 집으로 전화하는 사람이 누구든 즐겁게 한담을 나눌 것이다. 설사 상대가 전화를 잘못 건 사람일지라도.

"바로 그게 문제인데……" 루실이 말끝을 흐리다 덧붙였다. "아무래도 팔 때가 된 것 같거든요."

"좀더 시간을 두고 천천히 생각해봐요."

아서의 말에 루실이 돌연 입을 다물었다. 그러다 시간이 한동안 흐른 뒤 다시 입을 열었다. "당신이 정 그렇다면 어디 아파트라도 구해서 나갈게요."

"여기서 계속 지내도 괜찮아요. 모든 게 순조롭게 돌아가잖소." 아서가 말했다.

"하지만 겨우 몇 주밖에 지나지 않았잖아요. 지금까지는 괜찮았다 해도 나중에 당신 마음이……."

"허허, 괜찮다니까! 당신도 여기서 지내는 게 즐겁잖아요, 그렇죠? 우리도 당신이랑 같이 지내는 게 즐거워요. 그렇지 않니, 매디?"

"정말 즐겁죠!" 매디가 말했다.

"아, 그렇다면 됐어요. 그렇다면 됐어요." 루실이 거듭 말했다.

세 사람은 각자 생각에 잠겨 말없이 앉아 있었다. 어느새 저녁 어스름이 깔렸다. 구름이 흐릿해지고 새들도 날갯짓을 멈추고 둥지로 돌아갔다. 집집마다 불이 하나둘 들어왔다. 이번에도 루실이 침묵을 깼다.

"난 이제야 깨달았어요. 행복이 뭔지…… 낮에 두 사람이 외출했을 때 혼자 여기 나와서 앉아 있었어요. 앉아서 내 집을 바라봤어요. 현관에 놓인 낡은 의자가 눈에 띄더군요. 괜히 서글퍼지더라고요. 볼품없이 낡아 빠진 의자가 내 인생을 대변하는 것 같았거든요. 그동안 겉으로만 좋은 척, 괜찮은 척하면서 살았어요. 남들뿐 아니라 나 자신도 속였어요. 그런데 여기서 몇 주 지내는데, 참 행복했어요. 우습게 들릴지 모르지만, 왠지 행복이 나랑 같이 앉아 있는 것 같았어요."

루실은 매디가 앉아 있는 의자를 가리켰다.

"바로 이 자리에…… 사람이나 뭐나 되는 것처럼. 정말 행복이 내 옆에 앉아 있는 것 같았어요. 어떤 사람이 눈앞에 보이지 않는데도 꼭 곁에 있는 것처럼 느껴질 때가 있잖아요. 내 말 무슨 뜻인지 알아요?"

"알다마다요." 아서가 말했다. "나도 묘지에 갈 때마다 그렇게 느낀다오."

'저도 엄마가 곁에 있다고 느낄 때가 있어요.' 매디는 속으로만 말했다.

"아무튼 그랬어요. 행복의 화신이 거기에 앉아 있는 것 같았어요. 하지만 쳐다보면 사라져버릴까봐 감히 눈길을 줄 수 없었어요. 그런데 행복이 말하더군요. 행복이 실제로 말하더라고요. '날 보세요'라고. 그래서 고개를 돌리고 바라봤어요. 그러자 행복이 말했어요. '당신은 나를 보는 게 아니라 당신 자신을 보는 거예요'라고."

"그게 무슨 말이오?" 아서가 물었다.

"모든 게 자기 자신에게 달렸다는 뜻이에요. 그렇지 않아요?"

"내 생각엔, 베이킹 클래스를 시작한 게 좋은 영향을 미친 것 같소."

"그나저나 학생들이 당신 집으로 우르르 몰려와도 정말 괜찮겠어요?"

"이 시점에선," 아서가 힘주어 말했다. "러시아 군대가 몰려와도 괜찮소."

"그 말은…… 좋은 뜻으로 하는 거죠?"

"여부가 있겠소."

루실이 몸을 돌려 매디에게 말했다.

"그동안 혼자만 궁리하던 건데, 아기 이름을 엠마 진이라고 부르면 어떻겠니?"

"딸이라면 고려해볼게요."

"그야 당연히 딸이지. 난 이미 알고 있단다. 가서 확인해봐. 내 말이 맞을 테니까."

"전 미리 알고 싶지 않아요."

"그게 무슨 말이니? 넌 궁금하지도 않니?"

"궁금하지만 미리 알면 김새잖아요. 꾹 참고 기다렸다가 깜짝 놀라고 싶어요."

"흠, 깜짝 놀랄 일은 없단다. 딸이 확실하니까. 그래서 아기 용품을 죄다 분홍색으로 준비하고 있단다."

"괜찮아요. 아들도 얼마든지 분홍색을 입을 수 있으니까."

루실은 아무 말도 못 했고 아서는 머리만 긁적였다.

"세상이 바뀌었어요." 매디가 웃으며 말했다.

그때 다람쥐 한 마리가 잔디밭을 가로질러 뛰어왔다. 볼이 불룩했다.

"쥐새끼네!" 루실이 몸서리치며 말했다. "꼬리가 덥수룩한 쥐새끼!"

세 사람은 다람쥐가 앞발로 땅 파는 모습을 지켜봤다. 금세 녀석의 머리가 보이지 않을 만큼 구멍이 파였다. 그러자 녀석은 입에서 도토리를 꺼내 구멍 속으로 밀어 넣었다. 그런 다음 구멍을 다시 메웠다.

루실이 웃었다. "저런 모습 처음 봐요. 이제 보니 참 귀엽네요, 그렇지 않아요? 하, 저렇게 귀여운 걸 처음 보다니 그동안 뭐 하고 살았나 싶네요."

"때로는 곡예사처럼 나무에서 그네를 타기도 해요." 아서가 말했다. "난 산책하면서 그런 모습을 눈여겨보곤 해요."

"다람쥐는 꼬리로 균형을 잡는다고 들었어요." 매디가 말했다.

아서가 매디에게 미소를 보내며 말했다. "그렇단다."

"그나저나 쟤들은 숨긴 장소를 어떻게 찾아내죠?" 루실이 물었다. "그냥 아무 데나 파헤쳐서 남의 호두를 훔쳐 먹겠죠?"

"도토리죠." 아서가 말했다. "다람쥐는 껍질이 흰 떡갈나무보다 붉은 떡갈나무의 도토리를 더 좋아해요. 땅에 무작정 묻는 게 아니라 미리 침을 발라놓죠. 나중에 냄새로 찾아내려고. 눈이 쌓여 있어도 그 냄새를 맡을 수 있어요."

"평생 한 가지 음식만 먹어야 한다면 얼마나 끔찍할까요?" 루실이 말했다.

"다람쥐는 도토리만 먹는 게 아니오." 아서가 설명했다. "나뭇잎과 씨앗, 곤충 알도 먹어요. 미안한 이야기지만 새알도 먹는다오. 더 나쁜 건, 봄에 돋아나는 새싹과 예쁜 꽃도 먹어치운다는 거요."

"뼈도 씹어 먹는걸요." 매디가 거들었다. "칼슘을 섭취하려고요. 그리고 겨울에는 길거리에 떨어진 소금도 핥아 먹는대요."

"아니, 두 사람은 무슨 자연 다큐멘터리 채널만 보고 살았어요?"

그때 다람쥐가 도로 쪽으로 쏜살같이 뛰어가다 하마터면 다가오는 차에 치일 뻔했다. 매디는 다람쥐가 용케 피하자 안도의 한숨을 내쉬었다. 생명체가 죽는 모습을 차마 볼 수 없었다. 마음이 여린 탓도 있지만 인생의 허무함이 엄습했기 때문이다. 어린 시절의 암울한 기억이 되살아나 심란해졌다.

차가 다가와 진입로 근처에서 멈췄다. 어떤 남자가 내렸는데 어둑해서 누구인지 분간하기 어려웠다. 그런데 다음 순간 매디가 벌떡 일어나며 소리쳤다.

"맙소사!"

아서가 덩달아 일어나며 물었다 "누군데 그러냐?"

매디는 아서의 말을 들은 척도 않고 현관 난간에 기대 소리쳤다.

"여기가 어디라고 와요? 당장 꺼져요!"

"누군데 그래요?" 루실이 아서에게 물었다.

"난들 알겠소."

매디가 계단을 반쯤 내려가다 다시 소리쳤다.

"꼴도 보기 싫으니까 당장 꺼지라고요, 앤더슨."

"이렇게 찾아오라고 일부러 저 노친네 이름을 말한 거 아니었니?" 앤더슨이 반박했다. "내가 짠 하고 나타나서 널 구해주길 바랐던 거잖아. 자, 이렇게 왔으니까 됐지?"

"무슨 헛소리예요? 당신한테 구해달라고 말한 적 없어요. 방금도 말했다시피 당신 꼴도 보기 싫다고요."

"너야말로 헛소리하지 마."

"누군데 그러니? 괜찮은 게냐, 매디?"

현관에서 아서가 소리쳤다. 아서와 루실은 난간에 서서 고개를 빼고 쳐다봤다.

앤더슨이 집 쪽으로 고개를 돌렸다. "맙소사! 저치들이랑 같이 사는 거야?"

매디가 목소리를 낮췄다. "제발 그냥 가요, 앤더슨. 이렇게 느닷없이 찾아오면 어떡해요? 나중에 내가 전화할게요. 나중에 이야기하고 지금은 얼른 가라고요."

매디는 앤더슨의 팔을 잡고 차 쪽으로 끌어가려고 애썼다. 하지만 앤더슨이 거칠게 뿌리치는 바람에 균형을 잃고 넘어질 뻔했다.

"매디!" 아서가 소리쳤다.

매디는 앤더슨의 팔을 다시 붙잡았다. "당장 가지 않으면 경찰을 부를 거예요."

"빌어먹을! 아무 짓도 안 했는데 경찰을 불러서 뭘 어쩌겠다는 거야?"

"이봐, 젊은이!"

현관 계단에서 아서가 소리쳤다. 손에 야구방망이가 들려 있었다.

앤더슨의 표정이 바뀌었다.

"그걸로 뭐하자는 겁니까?" 앤더슨이 씩 웃으며 물었다.

"뭘 어쩌긴!" 아서가 소리치며 앤더슨 쪽으로 천천히 다가갔다.

앤더슨이 주먹을 불끈 쥐었다. "진정하는 게 좋을 거요, 노인 양반."

아서가 점점 빠르게 걸었다. 매디는 겁에 질려 꼼짝하지 못했다.

"이런 제기랄! 갈게요, 간다고요!" 앤더슨이 마지못해 걸음을 옮겼다. 하지만 속도를 높인 아서에게 거의 따라잡혔다.

앤더슨은 차 안에 뛰어들어 끼익 소리를 내며 진입로에서 빠져나갔다. 그러자 아서가 뛰기 시작했다. 세상에, 정말 뛰었다!

그러다 돌연 멈춰 섰다. 그리고 허리를 숙이더니 두 손으로 무릎을 짚었다. 매디가 얼른 쫓아왔다.

"괜찮으세요, 할아버지?"

"너야말로 괜찮니, 매디?" 아서가 거친 숨을 몰아쉬며 의기양양하게 물었다.

매디가 고개를 끄덕였다.

"도대체 무슨 일이에요?" 루실이 현관에서 소리쳤다. 주변 이웃도 무슨 일인가 싶어 창문으로 쳐다봤다.

"괜찮습니다." 아서가 소리쳤다. "다 끝났습니다, 여러분." 그런 다음 매디에게 돌아서서 말했다. "후유! 파이가 또 당기는구나. 넌 어떠냐?"

매디는 잠자리에 들기 전에 아서의 방 앞에 서서 문을 두드렸다. 아서는 침대에 누워서 아까 매디에게 했던 말을 상기하고 있었다. 자기 전에 하루를 돌아보며 정리하는 것은 오랜 습관이었다.

"들어오너라."

매디는 침대 옆에 서서 나무에 관한 책을 아서에게 건넸다. 아기에게 보여주려고 낮에 구입한 책이었다.

아서는 책을 받아 들고 찬찬히 살폈다.

"흠, 아주 괜찮은 책이구나." 아서가 책을 돌려주며 말했다. "나한테는 내용이 좀 부실하다만 배 속에 있는 녀석에겐 딱 좋겠다."

"할아버지는 아들이라고 생각하세요?"

"다른 것도 다 그렇지만" 아서가 루실의 말투를 흉내 내며 말했다. "난 아기의 성별은 틀린 적이 없단다." 그때 아래층에서 루실이 코 고는 소리가 들렸다. 아서가 어깨를 으쓱하며 진지하게 덧붙였다. "딸이든 아들이든 넌 잘 키울 거야."

"저도 그렇게 확신할 수 있으면 좋겠어요." 매디가 말했다.

"틀림없다니까." 아서가 매디를 올려다보며 말했다. 안경 너머로 아서의 갈색 눈이 커다랗게 보였다. 매디는 그 모습이 참으로 귀엽다고 생각했다. 하지만 버릇없다고 생각할까 봐 차마 입 밖에 내지는 못했다.

"안녕히 주무세요, 할아버지." 매디가 말했다.

매디는 자기 방으로 가서 분홍색 흔들의자에 앉아 사진집을 펼쳤다. 한 손을 배에 올리고 의자를 살살 흔들면서 사진을 하나씩 살폈다. 시간이 얼른 흘렀으면 했다.

장미 꽃잎이 다 떨어지고 9월이 훌쩍 지나갔다. 그동안 세 사람은 현관 의자에 앉아 따사로운 볕을 쬐며 버스에서 쏟아져 나오는 학생들을 지켜보곤 했다. 학생들은 삼삼오오 몰려가며 책가방으로 치고받거나 혼자 생각에 잠겨 어슬렁어슬렁 걸어갔다.

계절이 바뀌면서 날씨가 오락가락했다. 월요일에는 재킷을 걸쳐야 했지만 화요일에는 셔츠 차림으로 잔디에 누워도 될 만큼 따뜻했다. 물론 아서처럼 바닥에 앉거나 누웠다가 혼자서는 절대로 못 일어나는 사람은 어림도 없었지만. 딱 이맘때쯤이면 놀라는 감자를 깎다 말고 잔디에 누워 하늘을 바라보곤 했다. 앞치마를 두른 채 누워서 둥둥 떠가는 구름을 향해 손을 흔들었다. 하루는 아서가 일을 마치고 집에 돌아왔는데, 놀라가 뒤뜰에 벌렁 누워 있었다. 손에는 감자 껍질 벗기는 칼이 그대로 들려 있었다. 놀라는 아서를 보자 하늘을 가리키며 소리쳤다.

"저기 좀 봐요! 코끼리가 있어요. 당신도 보여요?"

아서는 확실히 보인다고 맞장구를 쳐주었다. 상대가 하는 말에 무조건 맞장구치는 것, 부부라면 모름지기 그래야 한다고 아서는 생각했다.

아서와 매디가 현관 의자에 앉아 있던 어느 날, 매디는 그날따라 유심히 아이들을 쳐다보다 아서 쪽으로 몸을 돌렸다.

"저는 할아버지처럼 아이들에게 실수하지 않을 자신이 없어요."

아서는 곧 태어날 아기를 위해 작은 나무로 새를 깎고 있었다. 그래서 눈길을 돌리지 않고 대답했다.

"그건 나도 자신이 없단다. 사람은 누구나 실수를 저지르니까. 때로는 잠결에도 실수를 저지르잖니. 어쩔 수 없는 거란다. 실수하지 않으려고 노력하는 것, 그게 중요하단다. 또 필요할 때는 얼른 사과하고."

매디는 발을 올려서 의자에 걸치려고 했다. 하지만 몸을 이리 틀고 저리 틀어도 다리를 올릴 수 없었다. 조금 있으면 발을 내려다보지도 못할 것이다. 그리고 혼자서는 신발도 못 신을 것이다.

매디는 아서가 나무로 새를 깎는 모습을 물끄러미 지켜봤다. 명상에 잠긴 것처럼 마음이 차분해졌다. 어쩜 저렇게 재주가 많으실까? 아서는 정말 못하는 것도 없고 모르는 것도 없는 사람 같았다. 게다가 성품은 또 얼마나 너그러운지, 아서 앞에서는 뭘 좋아한다는 말을 꺼내기가 조심스러웠다. 뭐가 좋다고 말하면 다음 날 당장 가져다줬다. 매디가 학교 다닐 때 필통을 좋아했다고 말하자 다음 날 아서는 시가 상자로 만든 필통을 매디의 책상에 올려놨다. 안에는 반짝이는 연필 여러 자루와 분홍색 지우개가 들어 있었다. 게다가 기다란 필통 옆에 자그마한 필통도 있었다. 열어보니 고무 젖꼭지가 들어 있었다. 파란색이었다.

핼러윈이 얼마 남지 않았다. 아서는 자러 들어가려다 매디의 방에서 새어 나오는 불빛이 신경 쓰였다. 매디는 평소에도 수다스러운 편이 아니었지만 오늘따라 유난히 말이 없었다. 거의 한마디도 하지 않았다. 아서는 매디가 루실과 함께 핼러윈 사탕을 만드느라 지친 모양이라고 생각했다. 두 사람은 사과를 막대기에 끼워 캐러멜을 입힌 태피 애플을 오십 개도 넘게 만들었다. 루실은 부모들이 요즘 아이들에게 그런 간식을 허락하지 않는다는 사실을 용납하지 못했다. 그래서 태피 애플에 일일이 메모지를 달아놨다.

이것은 독이 든 사과가 아닙니다. 제빵 장인 루실 하워드가 직접 만든 태피 애플입니다. 의심스러우면 555-9986으로 전화해주세요.

루실은 또 막대 사탕을 유령처럼 보이게 하려고 휴지로 감싸는 일을 매디에게 맡겼다. 매디는 사탕을 휴지로 감싼 뒤 주황색이나 검정색 끈으로 머리 부분을 묶었다. 그리고 검은 펜으로 엽기적인 모양의 눈을 그려 넣었다. 아서도 한동안 거들다가 화장실에 다녀온다는 핑계로 자리를 떠났다. 그 뒤로 주방에는 얼씬도 하지 않았다. 두 여자는 나중에 아서가 거실에서 코 고는 소리를 들었다. 고든도 아서의 무릎에서 잠들어 있었다.

일이 마무리된 지금, 아서는 방으로 들어가려다 말고 매디의 방문을 두드렸다.

"누구세요?"

"고든!" 아서가 말했다. 실제로 고든이 매디의 방문 앞에 누워 있었다.

"들어오세요."

아서가 문을 열었다. 매디는 침대에 앉아 벽에 기대고 있었다. 루실이 만들어준 누비이불로 몸을 감쌌다. 아서가 다가가자 매디가 이불로 뭔가를 가렸다. 큰 눈이 평소보다 더 커다랬다. 왠지 불안해 보였다. 아서는 앤더슨이 매디를 괴롭히나 싶어 가슴이 철렁했다.

"불이 켜져 있길래 궁금해서 들렀단다. 몸은 괜찮니?"

"견딜 만해요."

"내가 도와줄 건 없니?"

"없어요." 매디가 마른침을 꿀꺽 삼켰다.

고든이 훌쩍 뛰어올라 매디 옆에 앉았다. 몸의 긴장을 풀지 않은 채 꼬리를 세워 살살 흔들었다. 그 모습이 꼭 매디를 지키는 경호원 같았다.

아서는 의자로 가서 앉았다.

"네 사생활을 엿볼 생각은 없다만, 혹시 그 녀석이 괴롭히지는 않니? 앤더슨이라는 녀석 말이다."

"아니에요." 매디의 목소리가 기어들어갔다.

"그런데 왜……?"

매디가 왈칵 울음을 터뜨렸다. 아서는 벌떡 일어나 매디의 침대로 다가갔다. 고든이 침대에서 책상으로 훌쩍 자리를 옮겼다.

"정말 괜찮은 거냐? 아픈 데는 없고?"

"네, 괜찮아요. 다만……" 매디가 문 쪽을 힐끔 쳐다봤다. "저 문, 잠글 수 있나요?"

"그야 물론이지. 그것 때문이냐? 침입자가 나타날까봐 걱정하는 거야?"

"아니에요."

매디가 누비이불을 만지작거렸다.

"매디, 말해보렴."

매디가 아서를 쳐다봤다.

"루실 할머니가 시도 때도 없이 제 방에 불쑥 들어오지 않았으면 좋겠어요. 할머니가 싫다는 말이 아니에요. 좋아하긴 하지만…… 출산할 때 무슨 일이 벌어지는지 자꾸만 말씀하셔서…… 너무 무서워요!"

"루실이 뭐라고 했는데?"

매디가 흐느끼면서 말했다. "몸이 반으로 쪼개지는 것처럼 아플 거랬어요."

매디가 눈물로 얼룩진 얼굴을 들고 나직이 물었다. "할머니 지금 어디 계세요? 우리 이야기를 듣는 건 아니겠죠?"

"자고 있단다. 방 앞을 지나는데 드르렁드르렁 코 고는 소리가 들리더구나. 세인트루이스 교향악단에서 타악기 파트를 맡아도 될 것 같더라."

매디가 저도 모르게 쿡 하고 웃었다.

"루실이 출산에 대해 얼마나 아는지는 모르겠지만 아기를 직접 낳아보지도 않았단다."

"저도 알아요. 하지만 할머니는 아기를 낳은 사람들과 이야기를 많이 해보셨대요."

"그런 이야기라면 나도 많이 했단다!"

"정말이세요?"

"흠, 꽤 많이 했다고 할 수 있지. 그런 이야기는…… 주로 여자들끼리 나누니까. 하지만 한 가지는 확실히 말해줄 수 있단다. 놀라의 친구 하나는 겨우 삼십 분 만에 아기를 낳았다더구나. 아기가 기름을 두른 대포알처럼 쑥 빠져나왔다더라."

"첫아이가 아니었을 거예요."

"맞아. 그런데 어떻게 알았니?"

매디가 누비이불 밑에 감추고 있던 책을 꺼냈다. 《임신·출산·육아 대백과》라는 제목의 낡고 두툼한 책이었다.

"여기에 첫 출산이 가장 오래 걸린다고 쓰여 있어요. 구글에서 검색한 내용에도 죄다 그렇게 나오고요. 약을 복용할지 말지, 왜 이건 하고 저건 하면 안 되는지, 분만 단계별 상태와 호흡하는 방법 등등 온갖 정보가 나와 있는데 무슨 말인지 하나도 모르겠어요! 아기를 아프게 하고 싶지 않지만 도무지 어떻게 해야 할지 모르겠어요. 적힌 대로 해보기는 하는데 제가 맞게 하는지도 자신이 없어요."

매디가 다시 흐느끼기 시작했다. 손으로 얼굴을 가리고

몸을 앞뒤로 흔들며 말했다.

"엄마가 곁에 있으면 좋겠어요."

아서는 목이 메어 말이 잘 나오지 않았다. 묵묵히 고개를 끄덕이다 간신히 입을 열었다.

"저번에 그 뭐냐, 아마즈 수업인가 뭔가 등록하지 않았니?"

매디가 훌쩍이며 말했다. "라마즈요?"

"그래, 라마즈!" 아서가 거듭 따라 했다. "라마즈. 그런데 그게 무슨 뜻이냐?"

매디가 어깨를 으쓱했다. "저도 몰라요. 등록만 해놓고 못 갔어요. 같이 갈 사람이 있어야죠. 다들 남편이랑 오는데 저만 혼자 갈 수는 없잖아요."

"혼자 가지 않아도 돼." 아서가 말했다.

매디가 아서를 쳐다봤다.

"나랑 같이 가면 되잖아."

"그러실 필요 없어요, 애처가 트루러브 씨. 마음만 먹으면 혼자라도 갈 수 있어요. 다만……"

"다만 뭐냐? 혼자 가기 싫으면 내가 같이 가마. 거기서 뭘 하는지 나도 궁금하구나!"

"말씀만으로도 고마워요. 그런데 그게…… 바닥에 앉아야 하거든요."

"바닥에 앉아야 한다고? 아니, 왜 굳이 그래야 하는데?"

"도와주는 사람은, 그게 여자든 남자든, 임신부 뒤에 앉아서 도와줘야 하나봐요. 사진으로만 봐서 이유는 저도 모르겠어요."

"흠, 그렇다면 접이식 의자를 가져가련다. 의자에 앉아서 해도 되지 않겠니?"

"글쎄요."

"그럼 이렇게 하자. 첫 수업에 나도 같이 가마. 네 할아버지라고 말하자. 괜찮지? 일단 가서 뭐가 어떻게 돌아가는지 보자. 그 뒤에 내가 따라가는 게 좋은지 아닌지 네가 결정하렴. 점심 무렵만 아니라면 나는 아무 때나 가능하단다."

"좋아요. 수업은 저녁에 있어요. 다만 제 할아버지라고 하지 않고 친구라고 할게요."

"그럼 더 좋지." 아서는 허리를 펴려고 자리에서 일어난 뒤 책을 가리키며 물었다. "그건 어디서 났니?"

"굿윌 스토어에서 샀어요."

"좀 오래된 책 같구나."

"네, 좀 그렇죠. 가끔 도서관에 가서 구글 검색도 하지만 전 책이 더 좋아요. 책에 나오는 옛날 사진들을 보면 엄마들은 다 예뻐 보여요. 다들 예쁜 머리띠를 두르고…… 그동안 책을 많이 모았거든요."

아서가 방을 둘러보며 물었다. "그래?"

매디가 침대에서 내려와 벽장으로 가서 문을 열었다. 정말 책이 잔뜩 쌓여 있었다. 아서가 가서 살펴보니 모두 임신과 출산, 진통에 관한 책이었다. 맨 위에는 아이가 말할 수 있을 때 주로 묻는 질문에 관한 책이 놓여 있었다. 그 책은 아서에게도 흥미로워 보였다. 아서가 책을 집어 들며 물었다.

"이 책도 읽었니?"

매디가 고개를 끄덕였다.

"읽을 만하더냐?"

"네, 뭐 그럭저럭. 그런데 배 속에 있는 아기도 음악을 들을 수 있다는데, 알고 계셨어요?"

"그래?"

"그렇대요."

아서가 목소리를 낮추고 속삭였다. "그럼 지금 우리가 하는 이야기도 들을 수 있다니?"

"여기엔 그렇다고 나와 있어요. 심지어 손가락도 빤대요. 태어난 뒤에 물건을 집을 수 있을 때가 되면 빛도 집으려고 한대요. 밝은 빛에 대고 주먹을 쥐고는 손으로 잡았다고 생각한대요. 멋지지 않아요? 아기는 사람들이 말을 걸어주고 노래를 불러주는 걸 좋아한대요. 또 품에 안겨 있는 걸 좋아하면서도 때로는 혼자 있고 싶어 한대요. 혼자서 생각에 잠긴대요. 그리고 아기를 안는 방법은 사진으로 봤는데, 저도 할 수 있을 것 같아요."

"그렇구나."

아서는 창가로 가서 밖을 내다봤다. 하늘에는 보름달이 환히 떠 있었다. 달빛을 받아서 나무 꼭대기가 은빛으로 빛났다. 아서는 돌아서서 매디를 물끄러미 바라봤다. 그의 눈에는 매디가 둥지에서 떨고 있는 새끼 새보다 더 여려 보였다.

"부탁 하나 하자꾸나."

"네, 말씀하세요."

"난 네 엄마처럼 해줄 수는 없단다. 하지만 네 이야기를 들어주고 뭐든 너와 함께 배울 수는 있어. 원한다면 병원에 같이 갈 수도 있고. 그리고 녀석이 태어나는 날에는 분만실 앞에서 기다릴 거야. 그리고 두 번째로 녀석의 탄생을 환영할 거란다."

"세 번째일 거예요." 매디가 안타깝다는 듯 말했다. "루실 할머니가 먼저 예약하셨거든요."

"흠," 아서가 말했다. "이건 루실이 좌지우지할 사안이 아니란다. 알았니? 네가 결정할 사안이야."

매디가 아서를 쳐다봤다.

아서가 손으로 매디를 가리켰다. "네 마음대로 정해도 돼!"

"알았어요!"

"이제 좀 괜찮니?" 아서가 물었다. "잘 수 있겠어?"

"네, 고맙습니다."

아서는 아기들이 처음으로 묻는 질문에 관한 책을 몇 장 넘겨봤다.

"이 책에 꼬마 사내애들의 귀여운 사진이 많구나."

"꼬마 계집애들 사진도요." 매디가 말했다.

"그야 물론이지. 내가 좀 빌려가도 되겠니? 읽던 책을 다 읽어서 안 그래도 뭘 읽을지 궁리하던 참이거든."

"네, 가져가세요."

"다 읽고 나서 궁금한 걸 물어봐도 되겠니?"

"네, 물어보세요."

매디는 침대에 누워 이불을 덮었다.

"나가면서 불 좀 꺼주실래요?"

아서는 불을 끈 다음 자기 방으로 향했다. 매디가 그동안 뭘 읽었는지 얼른 살펴보고 싶었다. 나중에 매디와 책 내용에 대해 이야기할 생각이었다. 물론 루실과도 이야기할 것이다.

한 지붕 아래 살면서 그동안 매디 혼자 끙끙 앓도록 놔뒀다는 것이 못내 미안했다.

나무마다 단풍이 곱게 물들었다. 비가 적게 내려 11월인데도 알록달록한 단풍잎이 그대로 붙어 있었다. 그 모습이 눈부시게 아름답다고 아서는 생각했다. 너무 아름다워서 때로는 눈이 시리고 가슴이 아렸다. 밝은 노란색, 검붉은 색, 산호 같은 분홍색과 주황색, 스테인드글라스처럼 알록달록한 색 등 잎들은 저마다 개성을 뽐냈다. 루실은 파라핀지 사이에 잎사귀를 놓고 다리미로 다린 다음 주방 창문에 걸어 놨다. 학교에서 아이들을 가르칠 때 즐겨 하던 활동이었다.

"요즘 아이들은 아마 나뭇잎도 인터넷으로만 볼 거야." 루실이 잎사귀를 다리면서 투덜거렸다.

루실은 아기를 위해서 온갖 물건을 만들었다. 손수건과 턱받이를 시작으로 깔개와 베갯잇, 속싸개와 겉싸개와 이불 들이 속속 완성되었다. 대부분 분홍색이었다. 재봉틀 돌아가는 소리가 나자 아서는 처음에는 가슴 아팠지만 이제는 집 안에 생기가 돌아서 오히려 좋았다. 흥미진진한 스포츠 경기를 보는 것처럼 신났다. 루실과 매디가 '스타와 함께 춤을'이라는 프로그램을 켜놓고 빨래 개는 모습을 보는 것도 좋았다. 일주일에 한 번씩 침대 머리맡에 깨끗하게 세탁된 티셔츠와 반바지와 양말이 놓여 있는 것도 좋았다. 건조기에서 꺼낸 셔츠와 바지를 곧장 옷걸이에 걸어서 주름 하나 없었다. 매디가 가구에 레몬 오일을 뿌려가며 닦았기 때문에 집 안에 레몬 향이 은은하게 풍겼다. 욕조도 늘 반짝반짝 윤이 났다. 루실은 아서가 사용하던 세정제를 유기농 제품이나 무독성 제품, 글루텐이 없는 제품으로 교체했다. 아서는 두 여자가 가끔 뭐라고 속닥이는지, 저런 물건을 어디에서 구하는지 몰랐다. 하지만 아무렴 어떤가! 집 안에 사람 사는 냄새가 가득했다. 게다가 놀랍게도 매디와 루실은 거의 언제나 변기 시트를 위로 세워놨다!

루실은 늘 영양가가 높은 스프와 스튜를 준비했고 수시로 간식을 내놨다. 전날에는 캐러멜 롤케이크를 구웠는데 냄새가 너무 좋아서 아서는 냄새 때문에 심장 쇠약에 걸릴 것 같다고 불평했다.

"그건 당신을 위해 만든 게 아니에요. 수업 시간에 견본으로 보여줄 거라고요."

말은 그렇게 하면서도 루실은 늘 아서와 매디 몫을 넉넉히 남겨뒀다. 물론 거기에는 본인 몫도 있었다. 오전에 베이킹 클래스가 끝나면 항상 테이블 한가운데 커다란 접시가 놓여 있었다. 세 사람을 위한 특별 간식이었다.

"요새 자꾸만 살이 쪄요."

매디가 불평할 때마다 아서와 루실은 한 목소리로 외쳤다. "그게 당연한 거거든."

오늘 아침, 루실이 양귀비 씨를 넣은 달걀빵 만드는 법을 가르치려고 분주히 (그리고 시끄럽게) 준비하는 동안 아서는 놀라와 이른 점심을 먹으려고 묘지로 향했다. 햇살이 따스하게 비치는데도 으슬으슬 추웠다. 고마움과 경계심을 동시에 느끼게 하는 계절이었다. 겨울이 머지않아서 상점 진열대에는 두꺼운 코트가 잔뜩 내걸렸다.

아서는 누구에게 지시라도 받은 사람처럼 울타리 쪽으로 향했다. 놀라의 무덤에서 멀리 떨어진 곳인데 차 소리가 시끄럽게 들려서 자릿세가 저렴할 것 같았다. 묻힌 사람들이 그런 것을 의식할지는 모르지만 아서는 늘 그들에게 안쓰러운 마음이 들었다. 하긴 의식한다 해도 그들은 이제 직책 따위를 비교하며 비통해하지는 않을 것이다. 불평하지도 않고 그냥 있는 그대로 받아들일 것이다. 아서는 그렇게 생각했다. 그래야 마음이 놓였다.

끝줄에 있는 한 무덤에는 돌로 된 천사 조각상이 있었다. 천사가 날개를 접고 두 손을 모은 채 지긋이 내려다보고 있었다. 이 무덤의 주인은 누구일까? 아서는 눈을 가늘게 뜨고 이름을 살폈다.

'제임스 린튼. 1970년 2월 17일 출생, 2003년 1월 3일 사망.'

흠, 이 사람도 젊은 나이에 세상을 떠났군. 암이었나? 아, 그게 아니로군.

'자동차 사고였다. 차가 빙판길에 미끄러졌다. 라디오 방송의 채널을 돌리려다 차가 미끄러지는 순간 그는 알아차렸다. 트럭 쪽으로 돌진하는 순간 자신이 죽을 거라는 사실을 알아차렸다. 그 짧은 순간에 그는 이미 떠날 준비를 마쳤다.'

아서는 한 손에 모자를, 다른 손에 의자를 들고 서 있었다. 갑자기 의자를 펴고 무덤 앞에 앉았다. 남의 무덤 앞에 앉기는 이번이 처음이었다. 그는 이미 떠날 준비를 마쳤다.

아서의 친구들은 모두 세상을 떠났다. 병원에서 임종을 앞둔 친구를 보면 다들 준비를 마친 것 같았다. 그들은 하나같이 이승을 등질 준비를 마쳤다. 아서는 속으로 그들이 이승을 등지면서 동시에 저승을 마주하기를 진심으로 바랐다. 세상 만물에는 계절이 있다. 살면서 그걸 깨닫지 못했다면 헛산 것이나 다름없다. 봄의 탄생, 여름의 충만함, 가을의 찬란한 분투, 겨울의 안식. 한 계절이 끝나면 늘 다음 계절이 찾아온다.

'제임스 린튼. 서른둘. 쌍둥이의 아버지.'

아서는 일어서서 의자를 접었다. 아버지가 집에 들어오면 바짓가랑이를 붙잡고 좋아했을 쌍둥이에 대해서는 생각하고 싶지 않았다. 제임스는 준비를 마쳤더라도 쌍둥이는 그러지 못했을 것이다. 돌아오지 않는 아버지를 기다릴 쌍둥이가 떠오르자 아서는 고개를 저었다. 실제 같은 상상의 세계에서 얼른 빠져나오려고 걸음을 재촉했다. 어깨 너머로 제임스의 무덤을 돌아보는데 가슴이 아렸다.

아서는 주변을 좀더 둘러봤다. 벤저민 스펜서의 묘비 옆에 돌로 된 개가 있었다. 프리다 로니의 무덤에는 칠면조 그림이 있었다. 아이들이 손으로 그린 것 같은 그림이었다. 베스 앤 킹의 짙은 화강암 표지석에는 흐느끼는 여자가 새겨져 있었다. 아서는 그것을 보고 얼른 고개를 돌렸다.

수전 제임스의 무덤을 지나가는데 다시 이미지가 떠올랐다.

'휴가 중에 수상 스키를 타다 사고로 죽었다. 수전은 마지막으로 짙푸른 하늘에 떠다니는 구름을 보면서 눈을 감았다.'

헨리 윌콕스의 무덤에서는 또 다른 이미지와 이야기가 흘러나왔다.

'백한 살까지 참으로 고집스럽게 살았다. 샤워할 때 외에는 회중시계를 절대로 몸에서 빼지 않았다. 심지어 샤워할 때도 시계가 시야에서 벗어나지 않도록 변기 뚜껑을 덮고 그 위에 올려놨다. 시계를 왜 그렇게 애지중지하는지 아무도 이유를 몰랐다. 누가 물어보면 "상관하지 마"라고 대꾸했다. 결국 자동차 사고로 죽었는데, 이발소에 가다가 달려오는 차에 치었다.'

브루스 허드슨의 무덤도 지나갔다.

'우스갯소리를 듣고 발끈해서 주먹다짐을 벌이다 마흔다섯 살에 뇌진탕으로 죽었다.'

아서는 놀라의 무덤에 도착하자 숨이 턱까지 차올랐다. 접이식 의자를 펴고 얼른 앉았다.

"놀라, 날은 화창하지만 겨울이 어느새 코앞으로 다가왔구려."

아서는 더 이상 아무 말도 하지 않았다. 가만히 앉아 햇볕을 받으며 축축한 대지에서 올라오는 은은한 향기를 음미했다.

놀라는 겨울에도 꽃을 보고 싶어 했다. 일주일이 멀다 하고 꽃집에서 저렴한 꽃다발을 사왔다. 한번은 주방 테이블에 놓인 화병 주위로 둥그렇게 꽃잎이 떨어져 있었다. 아침 식사를 하면서 아서는 떨어진 꽃잎을 치우고 줄기에 붙은 시든 잎도 떼려고 했다. 놀라가 그 모습을 지켜보다 말했다.

"지금 뭐 하는 거예요?"

"보면 모르겠소?" 아서가 말했다. "시든 잎을 떼는 거잖아요."

"떼지 말아요. 내 눈에는 시든 잎도 여전히 예뻐요. 시들어 떨어지는 것도 생의 일부잖아요. 꽃망울이 맺힌 상태로 우리 집에 와서 꽃잎을 활짝 벌려 고운 자태를 뽐내다가 이젠 이별을 준비하는 거잖아요. 서서히 이별을 준비하게 놔둬요. 떠날 때가 되면 알아서 떨어질 거예요. 어느 한순간도 소중하지 않은 때가 없어요."

그날 한 시에 아서는 매디와 함께 산부인과에 가기로 했다. 아기의 심장 소리를 들으면 신기할 거라면서 같이 가자고 매디가 계속 졸라댔다. 아무래도 다른 꿍꿍이가 있는 것 같았다. 매디와 루실은 아서에게 자꾸 의사를 만나보라고 채근했다. 그가 식욕도 없고 체력도 떨어지고 복통도 점점 심해졌으며 틈만 나면 잠에 빠져들었기 때문이다. 텔레비전을 보다 맞장구쳐달라는 뜻으로 그를 쳐다보면 아서는 고개를 한쪽으로 떨어뜨리고 입을 벌린 채 잠들어 있었다. 아서를 귀찮게 하지 않는 유일한 존재는 고든이었다. 하긴 생각해보니 고든도 제 나름대로 그를 감시하는 듯했다. 요즘 들어서는 아서 곁을 좀처럼 떠나지 않았다. 심지어 잠도 날마다 그의 침대에서 잤다. 날이 환히 밝을 때까지.

매디는 산부인과 의사라도 아서를 보면 단박에 이상이 있음을 감지하고 검진 받도록 조치해줄 거라고 판단한 듯했다.

"아기는 잘 자라고 있습니다!" 아서는 헌터 박사가 하는 말을 상상했다. "하지만 어르신은 잘 지내지 못하는 것 같습니다. 마지막으로 검진을 받아보신 게 언제입니까?"

의사가 뭐래든 아서의 결심은 확고했다. 검진 받을 필요가 없다고 확신했다. 아서는 요즘 무슨 불만이 있거나 기분이 우울하지도 않았다. 오히려 그 반대였다. 집 안에는 어느 때보다 활기가 넘쳤고 애정과 웃음이 가득했다. 그와 루실과 매디는 '월튼네 사람들'(대공황 시절 부모님을 모시고 육 남매를 키우며 사는 월튼 부부의 이야기)의 축소판 같았다. 서로 상처와 아픔을 보듬어주고 기쁨과 행복을 나눴다. 아서는 그 어느 때보다 즐거운 마음으로 아침에 눈을 떴다. 그런데 의사에게 검진을 받아보라고? 이제는 그럴 필요가 없었다. 나이를 이만큼 먹었으니 그에 맞게 살면 됐다. 아서는 기다란 화물 열차의 맨 뒤에 연결된 승무원 칸과 같았다. 기관차는 종착역에 가까웠지만 승무원 칸은 한참 멀었다. 아직은 괜찮았다. 놀라의 활짝 핀 꽃처럼 그는 여전히 가지에 붙어 있었다. 하지만 언제 떨어져도 괜찮았다. 이미 떠날 준비를 마쳤으니까.

아서와 매디가 진료실로 들어가자 헌터 박사가 황급히 일어나서 아서를 맞았다.

"그동안 어떻게 지내셨습니까, 어르신?"

박사는 아서의 손을 덥석 잡더니 고개를 삐딱하게 젖히고 아서의 눈을 유심히 살폈다. 분명히 눈의 흰자위가 노르스름해진 것을 포착했기 때문일 것이다. 그동안 아서는 불빛에 반사돼서 그렇다며 대수롭지 않게 넘겼다.

"나야 더할 나위 없이 잘 지냈네." 아서가 말했다. "의사 양반은 어떻게 지냈나?"

"저도 잘 지냈습니다."

의사는 매디 쪽으로 몸을 돌리고 아서가 듣지 못하게 뭐라고 잠시 속삭였다. 그런 다음 매디의 복부에 찐득찐득한 뭔가를 바르더니 마이크 같은 것이 달린 봉으로 배를 쓱쓱 문질렀다. 난데없이 쿵덕쿵덕하는 소리가 요란하게 나는 바람에 아서는 의사에서 벌떡 일어날 뻔했다.

"이 소리 들리시죠?" 의사가 웃으며 물었다.

아서는 의사를 빤히 쳐다봤다. "그런데 이게…… 이게 아기가 내는 소리란 말인가?"

"네, 아기의 심장 소리입니다."

"무슨 문제라도 있는 건가?"

"그럴 리가요!" 의사가 말했다. "건강한 심장 박동 소리를 듣고도 그런 말씀을 하십니까?"

"태아의 심장 박동 소리가 이렇게 요란하단 말인가?"

"그야 증폭시켜서 그렇습니다." 헌터 박사가 말했다.

"허, 그렇더라도……" 아서가 잠시 쉬었다가 덧붙였다. 사내 녀석인가보군."

"반반이죠." 의사가 우쭐한 표정으로 말했다.

아서는 의사가 이미 알고 있다고 생각했다. 그래서 한쪽 눈을 찡긋해 보였다. 하지만 의사는 벌써 매디 쪽으로 시선을 돌렸다. 그나저나 눈은 왜 찡긋했을까? 흠, 그건 태아가

사내아이였으면 하는 바람에서 무심코 나온 행동이었다. 나중에 아서라고 불릴지도 모르니까! 누가 알겠는가?

추수감사절을 이틀 앞두고 매디는 봄에 들어갈 대학교의 행정실에 다녀왔다. 같은 처지의 싱글맘 룸메이트와 기숙사에서 아기를 돌보면서 공부도 할 수 있다는 것이 아직도 실감나지 않았다. 매디는 기숙사 방을 구경하고 아기가 낮 동안 머물 어린이집도 둘러봤다. 윤기 나는 원목 테이블이 늘어선 도서관도 구경했다. 여기에서 공부할 생각을 하니 가슴이 마구 뛰었다. 학교 측에서는 수업 시간이 아니라도 일주일에 두 번씩 아기를 무료로 돌봐준다고 했다. 아울러 한 달에 한 번씩 관리자가 방문해 매디가 공부하고 생활하는 데 힘든 점은 없는지 점검한다고 했다. 매디는 열심히 공부해서 높은 성적을 받을 자신이 있었다.

버스를 타고 오는 내내 매디는 즐거운 상상에 빠졌다. 기숙사 방에서 따뜻한 잠옷 차림으로 앉아 있는 장면이 떠올랐다. 무릎에는 사진 촬영 기법에 관한 교과서가 놓여 있었다. 밖에는 눈이 내리고 아기는 곤히 잠들어 있었다.

버스가 정류장에 가까워지자 어쩔 수 없이 현실 세계로 돌아와야 했다. 학교 측에서는 각종 편의를 제공하면서도 교과서는 무료로 제공하지 않았다. 아서가 책값을 내주겠다고 제안했지만 매디는 받지 않을 생각이었다. 책값 정도는 내고도 남을 만큼 돈을 모아놨다. 앞날에 대비해 월급을 알 뜰히 모았다.

매디는 집에 가기 전에 도서관에 들러 영화를 몇 편 빌릴 생각이었다. 화질이 나쁜 텔레비전을 고치는 데 월급의 일부를 투자했다. 아서와 루실을 옆에 앉히고 옛날 영화를 보는 일이 무척 즐거웠다. 영화 내용보다 영화에 등장하는 각종 소품과 배우들의 대사가 더 재미있었다. 의상과 전화기, 자동차, 배경 음악, 춤 따위에 눈길이 갔다. 등장인물이 구사하는 표현도 흥미로웠다. '와, 거참 좋은 생각이야!'라는 말을 옛날 사람들은 'Say! Gee, that's swell!'이라고 표현했다. 클로즈업 장면에서 여배우를 흐릿하게 촬영하는 기법도 마음에 들었다. (1950년에 나온 〈선셋 대로〉의 마지막 장면에서) 글로리아 스완슨이 눈을 까뒤집듯 크게 뜨고 살짝 찡그리듯 미소를 지을 때도 그렇게 연출되었다. 당시 글로리아 스완슨이 하는 대사도 무척 인상 깊었다. "좋아요, 드마일 감독님, 클로즈업으로 찍을 준비가 됐어요." 살인 사건을 취재하러 몰려든 기자들이 카메라를 들이대자 영화를 찍는 것으로 착각해서 내뱉은 말이었다.

물론 아서와 루실이 평소 쓰는 말에도 옛날 표현이 있었다. 매디는 두 노인을 무척 사랑했고, 그들과 함께 사는 것이 정말 좋았다. 그런데 이런 생각이 들 때마다 순간적으로 두려움에 휩싸였다. 그런데 그 두려움은 외부에서 비롯된 것이 아니라 속에 숨어 있다가 부지불식간에 그녀를 엄습했다.

저번 날 밤에는 루실이 만든 팝콘을 먹으며 〈내 사랑 시카고〉(Pennies from Heaven)라는 뮤지컬 코미디를 봤다. 매디는 분홍색 모포를 두르고 영화를 보다가 노랫말에 깜짝 놀랐다. 행복은 역경을 이겨낸 것에 대한 보답이라는 내용의 가사였다. 최근에 그녀의 삶은 어마어마한 행운이 넝쿨째 굴러들어온 것 같았다. 이만큼 큰 행운을 받을 자격이 없다는 목소리가 자꾸만 귓전을 맴돌았다. 얼마 가지 않아서 사라질 거라고, 좋은 것은 영속될 수 없다고 자꾸만 속삭였다. 때로는 그녀가 잘못을 저질러서 모든 것을 잃게 될 거라고도 했다. 그런 목소리가 들릴 때마다 매디는 무시하려고 애썼다.

매디는 버스에서 내려 도서관으로 향했다. 갑자기 배 속에서 아기가 꿈틀거렸다. 반사적으로 배에 손을 대고 아기의 움직임을 느꼈다. 걸음을 옮기면서 평소처럼 아기에게 말을 걸었다. 그런데 바로 그때 신호등이 바뀌면서 차 한 대가 멈춰 섰다. 낯이 익어서 보니 앤더슨의 차였다. 걸음을 멈췄다. 다행히 앤더슨은 그녀를 보지 못했다. 옆자리에 앉은 금발 여자에게 키스하려고 몸을 기울이고 있었다. 매디는 불현듯 앤더슨이 해줬던 키스가 떠올랐다. 불룩한 배에 손을 올리고 그가 다른 여자에게 키스하는 모습을 지켜보자니 가슴이 무너져 내렸다. 아기도 그 모습을 지켜보는지 움직임을 멈췄다. 어처구니없게도 그에게 돌아가고 싶은 마음이 솟구쳤다. 정말 말도 안 되는 일이었다. 하지만 그녀의 심장이 올가미에 걸려 앤더슨 쪽으로 살살 당겨지는 것 같았다.

처음으로 배불뚝이 모습으로 서 있는 자신이 부끄러웠다. 배에 대고 있던 손이 절로 떨어졌다.

그 뒤로는 남자 친구를 사귀지 않았다. 앞으로도 사귈 것 같지 않았다. 그런 생각을 하기에는 어린 나이지만, 곧 아이가 태어날 것이다. 상황이 복잡하게 꼬일 것이다.

신호등이 바뀌고 앤더슨의 차가 멀어져갔다. 매디는 다시 미소를 지었다. 이제 곧 집으로 돌아갈 테니까.

아서가 주방에 들어가자 루실이 추수감사절 메뉴를 정하느라 고심하고 있었다. 아서가 커피를 따라서 자리에 앉자 루실이 속사포처럼 떠들어 댔다.

"지금까지 열네 가지 요리를 생각해뒀어요."

아서가 뭐라고 반응하기도 전에 루실은 손을 휘 저으며 말했다.

"걱정하지 말아요. 하나는 크랜베리 오렌지 소스, 하나는 그냥 크랜베리 소스, 하나는 파커하우스 롤빵(빵 반죽을 둥글 넓적하게 민 다음 반으로 접어서 구운 빵으로 파커하우스 호텔에서 처음 내놨다고 해서 붙은 이름), 그리고 네 개는 디저트예요. 셋이서 먹기에는 좀 많겠지만 추수감사절인데 넉넉하게 해야죠."

"그래야죠!" 아서가 말했다. 왠지 비스킷을 바라며 주인 앞에서 꼬리 치는 강아지가 된 기분이었다. 분명히 좀 많은 것이 아니라 엄청나게 많을 것이다. 그나저나 아서는 요새 통 입맛이 없었다. 고든보다도 적게 먹었다.

"누굴 초대하는 게 어떻겠소?" 아서가 물었다.

루실이 찡그리며 아서를 쳐다봤다. "누구를?"

아서는 딱히 떠오르는 사람이 없었다. 친구들은 이미 죄다 죽은 것 같았다. 그러다 간신히 한 사람 떠올렸다.

"집배원?"

"오, 아서." 루실이 말했다. "갑자기 서글퍼지네요. 추수감사절 만찬에 초대할 사람이 하나도 없다니!"

"집배원은 왜 안 된다는 거요?"

루실은 잔뜩 쌓여 있는 요리책에 한 손을 내려놓으며 말했다.

"초대할 사람이 없다고 어떻게 아무나 초대해요? 집배원이 누군지도 모르잖아요! 집배원이 누군지 정말 알아요?"

"흠, 썩 괜찮은 사람이에요. 당신도 알잖아요! 키 크고 호리호리한 남자 말이오. 머리카락은 붉고 턱수염도 기르고…… 이름이 뭐였더라…… 아, 에디! 그래! 이름이 에디예요."

루실이 팔짱을 끼고 아서를 빤히 쳐다봤다.

"에디? 성은 뭔데요?"

아서가 고개를 숙이고 커피 잔을 바라봤다.

루실이 아서의 손을 토닥토닥 두드렸다.

"누구에게라도 베풀고 싶은 당신 마음은 나도 알아요. 하지만 충동적으로 누굴 초대하기에는 너무 늦었어요. 다들 계획을 세웠을 거라고요."

"당신 수업에 오는 사람들은 어떻소?"

"아서."

"왜요?"

루실이 한숨을 푹 내쉬었다.

"왜요?" 아서가 거듭 물었다.

"가르치는 사람은 말이죠, 이건 순전히 경험에서 우러나오는 말이니까 명심해요. 가르치는 사람은 학생과 일정한 거리를 유지하는 게 좋아요. 알았죠? 어렸을 때 화장실에서 선생님과 마주치고 싶지 않았던 거 기억해요? 지금도 그렇답니다. 여기 오는 수강생들이 내 사생활에 끼어들게 할 순 없어요. 그랬다간 제4의 벽(연극에서 객석을 향한 가상의 벽을 일컫는 말)을 무너뜨리게 된다고요!"

아서가 주변을 둘러봤다. "제4의 벽?"

"하하, 내 말 무슨 뜻인지 알잖아요."

"아무튼 잘 찾아보면 초대할 사람이 분명히 있을 거요. 흠…… 매디의 아버지는 어떻소?"

"지금 농담해요?" 루실이 눈을 가늘게 뜨고 몸을 앞으로 내밀더니 낮은 목소리로 말했다. "그는 좋은 사람이 아니에요. 알잖아요. 분명히 자기 딸에게도 잘해주지 않았을 거예요. 매디가 왜 우리랑 산다고 생각해요? 불쌍한 것! 안돼요! 매디 아버지를 초대하는 건 절대로 안 돼요."

"그럼 매디에게 물어봅시다." 아서가 말했다.

때마침 매디가 주방으로 들어왔다. 학교에 다녀오느라 빨간 스웨터에 검은 코듀로이 바지 차림이었는데 누구라도 돌아볼 만큼 예뻤다. 루실은 평소에 매디가 에바 가드너를 닮았다고 말했는데 정말 닮은 데가 있었다.

"저한테 뭘 물어보시게요?" 매디가 물었다.

"아무것도 아니다."

루실이 얼른 말했지만 그와 동시에 아서가 큰 소리로 물었다. "추수감사절에 네 아버지를 초대하면 어떻겠니?"

"아서!" 루실이 소리치며 뒤로 물러나려다 요리책 하나를 바닥에 떨어뜨렸다.

"제가 주울게요."

매디는 요리책을 집어 루실에게 건넸다. 그런 다음 아서에게 말했다.

"네, 저희 아버지를 초대하면 좋겠어요. 두 분이 괜찮으시다면."

"물론 괜찮고말고." 루실이 얼른 말했다. 아서는 그런 루실에게 눈을 흘기고 싶은 마음을 꾹 참았다.

"너희 아버지도 칠면조를 좋아하니?" 루실이 물었다.

뭐 그런 걸 묻느냐고 아서는 생각했다. 칠면조를 좋아하지 않는 사람도 있을까? 그건 물을 좋아하지 않는 것이나 마찬가지일 것이다. 혹시라도 매디 아버지가 칠면조를 썩 좋아하지 않는다고 생각하면 루실은 분명히 최상급 소갈비를 사올 것이다. 집이 팔리면 죽을 때까지 다 쓰지도 못할 만큼 큰돈이 들어올 거라고 노래했다. 하지만 이렇게 마구 써 댄 다면 금세 거덜 닐 것 같았다. 아서는 루실이 집 매각을 후회할까봐 걱정했지만, 루실은 자기 집을 건너다볼 때마다 새로운 주인이 집을 어떻게 꾸밀지 걱정했다. 어제는 베이킹 클래스에서 가르칠 멍키 브레드(반죽을 동글동글하게 여러 개 만든 다음 붙여서 구워 하나씩 뜯어먹을 수 있는 빵으로 원숭이가 바나나를 뜯어먹는 것과 비슷해서 붙은 이름) 재료를 준비하다 자기 집을 힐끔 쳐다보며 말했다. "누가 들어오든 겉창은 아무 데도 달지 않았으면 좋겠어요."

"저희 아버지도 칠면조를 좋아할 것 같아요."

매디의 말을 듣고 루실과 아서는 놀라서 서로 쳐다보기만 했다. 추수감사절 만찬을 준비한 적이 한 번도 없느냐고 차마 물어보지 못했다. 직접 준비하지는 않았더라도 누군가의 집에 초대받은 적도 없다는 것이 믿기지 않았다. 아서는 그게 사실인지 확인하고 싶지도, 알고 싶지도 않았다.

그런데 매디가 먼저 털어놨다.

"추수감사절에 늘 중국 음식을 먹었거든요. 실은 기념일이면 늘 그랬어요. 어쨌든 아버지가 닭이랑 오리를 좋아하는 건 알아요. 그러니까 칠면조도 좋아하겠죠."

"그럼 오리도 준비하마." 루실이 말했다. 하지만 매디와 아서가 이구동성으로 반대했다.

"그럴 필요 없소!"

"그러지 마세요!"

"알았어, 알았어! 어차피 오리를 어디서 구해야 하는지도 몰라요." 루실이 말했다. "너희 아버지에게 오후 네 시까지 오라고 전해라."

루실은 웃어 보이려고 애썼지만 앙다문 입술에는 주름만 잡혔다. 아서는 루실이 왠지 의기소침해 보인다고 생각했다.

"흠, 정말 잘됐소!" 아서가 말했다. "내가 나무를 구해오리다. 그날 거실 벽난로에 불을 피웁시다."

"그럼 저는 문에 걸 화환을 만들게요." 매디가 말했다.

아서 옆에 앉아 있던 고든이 야옹 소리를 냈다. 혹자는 고양이가 사람들과 어울리는 것을 싫어한다고 하지만 절대로 그렇지 않다.

루실은 침대에 누워서 내일 할 일을 찬찬히 검토했다. 주방 찬장 문에는 요리 이름과 순서를 잔뜩 붙여놨다. 파이와 크랜베리 소스, 컵케이크와 휘핑크림, 롤빵과 샐러드는 벌써 준비해뒀다. 손님들이 돌아갈 때 나눠줄 호박 케이크도 준비해뒀다. 참, 손님은 한 명뿐이구나. 매디의 아버지. 루실은 아직도 그를 초대하는 것이 영 꺼림칙했다.

예수님은 모든 사람을 용서하라고 하셨다. 루실은 예수님 말씀처럼 선량한 기독교인이 되려고 애썼다. 그래도 이 문제에서만큼은 예수님이 너무 지나친 것 같다는 생각을 지울 수 없었다.

몸을 이리저리 뒤척이는데 예전에 들었던 말이 얼핏 떠올랐다. 모두 다 용서할 수 없다면 아무것도 용서할 수 없다. 대충 그런 이야기였던 것 같았다.

그렇다면 살인죄로 감옥에 갇힌 사람도 용서해야 하나? 공상적 박애주의자는 재소자에게도 읽고 쓰는 법을 가르쳐야 한다고 주장한다. 그래서 일부 재소자는 잠자리와 식사뿐 아니라 대학 교육까지 제공받는다. 그것이 다 루실을 비롯한 납세자들 주머니에서 나가는 돈으로 이루어진다. 참나! 그나저나 살인죄로 복역 중인 자들은 도대체 어떤 사람들일까? 왜 그런 짓을 저질렀을까? 무엇 때문에 그런 끔찍한 짓을 저질렀을까? 그런 짓을 하도록 타고났을까? 아니면 길러졌을까?

아, 그만! 루실은 어찌 됐든 매디의 아버지에게 상냥하게 대하기로 마음먹었다. '어서 와요!' '와줘서 고마워요!' '어떤 일을 하나요?' '매디에게서 들었는데 낚시를 아주 잘한다면서요!' 순전히 가여운 매디를 위해서 그렇게 할 생각이었다. 그렇지만 혹시라도…….

루실은 침대 머리맡의 램프를 켰다. 일어나 앉아서 어떻게든 심란한 마음을 가라앉히려고 애썼다. 매디가 아버지와 시간을 오래 보내다 자신감을 잃으면 어떡하지? 만에 하나 아버지를 따라 집으로 돌아간다고 하면 정말 어떡하지?

그런데 그때 문 밑으로 봉투가 쓱 들어왔다. 얼른 뛰어가서 봉투를 집어 들고 문에 기대앉았다. 그들은 가끔 서로의 문 밑으로 쪽지를 밀어 넣었다. 잡지나 신문, 만화에서 읽은 이야기나 새로운 레시피, 시 따위를 적어서 공유했다. 매디 는 굿윌 스토어에서 아주 예쁜 편지지를 구해 루실에게도 나눠주었다. 가끔 십자 낱말 퍼즐을 오려서 넣어주기도 했 다. 낱말 퍼즐을 풀다 보면 뇌의 노화가 지연된다는 말을 어 디서 들은 듯했다. 흠, 그런 것이 아니라도 루실은 머리 쓸 일이 아주 많았다. 게다가 그런 것을 풀 시간도 없었다. 요리 하고 각종 물품을 만드는 일만으로도 시간이 모자랐다.

루실은 봉투를 열면서 영화배우들의 충격적인 이야기가 적혀 있기를 은근히 기대했다. 그런 이야기를 읽는 것이 재 미있었다. 물론 루실만 그런 것은 아니다. 유명 인사의 신 변잡기를 늘어놓는 잡지들이 왜 그렇게 많이 팔리겠는가? 루실은 잡지마다 좀더 특색 있는 내용을 다뤄줬으면 했다. 하지만 〈모션 픽쳐 *Motion Picture*〉〈모던 스크린 *Modern Screen*〉〈포토플레이 *Photoplay*〉 등 제목만 다르지 취급하는 내용은 거의 똑같았다. 루실은 이런 가십성 기사를 좋아하 고 즐겨 읽으면서도 한편으로는 영화배우들이 보통 사람들 과 다른 존재처럼 보이길 바랐다. 한번은 루실의 생일날 매 디가 억지로 데려간 네일숍에서 잡지를 뒤적이다가 '영화배 우! 그들도 우리와 똑같다!'라는 제목의 기사를 읽었다. 루 실은 기사 내용에 전혀 동의할 수 없었다. 천만에! 우리는 그들과 똑같지 않다. 똑같기를 바라지도 않는다. 베이킹을 배우러 오는 수강생들은 강사인 그녀를 동급으로 보지 않았다. 루실의 경험과 남다른 노력을 높이 샀다. 루실도 영화배우를 자기처럼 평범한 사람이 아니라 특별한 사람이라고 생각하고 싶었다. 아무튼 그날 페디큐어를 받았는데, 평소 그런 데 돈 쓰는 일을 허영이요 사치라고 비난했지만 직접 받아보니 기분이 끝내줬다!

루실은 안경을 꺼내 쓰고 파랑새 두 마리가 그려진 편지지를 펼쳤다. 매디가 보라색 잉크로 꼭꼭 눌러쓴 메모가 보였다. 어디선가 인용한 문구였다. 매디는 여기저기서 괜찮은 인용문을 찾아냈다. 때로는 에스테이트 세일(집주인이 사망했을 때 유품을 정리하고자 벌이는 대대적인 세일)에서 얻은 편지 묶음에서도 감동적인 표현을 찾아냈다. 이번에 찾은 인용문은 이랬다.

가족을 이루는 방법은 무엇인가? 서류에 의해서도 아니고, 법원 판결에 의해서도 아니다. 우연한 출생에 의해서는 더더욱 아니다. 진짜 가족은 우리가 끈끈하게 엮이고 싶은 사람을 스스로 선택했을 때 이루어진다. 그런 사람과 맺은 유대감은 우리 가슴속에 살아 있다.

인용문 밑에는 이렇게 적혀 있었다.

아버지를 초대해주셔서 고맙습니다. 진짜 가족은 아니지

만 아버지는 저와 어떤 식으로든 엮여 있거든요.

루실은 편지를 가슴에 대고 꼭 안았다. 이 아이는 어쩌면
이렇게 세심할까? 정말 사랑하지 않을 수 없었다. 루실은 내
일 추수감사절 만찬에서 그야말로 훌륭한 안주인 노릇을 수
행하기로 마음먹었다. 마사 스튜어트도 울고 갈 정도로 멋
지게!

루실은 다시 침대로 돌아가 램프를 껐다. 그리고 자신의
코 고는 소리를 들으면서 단잠에 빠져 들었다. 사람들이 코
고는 소리를 왜 그렇게 싫어하는지 이해할 수 없었다. 루실
에게는 그 소리가 백색 소음처럼 마음을 차분히 가라앉혀
주었다.

추수감사절, 매디의 아버지가 약속 시간보다 십 분 일찍
도착했다. 마침 매디가 아서를 도와 거실에 막 불을 피운
뒤였다. 창밖으로 아버지의 차가 집 앞에 멈추는 모습이 보
였다.

"아버지가 왔어요!"

아서가 창가로 와서 밖을 내다봤다. 아서는 창문을 두드
리며 스티븐에게 안으로 들어오라고 손짓했다.

"저쪽에서는 여기가 안 보일 거예요." 매디가 말했다.

"뭐라고?"

"저쪽에서는 여기가 안 보일 거라고요!"

"아." 아서가 코트를 가지러 옷장 쪽으로 천천히 걸어갔다.

"제가 나갈게요." 매디가 말했다. "할아버지는 할머니에게 아버지가 왔다고 전해주세요."

매디는 서둘러 재킷을 걸치고 밖으로 뛰어갔다. 딸이 뛰어오는 모습을 보고 아버지는 고개를 끄덕인 뒤 엔진을 끄고 차에서 내렸다. 아버지의 시선이 매디의 불룩한 배에 꽂혔다가 얼굴로 이동했다. 한눈에 봐도 무척 놀란 듯했다. 놀랐지만 그렇게 보이지 않으려고 무던히 애쓰는 듯했다. 아버지 손에는 주황색 셀로판지가 덮인 바구니가 들려 있었다.

매디가 추워서 몸을 웅크리며 소리쳤다. "안으로 들어가세요!"

"그래." 말은 그렇게 하면서도 아버지는 움직이지 않았다.

"아버지?"

"아, 그래." 아버지가 매디 쪽으로 걸어왔다. 매디 앞에 이르자 다시 입을 열었다. "좋아 보이는구나. 이렇게 직접 보니까 반갑다."

"오랜만이에요. 아버지도 좋아 보이시네요."

매디는 아버지를 똑바로 쳐다봤다. 이렇게 아버지 눈을 똑바로 쳐다본 적이 있나 싶었지만 전혀 움츠러들지 않았다.

"춥니?" 아버지가 물었다.

"괜찮아요." 매디는 아버지의 팔을 잡고 집 안으로 들어갔다. 루실이 앞치마 차림으로 두 사람을 맞이했다. 앞치마에는 신나게 뛰노는 칠면조가 여러 마리 그려져 있었다. 아서도 흰 셔츠와 정장 바지, 파란색 페이즐리 무늬 넥타이 차림으로 그를 환영했다. 망설이던 고든도 앞으로 슬쩍 다가왔다. 매디가 채워준 주황색과 갈색 체크무늬 나비넥타이를 매고 있었다. 매디로 말하자면, 벨벳으로 된 초록색 임부복을 입었다. 남이 입던 옷이 아니라 새것이었다. 아버지는 황갈색 브이넥 스웨터에 갈색 바지를 입었는데 썩 잘 어울렸다. 매디 눈에도 아버지가 잘생겨 보였다.

"약소하지만⋯⋯." 스티븐이 고리버들 바구니를 루실에게 내밀었다.

"어머나, 세상에!" 루실이 호들갑스럽게 말했다. 그리고 셀로판지 안을 슬쩍 엿보더니 말을 이었다. "이것 좀 봐요! 히코리 팜스 선물 세트네요! 이걸 싫어할 사람은 아무도 없죠! 우리도 다 좋아해요." 루실이 한 번 더 활짝 웃으며 덧붙였다. "정말 고마워요. 그리고 환영해요!"

"그래, 어서 오게!" 아서가 말했다. "와인 한잔하겠나? 레드 와인, 화이트 와인, 로제까지 다 있다네."

"스파클링 사이다랑 탄산수도 있어요." 루실이 말했다.

"아, 그리고 맥주도." 아서가 말했다.

옆으로 물러나서 입술을 깨물며 지켜보던 매디가 그제야 미소를 지었다.

"아, 레드 와인이 좋겠습니다." 스티븐이 말했다.

"제가 가져올게요." 매디가 나섰다. "다들 자리에 가서 앉으세요. 루실 할머니도요."

"난 애피타이저를 가져와야 하는데."

"그것도 제가 가져올게요."

"그럼 포일을 꼭 벗겨야 한다!"

"네, 알았어요."

아서와 루실은 소파에 앉고 스티븐은 아서의 안락의자에 앉았다. 매디는 주방에서 루실이 하는 말을 들었다.

"매디에게서 들었는데 낚시를 아주 잘한다면서요!"

그날 밤, 매디는 방에 혼자 앉아서 아버지가 가져다준 선물을 풀었다. 조그마한 가죽 앨범이었다. 낡고 해진 앨범에는 처음 보는 엄마 사진이 여러 장 있었다. 매디를 임신했을 때 찍은 모습도 있었다. 매디는 손가락으로 엄마의 불룩한 배를 살살 쓰다듬었다.

결혼식 사진도 있었다. 엄마는 소박한 흰색 드레스를 입고 머리에 안개꽃을 꽂았다. 아버지와 엄마는 기쁨으로 얼굴이 환히 빛났다. 구세군 아파트에 차린 신혼집 사진도 몇 장 있었다. 매디는 사진에서 엄마와 아버지의 모습뿐 아니라 배경에 등장하는 물건과 분위기도 눈여겨봤다. 전화기와 고풍스러운 촛대가 놓여 있는 트렁크에는 아름다운 숄이 드리워져 있었다. 고풍스러운 것을 좋아하는 자신의 취향을 엄마에게서 물려받았다는 점을 알았다. 바닥에는 받침대 없이 매트리스만 깔려 있고, 옷걸이로 만든 모빌에는 유리구슬과 깃털, 신문지에서 오린 나비까지 온갖 물건이 걸려 있었다. 벽돌과 판자로 만든 책장에는 책이 가득했다. 커피 캔으로 만든 화분도 여러 개 있었다.

엄마가 떠난 뒤에 찍은 매디의 사진도 몇 장 있었다. (책에서 읽은 바를 토대로) 삼 개월 때쯤으로 보이는 사진에서는 배를 대고 엎드려 있었다. 얼굴을 들어 올리려 애쓰면서 어리둥절한 표정으로 위쪽을 쳐다보는데 입에서는 침이 흘러내렸다. 커피 테이블을 붙잡고 일어선 모습의 사진도 있었다. 책에서는 그 시기를 '잡고 서기' 단계라고 불렀다. 뭐든 붙잡고 일어서다가 나중에는 혼자서 한 걸음씩 뗀다고 했다. 호수로 보이는 물가에 혼자 서 있는 사진도 있었다. 너무 흐릿해서 몇 살 때인지 분간하기 어려웠다. 세 살이나 네 살쯤으로 보였다. 유치원 때 사진도 두어 장 있었다. 흰색 가운을 입고 유치원에서 졸업식을 치르는 사진과 브라우니 유니폼(일곱 살에서 열 살 사이 여자아이들로 구성되는 걸스카우트 단복)을 입은 사진이었다. 브라우니 유니폼은 그날 한 번 입고 다시는 입지 않았다. 매디가 브라우니단에서 빠지고 싶어 했기 때문이다. 여자아이들이 신의 눈(God's eye, 잔가지로 만든 십자가에 기하학적 무늬의 색실 따위를 감은 물건. 행운의 부적으로 여겨짐)을 만드는 동안 어찌나 시끄럽게 웃고 떠드는지 도저히 참을 수가 없었다. 그래서 첫 번째 모임이 끝난 뒤 바로 빠지겠다고 말했다. 그때 아버지가 했던 말이 아직도 귓가에 생생했다.

"그래, 빠지거라. 언제나 그렇듯이 넌 시도조차 않는구나."

열세 살 생일 때 찍은 사진도 한 장 있었다. 사진을 찍지 않으려고 얼굴을 돌리고 있었다. 그것이 끝이었다. 그 이후로는 하나도 없었다. 아버지 사진이나 둘이서 함께 찍은 사진도 전혀 없었다. 아버지도 한때는 친구가 있었을 텐데, 매디는 떠오르는 얼굴이 없었다. 집에 손님이 찾아온 적도 없었다. 생각해보니 아기 보는 사람에게 맡겨진 적도 거의 없었다. 왠지 가슴이 찌릿해지면서 난생처음으로 아버지에게 연민이 느껴졌다. 아버지를 향한 원망과 미움 대신 감사하는 마음이 조금 싹트는 것 같았다.

12월 중순, 아침 햇살이 창문으로 쏟아져 들어왔다. 아서는 (잘 다려진!) 파란 파자마 차림으로 누워 생각에 잠겼다. 이 나이까지 살아보니 인생은 참으로 묘했다. 제멋대로 흘러가는 것처럼 보이지만 어떤 원대한 계획에 따라 움직인다는 생각을 지울 수가 없었다. 어떤 면에서는 스퀘어 댄스와 비슷한 것 같았다. 흥겹게 춤추는 사람들은 움직이는 패턴을 못 보지만 위에서 내려다보는 존재는 고스란히 볼 수 있다.

오래전 아서와 놀라도 스퀘어 댄스를 즐겨 추러 가고는 했다. 수요일 밤마다 복장을 갖춰 입고 고등학교 체육관까지 걸어갔다. 아서는 정장 바지를 입고 진주 스냅 버튼이 달린 셔츠에 금속 장식이 달린 끈 넥타이를 맸다. 놀라는 어깨가 드러나는 흰색 블라우스와 리본이 잔뜩 달린 스커트를 입었다. 스커트 속에 크리놀린이라는 틀도 갖춰 입어서 빙글빙글 돌 때마다 예쁜 다리가 훤히 드러났다. 두 사람은 펀치를 마시고 쿠키를 먹으며 밤새 춤췄다.

스퀘어 댄스는 선창자의 지시에 따라 진행된다. 선창자는 신과 같은 존재로, 무대에 우뚝 서서 사람들에게 어떤 동작을 취하라고 지시한다.

가령 선창자가 "다 같이 행진하세요!"라고 지시하면 사람들은 다 함께 앞으로 나아간다. 인생의 긴 여정을 향해 걸음을 옮기는 것이다. 선창자가 "인사하세요!"라고 지시하면 여자는 왼발을 뒤로 빼며 무릎을 살짝 굽히고 남자는 허리를 굽힌다. 안타깝게도 요즘은 이런 모습을 찾아볼 수 없다. 영국에서는 아직도 이렇게 하는지 모르겠다. 아무튼 머리를 숙이고 인사하는 동작은 결혼식을 거행하는 것이다.

'도시도(do-si-do)', 즉 등을 맞대고 선회할 때는 파트너가 사라진 것 같지만 실은 바로 뒤에 있다. 바로 뒤에. 놀라도 지금은 아서의 눈앞에서 사라졌지만 실은 바로 뒤에 있을 것이다. 곧 만날 날을 기다리면서. 춤추다 패턴을 놓치면 '천사'라 불리는 안내자가 다가와 동작을 알려준다. 우리 인생 여정에서도 길을 잃으면 천사 같은 사람이 나타나 바른 길로 안내해주지 않는가?

선창자가 "오른쪽으로!"라고 지시하면 커플은 서로 마주

보고 오른손을 잡은 다음 남자는 진행 방향으로, 여자는 반대 방향으로 진행한다. 각자 자기 방향으로 나아가다 금세 다시 만난다. 다시 만나 손을 잡고 새로운 방향으로 진행한다. 아서는 그 옛날 스퀘어 댄스를 추던 때처럼 놀라를 다시 만나기를 고대했다.

이제 다시 만날 날이 멀지 않은 듯했다. 하지만 그때까지는 이곳에서 지내야 했다. 뜰에서는 새들이 지저귀고 홀 건너편 방에서는 루실이 코를 골았다. 아서가 딸처럼 여기는 여자아이는 아래층 주방에서 베이컨을 구웠고, 손자라고 부르는 아기는 딸의 자궁에서 꿈틀거렸다.

아기에게 주려고 만들어온 책이 완성을 눈앞에 두었다. 나무를 제대로 설명하는 책이었다. 아서는 사람들이 나무에 좀더 관심을 기울이기를 바랐다. 최소한 이름이라도 제대로 알았으면 했다! 칠엽수, 오크, 낙엽송, 미국니사나무, 쥐엄나무, 풍향수. 요즘 들어 아서는 나무 이름만 읽어도 눈물이 났다. 특별한 이유는 없었다. 괜히 주책없다고 할까봐 누구에게 이야기할 수도 없었다.

나무 책이 끝나면 꽃에 관한 책을 시작할 생각이었다. 그 다음에는 새에 관한 책이 기다리고 있었다. 할 일이 아주 많았다.

아서는 일어나 앉았다. 머리가 핑 돌았다. 요즘 들어 어지럼증이 자주 느껴졌다. 하지만 잠깐 그러다 금세 사라졌다. 오늘도 새로운 태양이 떴다! '다 같이 행진하세요!'

크리스마스이브, 루실은 현관 의자에 앉아 있다가 거실로 들어왔다. 얼굴이 잔뜩 찌푸려져 있었다. 매디가 크리스마스트리 아래 떨어진 솔잎을 치우다 루실의 어두운 표정을 살폈다.

"무슨 일 있으세요?"

"일은 무슨!" 루실이 소리쳤다.

매디가 청소기를 끄고 기다렸다.

"그게 말이야, 난 아서가 날마다 묘지에 가는 이유를 당최 모르겠어. 특히나 이런 날씨에. 밖을 좀 봐!"

매디가 밖을 내다봤다. 눈이 조금씩 내리고 있었지만 딱히 걱정할 정도는 아니었다. 기온도 섭씨 4도까지 올라간다고 했다.

"전 할아버지가 요새 너무 허약해지신 게 더 걱정돼요."

"내 말이 그 말이야!"

"방금 날씨 이야기를 하셨잖아요."

"흠, 다 복합적으로 한 말이라니까!"

매디는 그런가보다고 생각하며 더 왈가왈부하지 않았다.

"아서가 밖에만 나갔다 오면 기진맥진해하잖아!" 루실이 말했다.

루실이 한바탕 연설을 시작할 것 같아서 매디는 일단 자리에 앉았다. 이제는 오래 서 있기도 힘들었다. 배가 수시로 뭉치고 당겼다. 의사는 아기가 밑으로 내려왔기 때문이라고 했다. 진통이 시작됐다고 생각한 적도 두 번이나 있었다. 하지만 '브랙스턴 힉스 수축'이라 불리는 가진통 증상이었다.

루실의 불평이 계속 이어졌다. 그 소리가 어찌나 시끄러운지 고든이 슬그머니 자리를 떠났다.

"체력이 받쳐준다면야 얼마든지 가도 괜찮아. 하지만 요즘 아서의 숨소리 들어봤니? 묘지에 갈 게 아니라 병원에 가야 한다니까. 병원에 가자고 그렇게 이야기해도 도무지 듣질 않는구나! 여자 둘이서 돌봐주니까 얼씨구 좋구나 싶은 건가? 하지만 우린 의사가 아니잖아. 왜 그렇게 쇠고집을 부리는지……."

루실이 잠시 쉬었다가 말을 이었다.

"그놈의 묘지에만 안 가도 기력을 회복할 수 있을 텐데. 두고 보렴! 그렇게 계속 가다간 얼마 살지도 못할 거야! 아니, 도대체 왜 날마다 거길 가야 한다니?"

"놀라 할머니랑 같이 있고 싶어서잖아요." 매디가 나직이 말했다.

"놀라는 죽었어! 무덤에 간다고 같이 있게 된다니? 그래, 놀라가 괜찮은 여자였다는 것도 알고 아서가 무척 사랑했다는 것도 알아. 하지만 놀라는 이미 죽었다고!"

"할아버지한테는 아닌가봐요." 매디가 말했다.

루실이 매디를 쳐다봤다.

"그래, 나도 알아. 나한테도 프랭크가 죽지 않았으니까. 하지만 내가 언제 그의 무덤까지 터벅터벅 걸어가서 무슨…… 무슨…… 독수리처럼 무덤 주변을 배회하는 거 봤니?"

"그렇게 말씀하시면 안 되죠."

루실이 고개를 숙이고 바닥을 쳐다봤다. "그래, 미안하다. 내가 흥분했나보다. 하지만 떠난 사람을 계속 사랑한다고 해서 건강을 해칠 정도로 위험을 감수할 필요는 없잖아. 몹시 추운 날에 내가 프랭크 무덤으로 뛰어가는 걸 본 적 있니?"

"그분을 화장했다고 하지 않으셨어요?"

"말을 말자. 너도 내 말뜻이 뭔지 알잖니."

매디는 등을 받친 베개를 살짝 틀었다. 또다시 배가 뭉치고 당겼다. 이번에는 좀더 심했다.

"좋은 생각이 떠올랐어!" 루실이 말했다. "아서더러 놀라의 사당을 만들라고 하면 어떨까? 아서의 방에 말이야! 가끔 보면 사람들이 제단 같은 걸 만들어서 오렌지와 묵주와 양초 따위를 올려놓잖아. 한밤중에 깨면 불을 켜서 놀라와 함께 있다고 생각할 수 있잖아. 얼마나 편하고 좋니?"

"할아버지가 내켜 하실 것 같지 않은데요."

"아니 왜?"

매디가 어깨를 살짝 으쓱했다. "놀라 할머니가 거기 있지 않을 테니까요."

"놀라는 아무 데도 있지 않아!"

매디가 일어나 소파 주변을 서성거렸다.

"글쎄요, 저는 할머니가 묘지에 계신다고 생각해요. 할머니의 혼이 그곳에 강하게 깃들어 있으니까. 할아버지는 그걸 느끼세요. 저한테 그렇게 말씀하셨어요. 묘지에 가면 저도 그런 걸 느끼거든요. 그런 거 느껴보셨어요?"

"아니, 아니. 난 그런 걸 느끼지 않아. 느끼고 싶지도 않고. 죽으면 끝이지 뭘 혼이 깃들어 있다니? 그런 말은 그만해. 그건 그렇고……"

루실이 이야기를 하다 말고 매디를 쳐다봤다.

"너 혹시…… 혹시 오줌 쌌니?"

매디가 고개를 저었다.

"오줌이 아니에요. 아무래도 양수가 터졌나봐요."

"오, 하나님!"

"택시 좀 불러주세요."

"내가 운전할게. 내가 운전할게. 얼른 차에 타거라!"

"택시 부르세요." 매디가 단호하게 말했다. "그리고 할아버지한테 메모 좀 남겨주세요."

'로절린드 매더스. 1933년 8월 1일 출생, 2011년 8월 1일 사망. 생전에 꽤 유명한 과학자였다. 병원 연구실에서 근무했고 동료 연구원과 결혼했다. 자녀 둘에 손자 둘을 두었다. 모두 금발이었다.'

'티모시 스탠리 박사. 1950년 6월 22일 출생, 2005년 9월 4일 사망. 운동선수. 항해, 자전거 타기, 달리기, 테니스를 즐겼다. 잘생긴 얼굴에 노란빛이 도는 갈색 머리, 초록색 눈동

자. 커크 더글러스처럼 턱에 보조개가 패었다. 다른 사람을 잘 흉내 내서 늘 분위기를 흥겹게 띄웠다. 개를 좋아해서 스프링어 스패니얼 종의 개를 두 마리 이상 길렀다. 전화 받을 때 "했나?"라고 대답하는 것을 우스워했다.'

'테드 웅게만. 음악가. 한쪽 귀가 들리지 않았다!'

아서가 쿨럭쿨럭 기침했다. 더 이상 여유 부릴 시간이 없었다. 얼른 놀라에게 가는 것이 좋을 듯했다.

기운이 없어서 오늘은 접이식 의자도 챙기지 않았다. 오버코트 주머니 한쪽에는 미트로프 샌드위치 반쪽이, 다른 쪽에는 루실의 특제 브라우니가 들어 있었다.

아서는 놀라의 무덤까지 와서 한동안 그대로 서 있었다. 몸이 덜덜 떨렸다. 아무래도 코트를 새로 장만하는 것이 좋을 듯했다. 몸에 지방이 없어서 지금 입은 코트로는 추위를 막기 어려웠다. 루실이 애쓰는데도 살이 찌지 않았다. 아니, 얼마 없던 살까지 쪽쪽 빠졌다. 그럴수록 루실은 아서가 먹는 빵에 버터를 듬뿍 올렸다. 아무래도 랜드 오 레이크스(버터, 치즈 등 유제품을 생산하는 협동조합)의 주식이나 사둬야겠다!

아서는 샌드위치를 꺼내 포장을 천천히 풀었다.

"놀라, 나 왔소. 날이 많이 쌀쌀해요. 당신은 늘 추위를 싫어했는데. 아니라고 말하지 말아요. 당신이 추위를 많이 탄다는 걸 알고 있으니까. 다른 사람들처럼 불평하지 않았다 뿐이지. 말하지 않으면 안 추울 거라 생각했소? 가끔 모든 사람이 불평을 멈추면 세상이 어떻게 될까 궁금해요. 아마 엄청 조용할 거요."

아서는 주변을 둘러봤다. 몇 줄 건너편에 한 여자가 무덤 발치에 서 있었다. 아서가 손을 살짝 흔들었지만 여자는 그를 보지 못한 듯했다. 여자의 차가 근처에 주차되어 있었다. 엔진을 켜두었는지 윙윙거리는 소리가 들렸다. 아서가 지켜보는 사이 여자는 차로 가더니 잽싸게 타고 사라졌다.

이런 날씨에는 차가 없는 것이 아쉬웠다. 정류장까지 걸어가는 데는 얼마 걸리지 않았지만 이따금 버스를 기다리는 시간이 너무 길었다.

"루실이 어제저녁에 와인을 듬뿍 넣어서 비프스튜를 끓였는데, 맛이 기가 막혔다오." 아서가 놀라에게 말했다. "기억해요? 우리는 음식에 와인을 붓는 건 버리는 거나 마찬가지라고 했잖소. 하지만 먹어보니 그 이유를 알겠더군. 많이 먹지는 않았소. 그래서 루실이 어찌나 잔소리를 퍼붓던지…… 하지만 입맛이 없는 걸 어쩌겠소."

아서가 반쪽짜리 샌드위치를 쳐다봤다.

"이것도 나한테는 많다니까. 당신이랑 나눠먹을 수 있으면 좋겠소."

아서가 잠시 쉬었다가 말을 이었다.

"놀라, 하고 싶은 말이 있소. 기억해요? 우리 둘 다 세상을 떠나면 재산을 누구에게 남겨주느냐고 걱정했잖소. 유언장 작성을 계속 미루고 미루다 결국 작성하지 않았잖아요.

어차피 떠나고 없는데 누구에게 준들 무슨 상관이냐 싶었던 거죠. 이제 와 생각해보니 참 무책임한 처사였던 것 같소. 병원이나 학교, 고양이 보호소 같은 데 남겨줄 수도 있는데. 아무튼 어제 유언장을 작성했소. 토니 샌더스, 기억해요? 지금은 그의 아들 재프리가 사무실을 운영하고 있어요. 일을 꼼꼼하게 잘 처리하더군요. 재산을 모두 그 아이에게 남겨주기로 했소. 매디 말이오. 당신도 찬성할 거라고 생각해요. 당신이 찬성하리라는 걸 알아요. 내가 제대로 알고 있는 거 맞죠? 그렇다고 신호를 보내줄 수 있소?"

하지만 아무런 신호도 잡히지 않았다. 새소리, 자동차 소리 하나 들리지 않았다. 바람도 불지 않고 구름도 움직이지 않았다. 사람 그림자도 비치지 않았다. 아무것도 없었다.

아서는 샌드위치를 도로 주머니에 넣었다. 놀라의 묘비를 붙잡고 무릎을 꿇은 다음 모자를 벗었다. 바닥이 몹시 차가웠다.

"놀라, 할 말이 있소. 이제 더는 못 오겠소. 너무 힘이 든다오. 기력을 찾은 다음 다시 오겠다고 말하고 싶지만 그럴 것 같지 않소. 실망하지 않았으면 좋겠소. 나는 실망했지만 당신은 실망하지 않길 바라오. 놀라, 당신은 이제 다 초월했기를 바라오. 실망도 안 하고 고통도 안 느끼고, 그저 행복한 마음으로 날 기다리고 있기를 바라오. 내가 바라는 건 그것뿐이라오."

아서는 묘비에 얼굴을 가져다 댔다. 그리고 세상 그 누구보다 아름다운 놀라 코린의 첫 글자 N에 입을 맞췄다.

"어둠 속에서나 햇볕 아래서나 당신을 영원히 사랑하겠소. 죽음이 우리를 갈라놓은 뒤에도 변함없이 당신을 사랑하겠소."

아서는 이십대 시절 놀라의 생일 카드에 적었던 글을 소리 내어 말했다. 이십대라니, 참으로 아득했다. 세월이 흐르고 흘러 지금에 이르렀다. 속에서 놀라의 숨결이 느껴졌다. 아서의 가슴속에서 놀라의 꽃이 활짝 피어났다. 이제는 춥지 않았다.

아서는 힘겹게 몸을 일으킨 다음 모자를 다시 썼다. 그리고 버스 정류장으로 걸음을 옮겼다. 발을 끌면서 걷다가 한번, 딱 한 번 뒤를 돌아봤다.

매디의 병실은 마치 온실 같았다. 아버지가 보내준 장미꽃, 라이언스 선생님이 보내준 화려한 꽃다발, 봄에 입학할 대학교에서 보내준 카네이션 부케와 곰 인형. 아서와 루실이 보내준 꽃다발은 셀 수 없이 많았다.

병실에 들어온 꽃다발과 병원에서 챙겨준 아기 용품으로 카트가 넘쳐났다. 매디는 가슴에서 모유가 샜고 눈 밑에 다크서클까지 생겼다. 커다란 일회용 생리대를 착용하고 두툼한 겨울 코트를 입었지만, 살면서 지금보다 예뻤던 적은 없다고 생각했다.

간호사가 아기를 데려왔다. 매디는 잠든 아기의 얼굴을 보려고 싸개를 살짝, 아주 살짝 젖혔다.

루실이 병실로 들어왔다. 차를 세워놨으니 얼른 집으로 가자고 말했다.

"휠체어를 기다려야 해요." 매디가 말했다.

"왜? 무슨 일 있니?" 루실이 깜짝 놀라며 물었다.

"아무 일도 없어요. 산모가 퇴원할 때는 원래 휠체어를 타나봐요."

"아." 루실이 안도하며 침대 끝에 앉았다. "그나저나 왜 아무도 없는 거니?"

매디가 입원한 동안 칙사 대접이라도 받기를 바랐는지, 루실은 직원들이 며칠 먹어도 남을 만큼 쿠키를 잔뜩 가져다줬다. 그것이 통했는지 이십 분은 기다려야 한다던 휠체어가 벌써 도착했다. 매디는 휠체어에 앉아 아기를 품에 안았다. 아기가 추울까봐 루실이 코바늘로 떠준 이불로 한 번 더 감쌌다.

집까지는 오래 걸리지 않았다. 매디는 집에 들어서자 코트도 벗지 않고 아서의 방으로 올라갔다. 아서는 이제 침대에서 일어나지도 못했다. 그래도 대리석 조각처럼 너무나 아름다웠다. 눈에서는 찬란한 빛이 뿜어져 나오는 것 같았다. 아서는 음식을 입에도 대지 않았다. 그나마 물과 음료는 조금 마셨다. 루실은 아서가 좋아하는 밀크셰이크에 이것저것 갈아 넣었다. 매디는 아서의 잔이 비어 있는 것을 보고 안도했다.

아서는 눈을 꼭 감은 채 누워 있었다. 매디는 가슴이 철렁 내려앉았다. 하지만 마음을 다잡고 아서를 불렀다.

"할아버지?"

아서가 눈을 번쩍 떴다.

"흠, 이게 누구냐!" 아서의 목소리가 갈라졌다. "그나저나 코에 걸고 있던 건 어쩼니?"

매디가 웃으며 대답했다. "뺐어요. 아기가 뭐든 움켜쥔대서요."

"아. 자꾸 봐서 익숙해졌는데, 하지만 빼니까 정말 멋지구나."

아서가 침대에서 몸을 살짝 일으켰다. "좀 볼 수 있니?"

매디가 아서의 품에 아기를 내려놓았다. 아기가 주먹 쥔 손을 이리저리 흔들었다. 혹시라도 그 주먹에 아서가 맞을까봐 매디는 아기의 손을 가만히 잡았다.

"이분은 애처가 트루러브 씨란다."

그때 침대 발치에 있던 고든이 눈을 동그랗게 뜨고 다가 왔다.

"그리고 이 녀석은 고양이 고든이야."

아서가 뭐라고 말했다. 그 소리가 너무 작아서 매디는 듣지 못했다.

"뭐라고 하셨어요?"

아서는 감격한 얼굴로 아기를 바라봤다.

"이젠 다 이뤘다고 말했단다. 이승에서 이룰 수 있는 건 정말로 다 이뤘어. 그렇지 않니?"

"앞으로도 이룰 게 얼마나 많은데요!"

아서가 힘없이 고개를 끄덕였다. 그리고 다시 입을 열었다. "앉아봐라. 옆에 앉아봐라, 매디. 해줄 말이 있단다."

매디는 침대에 앉았다. 아서의 얼굴에 난 주름 지도와 도드라진 광대뼈를 바라보며 미소를 지었다. 툭 튀어나온 귀와 숨 쉴 때마다 움찔거리는 목젖을 바라봤다.

아서가 입을 열었다.

"놀라가 예전에 그랬단다. 죽은 뒤에 하늘의 별이 되어 사랑하던 사람을 내려다볼 수 있다면 좋겠다고. 나도 그렇게 됐으면 좋겠다고 늘 바랐단다. 그렇게 되든 안 되든 너랑 나는 그렇다고 믿자꾸나. 그렇게 할 테냐?"

매디는 목이 메어서 말이 나오지 않았다. 그저 고개만 끄덕였다.

"내가 죽은 뒤, 하늘에서 꼭 붙어 있는 두 별을 보거든 놀라와 나라고 생각하려무나. 두 별이 딱 붙어 있어서 하나처럼 보이겠지만 실은 두 개란다. 하나는 내 별이고, 내 오른쪽은 놀라의 별이야. 가끔은 고개를 들고 우리를 쳐다보렴."

"네, 그럴게요." 매디가 말했다. "약속할게요. 하지만 아직은 아무 데도 가지 마세요."

"그래, 아무 데도 안 가마." 아서가 아기를 바라보며 말했다. "내가 할 일이 얼마나 많은데. 그나저나 몸이 한결 좋아진 것 같구나."

6월 1일, 날이 무척 화창했다! 나뭇가지에 내려앉은 새들이 즐겁게 지저귀고, 묘지의 무덤들도 새 단장을 마치고 방문객을 기다렸다.

'트루디 빌링스. 1924년 5월 7일 출생, 2016년 10월 1일 사망. 열여섯 살 때 자기는 서른다섯 살에 죽을 거라고 예견했다. 수시로 히스테리를 부리기는 했지만 자신이 집안의 골칫거리라는 점을 잘 알았다. 그래서 자기가 죽으면 묘비에 골칫거리라고 적어달라고 요청했다. (트루디는 비관적인 생각에 빠져 있으면서도 유머 감각이 뛰어났다!) 하지만 가족들은 묘비에 차마 그렇게 적을 수 없어서 트루디의 두 번째 요청대로 적었다. "드디어 갔구나, 하하하." 트루디는 데이시스에서 여성복을 판매했는데, 열두 시면 탈의실에서 도시락을 먹었다. 목화솜에 향수를 뿌려 브래지어 안에 넣고 다녔고, 공포 영화를 매우 좋아했다. 앞뜰에 달리아 꽃을 예쁘게 길렀다. 손녀딸이 좋아한다는 이유로 구형 다이얼 전화기를 버리지 않고 간직했다.'

'퍼트리샤 둘리. 1922년 10월 29일 출생, 2016년 5월 1일 사망. 딸만 일곱 명인 딸 부잣집 출신. 산부인과 간호사로 근무하며 아기의 탄생을 도왔다. 지독한 감상주의자였으며 "누구를 접대하든 다들 내 주방을 가장 좋아하는 것 같다"

라는 명판을 주방에 걸어두었다. 흰 눈을 무척 좋아했다. 첫
눈이 내릴 때는 늘 천사 자국(눈밭에 누워서 팔다리를 위아래
로 휘저을 때 생기는 천사의 모습)을 남겼다. 아흔 살 때까지!'

그다음에는……

'아서 모지스. 1931년 4월 3일 출생, 2016년 12월 29일
사망.' 매디의 눈에 눈물이 핑 돌았다. '참으로 훌륭한 인품
의 소유자이자, 둘도 없는 친구.' 매디는 우유처럼 뽀얀 풀
세일 장미를 아서의 무덤에 내려놓고 햄버거 부부 인형이
잘 있는지 살폈다. 오늘은 아서의 무덤을 지키고 내일은 놀
라의 무덤으로 자리를 옮길 것이다. 놀라의 무덤에는 불꽃
처럼 화려한 이터널 플레임이라는 장미를 두고 왔다. 오늘
묘지로 출발하기 전에 아서의 정원에서 장미꽃 세 송이를
꺾었다. 하나는 아서를 위해, 다른 하나는 놀라를 위해, 나머
지 하나는 이곳에 같이 누워 있는 누군가를 위해 가져왔다.

매디는 일어서서 묘지 주변을 찬찬히 둘러봤다. 생명의
숨소리가 들렸다. 나직한 속삭임도 들렸다! 묘지는 정말로
분주한 곳이었다. '나는 살았노라! 살았노라! 살았노라!'

그때 쿵 하고 넘어지는 소리가 들렸다. 매디가 얼른 쳐다
봤다.

"넘어졌니?"

꼬마가 고개를 끄덕였다.

"다쳤어?"

"아니."

"그럼 얼른 일어나야지." 매디가 두 팔을 활짝 벌렸다.

"싫어!"

사람들은 미운 두 살이라고 말하지만 매디는 하나도 밉지 않았다. 오히려 놀랍도록 흥미롭고 사랑스러웠다. 그리고 잠시 기다려주기만 하면 됐다.

매디는 카메라를 꺼내 사진을 몇 장 찍었다. 다음 주에 학교에서 매디의 사진 전시회가 열릴 예정이었다. '그리운 옛날'이라는 주제로, 옛 사람과 물건에 감사하는 마음을 흑백 사진에 담은 전시회였다. 은 입자가 빛을 받으면 검게 되는 성질을 이용한 젤라틴 은염 사진이었다. 아서의 주방 서랍에 있는 물건을 찍은 사진도 있고, 아서와 루실이 쏟아지는 햇살을 뒤로 하고 주방 테이블에 앉아 있는 모습을 찍은 사진도 있었다. 다음번에는 아이들의 모습을 담은 전시회를 개최할까 했다. 매디는 딸의 찌푸린 눈살과 툭 불거진 입술을 쳐다봤다. 그 모습이 꼭 생각에 잠긴 윈스턴 처칠처럼 보였다.

매디를 가르치는 강사는 매디가 나중에는 뉴욕에서 전시회를 열 거라고 추켜세웠다. 그러더니 〈파퓰러 포토그라피 *Popular Photography*〉라는 사진 전문 잡지사에서 매디의 사진을 두 장 매입했다는 이야기를 지난주에 털어놨다. 매디에게 묻지도 않고 사진을 판매했지만 매디는 그를 용서했다. 너그럽게 용서했다.

"놀라!" 매디가 말했다. "일어나서 엄마한테 와야지."

매디가 다시 팔을 활짝 벌렸다. 이번에는 꼬마가 벌떡 일어나 그녀에게 달려왔다.

놀라가 달려오자 매디는 품에 꼭 안으며 말했다.

"예쁜 짓!"

놀라가 생긋 웃더니 뒤로 물러났다. 하지만 이내 매디의 품에 고개를 묻으며 여린 두 팔로 매디를 안았다.

매디가 깔깔 웃었다.

"그만 갈까? 이젠 루실 할머니를 보러 가야지."

루실은 이제 매디의 세입자였다. 놀라의 할머니를 자처하며 손녀에게 베이킹을 가르쳐줬다. 놀라는 이미 멍키 브레드 조리법을 익혔다.

두 사람은 손을 잡고 묘지 입구 쪽으로 걸어갔다. 매디는 낯선 이의 무덤에 마지막 장미 한 송이를 떨어뜨렸다. 스위트 애프턴이라는 이름의 이 장미는 색도 곱고 향도 진했다. 잎 앞면은 진주처럼 은은하게 빛나고 뒷면은 연분홍빛을 띠었다. 스위트 애프턴의 진한 향은 오래, 아주 오래간다고 애처가 트루러브 씨가 가르쳐줬다.

옮긴이 박미경

고려대학교 영어영문학과를 졸업하고 건국대학교 교육대학원에서 교육학 석사 학위를 취득했다. 외국 항공사 승무원, 법률회사 비서, 영어 강사 등을 거쳐 현재 바른번역에서 전문 출판번역가 및 글밥아카데미 강사로 활동하고 있다. 《살인 기술자》《포가튼걸》《비포유다이》《언틸유아마인》《프랙처드·삶의 균열》《오만과 편견》외 많은 책을 우리말로 옮겼다.

아서 씨는 진짜 사랑입니다

1판 1쇄 발행 2018년 9월 27일
1판 4쇄 발행 2020년 1월 17일

지은이 엘리자베스 버그
옮긴이 박미경
발행인 오영진 김진갑
발행처 나무의철학

기획편집 이다희 박수진 박은화 지소연 진송이 허재희
디자인팀 안윤민 김현주
마케팅 박시현 신하은 박준서 송다솔
경영지원 이혜선

출판등록 2006년 1월 11일 제313-2006-15호
주소 서울시 마포구 월드컵북로5가길 12 서교빌딩 2층
전화 02-332-3310 팩스 02-332-7741
블로그 blog.naver.com/midnightbookstore
페이스북 www.facebook.com/tornadobook

ISBN 979-11-5851-107-4 03840

이 도서의 국립중앙도서관 출판예정도서목록(CIP)은 서지정보유통지원시스템 홈페이지(http://seoji.nl.go.kr)와
국가자료공동목록시스템(http://www.nl.go.kr/kolisnet)에서 이용하실 수 있습니다.
(CIP제어번호: CIP2018025851)